CHARLOTTE LINDERMAYR

Die Tränen des Kolibris

CHARLOTTE LINDERMAYR

Die Tränen des Kolibris

Kriminalroman

Impressum

Bibliografische Information der Deutschen Nationalbibliothek:
Die Deutsche Nationalbibliothek verzeichnet diese Publikation in der Deutschen Nationalbibliografie; detaillierte bibliografische Daten sind im Internet über http://dnb.dnb.de abrufbar.

TWENTYSIX - der Self-Publishing Verlag Eine Kooperation zwischen der Verlagsgruppe Random House GmbH und der Books on Demand GmbH

Herstellung und Verlag:
BoD – Books on Demand, Norderstedt

ISBN: 978-3-740-73459-6
Cover-Foto: ColdSmiling

© 2018 Charlotte Lindermayr

Flughafen München 12. Oktober 2016

»Entschuldigen Sie bitte«, murmelte Leonie, als sie sich an einem Ehepaar am Check-in-Schalter vorbei drängte.

Mit geröteten Augen legte sie ihren Ausweis auf den Tresen. »Ich hoffe, dass ich nicht zu spät gekommen bin.«

Ein freundlicher älterer Herr sah sie lächelnd an. »Wo wollen Sie denn hin?«

»Nach Amsterdam.«

»Dann müssen Sie sich aber wirklich beeilen, der Gate schließt in wenigen Minuten.«

Sie nahm erleichtert die Bordkarte und ging mit ihrem Trolley in den Sicherheitsbereich, wo jetzt am Abend der Andrang nicht sehr groß war.

Gerade nahm sie ihren kleinen Koffer wieder vom Band, da hörte sie eine Durchsage. »Letzter Aufruf für Frau Leonie de Wit, gebucht auf die Maschine KL 3375 nach Amsterdam. Kommen Sie zum Gate Nummer acht.«

Leonie rannte los.

»Gut, dass Sie da sind«, sagte eine Stewardess, die gerade dabei war, die Tür zu schließen. Als sich Leonie kurz darauf im Flugzeug auf ihren Sitz fallen ließ, atmete sie durch. Das Flugzeug startete.

Sie holte das Mobiltelefon aus dem Rucksack, nahm die Kopfhörer und schloss die Augen.

Als sie die Stimme von Ed Sheeran hörte, kamen ihr sofort wieder die Tränen. Sie hatte das Gesicht von Johannes vor sich, mit dem sie nun schon fast drei Jahre eine Fernbeziehung geführt hatte. Doch dann erklärte er ihr an der Haustür, dass es ›Aus‹ sei und bat sie, ab sofort nicht mehr zu ihm nach München zu kommen. Leonie hatte zu wanken begonnen und wenn er sie nicht aufgefangen hätte, wäre sie ganz bestimmt in Ohnmacht gefallen.

Der Taxifahrer, der neben ihr gestanden war, hatte sie mitleidig angesehen. Kopfschüttelnd war er in sein Auto gestiegen und mit einer völlig am Boden zerstörten jungen Frau zum Flughafen gefahren.

Leonie de Wit war jetzt neunundzwanzig, hatte gerade ihr Biologiestudium beendet und wollte sich an einem Institut in München bewerben, um endlich mit Johannes zusammen sein zu können.

Der war Erbe eines über mehrere Generationen geführten Familienbetriebes. Er musste sich allerdings nie über Aufträge Gedanken machen und wenn es mal schwierig wurde, regelte dies sein Vater.

Er konnte kommen und gehen, wann er wollte und für seine Hobbys hatte er immer Zeit. Im Sommer segelte er auf dem Starnberger See und im Winter ging er zum Skifahren.

Wenn Leonie zu Hause in ihrem Zimmer saß und für die Prüfungen paukte, hatte sie manchmal Zweifel, ob dieser gutaussehende, vermögende Mann ihr treu war.

Sie wohnte noch immer bei Ihren Eltern in einem Haus in der ›Van Mourik Broetmannsstraat‹, im Stadtteil Slotervaart. Die waren nicht begeistert, als sie von der Beziehung ihrer Tochter mit einem fünfzehn Jahre älteren Mann aus München erfuhren. Erst recht nicht, als sie hörten, dass er aus zwei gescheiterten Beziehungen bereits vier Kinder hatte.

»Überlege Dir das gut«, beschwor ihre Mutter sie hin und wieder. »Seine Kinder werden für ihn immer das

Wichtigste bleiben. Außerdem könntest Du doch auch hier einen netten ledigen Mann finden.«

Leonie wollte von alldem nichts hören und verließ dann genervt das Zimmer. Sie hatte aufgegeben zu erklären, dass Johannes die Liebe ihres Lebens war und es für sie keinen anderen geben würde.

Kennengelernt hatten sie sich auf einer Vernissage. Leonie jobbte dort für eine Catering-Firma und als sie mit einem Tablett, beladen mit Prosecco und Crackern, zu den Gästen lief, stand sie ihm plötzlich gegenüber. Johannes trug einen eleganten Smoking und lächelte sie mit seinen blauen Augen verschmitzt an. Er hatte sehr kurz geschnittenes dunkles Haar, aber einzelne graue Strähnchen waren an den Schläfen zu sehen.

Geschickt nahm er zwei Sektgläser und hielt ihr eins entgegen. »Trinken Sie ein Glas mit mir?«, hatte er leise gefragt.

»Nein. Tut mir leid, das ist nicht erlaubt.«

»Na gut. Vielleicht haben Sie Zeit, wenn das hier vorbei ist. Darf ich auf Sie warten?«

Wortlos hatte Leonie genickt und war schnell weitergegangen. Als sie schließlich die Ausstellung verlassen wollte, war er nirgends zu sehen. Doch dann am Ausgang sah sie, dass er lächelnd an einem schwarzen Cabrio lehnte. »Wollen wir in eine kleine nette Kneipe fahren?«

»Ja warum nicht.«

Johannes öffnete die Wagentür. »Na dann mal los.«

Die Wagentür klappte.

**

Leonie öffnete erschrocken die Augen, als sie ein Steward sanft rüttelte.»Wir sind gelandet, Sie sollten jetzt aussteigen.«

Leonie sah sich verschlafen um.»Entschuldigen Sie bitte.« Sie löste den Sicherheitsgurt, zog ihren kleinen Koffer aus dem Gepäckfach, warf sich den Rucksack über die Schulter und verließ das Flugzeug.

Kurz darauf lief sie durch die Abfertigungshalle zum Ausgang, setzte sich auf eine Bank und atmete die kalte Nachtluft ein. Dann sah sie auf die Uhr, es war kurz nach zwölf. ›Was soll`s‹, dachte sie. ›Heute fahre ich mit dem Taxi nach Hause, wer weiß, wann um diese Zeit der nächste Bus kommt.‹

Als sie schließlich vor der Haustür stand, bezahlte sie mit ihrem letzten Bargeld und sah zum Eingang. ›Wieso brennt denn überall Licht? Mama und Papa sind doch sonst um diese Zeit nicht mehr auf.‹

Eilig nestelte sie den Schlüssel hervor und öffnete die Haustür. Auch im Flur war nichts zu hören.

»Mama, Papa? Wo seid Ihr? Ist alles in Ordnung?« Plötzlich kam ihr aus der Küche maunzend die Katze entgegen und schmiegte sich an Ihre Füße. Leonie beugte sich herunter.»Hannah, was ist denn los? Und wieso bist Du um diese Zeit, nicht wie sonst, oben in Deinem Körbchen?«

Sie nahm die Katze auf den Arm und stieß mit einem Fuß die Küchentür auf. Was sie jetzt sah, ließ ihr das Blut in den Adern gefrieren.

Ihre Eltern saßen sich, an den Füßen gefesselt und mit nach vorne gebeugten Oberkörpern, gegenüber. Ihre blutüberströmten Köpfe lagen auf der Tischplatte und die Augen waren weit aufgerissen.

Sie waren beide tot.

Leonie stand einen Moment wie zur Salzsäule erstarrt da und konnte sich nicht bewegen. Schließlich ging sie langsam rückwärts und sah sich im Flur nach dem Telefon um. Als sie den Hörer in der Hand hatte, bemerkte sie, dass der Stecker herausgerissen worden war.

Wie im Trance holte sie ihr Mobiltelefon aus dem Rucksack und wählte den Notruf. Zwei Sanitäter eilten kurz darauf, zusammen mit einem Arzt, ins Haus.

Bald war das Grundstück hell erleuchtet und eilig von mehreren Polizisten abgeriegelt.

Leonie saß mit versteinerter Miene im Esszimmer am Boden und starrte vor sich hin.

»Wie geht es Ihnen?«, fragte plötzlich eine leise Frauenstimme. Langsam hob Leonie den Kopf.

»Ich bin Brigadier Tess Kuijpers von der Amsterdamer Polizei. Der Arzt sagte mir, dass Sie die Tochter der beiden Opfer sind und vor etwa einer Stunde Ihre Eltern so aufgefunden haben.«

Leonie nickte wortlos.

»Wo waren sie denn, bevor Sie nach Hause gekommen sind?«

»Ich war ein paar Tage in München, bin direkt vom Flughafen Schiphol mit dem Taxi nach Hause gefahren und habe mich darüber gewundert, dass alle Zimmer hell erleuchtet waren«, antwortete Leonie heiser. »Als ich dann das Haus betrat und in die Küche kam ... .«

Ihr Kinn begann zu zittern.

»Schon gut«, sagte die Polizistin und legte ihr eine Hand auf die Schulter. »Sie brauchen nicht weiter zu sprechen.«

Sie drehte sich zu ihrem Kollegen Thomas Boer um, der mit verschränkten Armen hinter ihr stand. »Sehen Sie zu, dass sich ein Arzt um sie kümmert und dann besorgen sie ihr ein Zimmer in einer Pension, denn hier kann sie auf keinen Fall allein die Nacht verbringen.«

»Ja natürlich.«

»Wir müssen dann morgen noch einmal mit Ihnen etwas ausführlicher sprechen«, wandte sich die Polizistin erneut an Leonie. »Aber heute Abend möchte ich Ihnen das erst einmal ersparen. Allerdings würde ich Ihnen gerne eine wichtige Frage stellen.«

»Und die wäre?«, antwortete Leonie monoton.

»Soweit wir das bis jetzt ermitteln konnten, wurde hier im Haus nicht eingebrochen. Ihre Eltern scheinen also den oder die Täter selbst hereingelassen zu haben. Könnten Sie sich jemanden vorstellen, der irgendwelche Rachegelüste auf Ihren Vater, oder Ihre Mutter, oder beide hatte?«

Leonie schüttelte langsam den Kopf. »Ich weiß niemanden.«

»Na gut. Vielleicht packen Sie schnell ein paar Sachen zusammen und gehen gleich mit meinem Kollegen mit.«

Leonie rappelte sich auf. »Nein danke. Ich rufe meine Tante, die Schwester meines Vaters an. Sie wohnt nicht weit von hier im Zentrum von Osdorp. Außerdem habe ich ja noch meinen Koffer im Flur stehen, da ist alles Notwendige drin.«

»Ich fahre Sie«, entgegnete Thomas Boer. »Alleine lassen wir Sie jetzt ganz bestimmt nicht gehen. Und schließlich müssen wir auch wissen, wo Sie sich in den nächsten Tagen aufhalten.«

Er nahm sie am Arm. »Soll Ihnen unser Arzt noch ein Beruhigungsmittel geben?«

»Nein danke«, murmelte Leonie. »Aber ich nehme auf jeden Fall meine Katze mit.« Sie ging in den Flur und blieb wie angewurzelt stehen, als Beamte zwei verpackte Bahren an ihr vorbei trugen. Brigadier Tess Kuijpers umfasste ihre Schulter.

»Wo bringen Sie meine Eltern jetzt hin?«
»In die Gerichtsmedizin, die Todesursache muss eindeutig geklärt werden und vielleicht finden wir auch Hinweise auf den oder die Täter.«

Leonie brach in Tränen aus. »Warum denn gerade meine Eltern?«, schluchzte sie. »Sie waren zu jedem immer freundlich und haben keiner Fliege etwas zuleide getan.«

Hoofdagent Thomas Boer flüsterte: »Quälen Sie sich nicht unnötig. Wir suchen jetzt die Katze und dann bringe ich Sie mit meinem Wagen zu Ihrer Tante.«

Hannah saß am Gartentor und maunzte ängstlich. Leonie nahm sie auf den Arm, während er ihren Koffer im Wagen verstaute. Dann drehte er sich zu seiner Kollegin um. »Wir treffen uns nachher auf der Dienststelle.«

Sie fuhren los.
»Wo wohnt denn Ihre Tante?«, fragte Thomas, während er das Navigationssystem einschaltete.

»In einer kleinen Seitenstraße am Overleg. Volharding Nr. 6.« Sie holte ihr Telefon hervor und wählte eine Nummer. Lange ließ sie es läuten, als nun doch jemand abhob und mit verschlafener Stimmer fragte: »Ja bitte?«

»Tante Roos, ich bin es.«

»Leonie?«

»Ja«, antwortete sie mit weinerlicher Stimme. »Kann ich zu Dir kommen?«

»Ja natürlich, aber was ist denn passiert?«

»Ein Polizist bringt mich gerade zu Dir, dann erkläre ich Dir alles. Wir sind in einigen Minuten da, bis gleich.« Schnell hatte sie wieder aufgelegt.

»Haben Sie ein gutes Verhältnis zu Ihrer Tante?«, fragte Thomas Boer.

»Ja und ich bin ihre einzige Nichte. Als ich klein war, hat sie sich oft um mich gekümmert, wenn meine Eltern arbeiten mussten.«

»Was haben Ihre Eltern denn gemacht?«

»Papa hatte eine eigene Arztpraxis und Mama war seine Sprechstundenhilfe.«

»Aha«, antwortete Thomas Boer, während er am Overleg einbog. »Nur so, wie Sie das schildern, praktizieren Sie dort nicht mehr.«

»Nein, die Praxis wurde vor fünf Jahren verkauft.« Thomas hielt den Wagen und zog die Handbremse an. »Wir sind da. Versuchen Sie, sich ein wenig auszuruhen und verlassen Sie bitte morgen nicht das Haus. Wir melden uns bei Ihnen.«

Leonie sah ihn resigniert an. »Danke, dass Sie mich hierher gefahren haben.«

Thomas Boer stieg aus, holte ihr Gepäck aus dem Kofferraum und sah ihr nach, als sie zur Haustür ging. Das Licht ging an und Leonie wurde von ihrer Tante in die Arme genommen.

Schnell startete er den Wagen, fuhr zum Polizeibüro und eilte zu Tess Kuijpers, die auch gerade angekommen war und vor dem Laptop saß.

»Haben die Kollegen noch etwas Interessantes gefunden?«, fragte er, während er sein Sakko über den Stuhl hing.

»Dieser Fall ist mysteriös«, antwortete sie, ohne vom Display aufzusehen. »Alle Zimmer wurden durchwühlt und trotzdem sind einige ziemlich teure Schmuckstücke und auch Bargeld zurückgelassen worden. Um einen reinen Raubüberfall kann es hier also nicht gehen. Haben Sie die Tochter zu Ihrer Tante gebracht?«

»Selbstverständlich. Ich habe ihr auch gesagt, dass wir morgen zu ihr kommen und sie deshalb vorerst das Haus nicht verlassen soll.«

Sie sah erneut auf den Bildschirm. »Dr. Robert de Wit hat bis vor fünf Jahren eine Orthopädiepraxis in Amsterdam geführt. Übernommen hat die ein gewisser Dr. Luuk de Groot.«

Sie betrachtete einen Moment lang sein Foto auf der Homepage. Dann klappte sie den Laptop zu. »Morgen früh um acht treffen wir uns hier mit der Spurensicherung, die wahrscheinlich noch einige Zeit am Tatort zu tun haben, fragen bei der Gerichtsmedizin nach, ob es erste Ergebnisse gibt und dann besuchen wir diesen Arzt. Mal sehen, ob er uns etwas Näheres über die Opfer erzählen kann.«

**

Währenddessen saßen Leonie und ihre Tante weinend im Wohnzimmer auf der Couch.

»Ich verstehe das nicht«, schluchzte Roos. »Heute Morgen hatten wir uns noch auf dem Markt getroffen und zusammen Kaffee getrunken. Robert und Lotte waren bestens gelaunt und haben mir von ihrem letzten Kenia-Urlaub erzählt. Ich sollte am Wochenende vorbeikommen, um mir die Fotos anzusehen. Und jetzt sind sie tot.«

»Wenigstens haben sie sich das noch zusammen gegönnt«, entgegnete Leonie. »Seit Papa die Praxis nicht mehr führt, war er doch laufend allein in irgendwelchen Kriegsgebieten unterwegs und hat Verletzte behandelt. Ständig haben Mama und ich uns Sorgen gemacht.«

»Meinst Du, ich nicht?«, fragte Roos entrüstet. »Was glaubst Du, wie froh ich jedes Mal war, wenn er wieder gesund zu Hause ankam.«

Leonie sah zu ihr herüber. »Tante Roos, was mache ich denn jetzt ganz allein?«

Roos nahm sie in den Arm. »Du bist nicht allein Leonie und kannst natürlich, so lange Du willst, bei mir wohnen.«

Die brach endgültig in Tränen aus. Während sie ihren Kopf an ihre Schulter lehnte, flüsterte sie: »Und Johannes hat mir heute kurz vor dem Abflug erklärt, dass er mich nicht mehr sehen will. Es ist aus.«

Roos räusperte sich. »Auch das noch. Ich mache Dir jetzt erst einmal einen Tee, der wird Dir guttun und dann beziehe ich das Bett oben im Gästezimmer. Du musst Dich unbedingt ausruhen und morgen sehen wir weiter.«

Leonie sah sie mit verheulten Augen an. »Morgen kommen zwei Beamte von der Polizei hierher und wollen mir Fragen über Mama und Papa stellen. Stehst Du mir bei?«

»Natürlich stehe ich Dir bei.« Sie ging in die Küche, um Teewasser aufzusetzen.

Leonie holte ihr Mobiltelefon hervor. Keine Nachricht von Johannes. Wahrscheinlich lag der jetzt mit einer Anderen im Bett und dachte gar nicht mehr an sie.

Roos kam mit dem Tee zurück ins Wohnzimmer. »Trink das und morgen früh gehe ich auf den Markt und hole uns ein Frühstück.«

Sie sah zu der kleinen Katze herüber, die sich auf einem Kissen zusammengerollt hatte. »Und für Hannah besorgen wir auch etwas Futter.«

Leonie ließ jetzt ihren Tränen freien Lauf und schluchzte: »Tante Roos, Du bist im Moment meine einzige Hoffnung.«

**

Tess Kuijpers saß schon früh am Morgen in ihrer Küche. Nebenbei lief der Fernseher. Sie horchte auf, als der Moderator in den Nachrichten den Mord an einem Arzt und seiner Frau schilderte und Fotos der Opfer eingeblendet wurden.

Sie stutzte, als der weiter berichtete, dass Dr. de Wit erst vor kurzem wieder aus einem Camp an der türkischen Grenze von einem humanitären Einsatz zurückgekommen war. ›Interessant‹, dachte sie.

Schnell räumte sie den Küchentisch ab und zog mit einem Ruck das Rollo nach oben. Dann öffnete sie das Fenster. Frische kalte Morgenluft erfüllte den Raum.

Die Haustür klappte.

»Guten Morgen«, rief Hendrik gutgelaunt. »Und es riecht so gut nach Kaffee.« Er kam jetzt in die Küche, gab Tess einen Kuss und setzte sich ihr gegenüber.

»Das war eine Nacht«, seufzte er. »Wir hatten vier Gleisstörungen im U-Bahn-Netz und mussten einen Schienenersatzverkehr einrichten, sonst wäre die Hölle los gewesen.« Er sah sie mit müden Augen an. »Und bei Dir? Wann bist Du denn heimgekommen?«

Tess winkte ab. »Reden wir nicht darüber. Kurz nach Mitternacht musste ich zu einem Mordfall im Stadtteil Slotervaart. Ein Arzt und seine Frau wurden umgebracht.«

Eine Sorgenfalte bildete sich auf seiner Stirn. »Warum musst gerade Du immer zu diesen Fällen?«

»Weil das mein Job ist.«

»Tess«, begann Hendrik vorsichtig, denn er wusste, dass sie nur sehr ungern darüber sprach. »Meinst Du, dass das auf Dauer gut geht? Du weißt, dass ich ständig besorgt bin und Du hattest mir eigentlich versprochen, Dich um eine Stelle im Innendienst zu bemühen.«

Sie stand auf und stellte ihre Kaffeetasse in den Geschirrspüler. »Im Moment ist keine frei«, antwortete sie steif. »Und Du weißt, dass ich diesen Beruf nur ganz oder gar nicht ausüben kann und gar nicht kommt für mich nicht infrage.«

Schnell nahm sie ihre Handtasche, zog sich im Flur die Jacke über und rief: »Bis heute Abend.«

Auf dem Weg ins Polizeibüro dachte sie nach. Immer öfter erinnerte er sie daran, dass sie ihm an ihrem fünfzigsten Geburtstag versprochen hatte, die nächste freie Stelle im Innendienst anzunehmen. Sie hatte sich nur deshalb dazu hinreißen lassen, weil sie an diesem

Tag ein, zwei Gläser Rotwein zu viel getrunken hatte. Doch im Grunde war das eine Lüge, denn Sie konnte sich einfach nicht vorstellen, trockene Akten zu wälzen, mittags in der Kantine mit Kolleginnen über Familienthemen zu plaudern und am Nachmittag pünktlich an der Stempeluhr zu stehen.

Zufrieden sah sie in den Rückspiegel. Mit ihren lockigen, den noch immer dunklen Haaren und der sportlichen Lederjacke fühlte sie sich mindestens zehn Jahre jünger, als sie war und hatte im Moment keinerlei Ambitionen, an die verbleibenden fünfzehn Jahre Dienstzeit zu denken, geschweige denn, die an einem öden Schreibtisch zu verbringen.

Das Telefon schreckte sie aus ihren Gedanken. Thomas Boer war dran. »Guten Morgen Brigadier Kuijpers. Sind Sie auf dem Weg ins Büro?«

»Oh, heute ganz förmlich Hoofdagent Boer«, antwortete sie lächelnd. »Aber ich denke, dass ich in zwanzig Minuten da bin.«

»Frau Dr. van Beek vom gerichtsmedizinischen Institut hat angerufen und möchte mit uns sprechen. Sie sagte zwar, dass einige Labortests erst im Laufe dieses Tages ausgewertet werden können, aber dennoch … .«

»Schon in Ordnung, wir treffen uns dort«, fiel sie ihm ins Wort. »Sagen Sie aber den Kollegen noch Bescheid, dass wir das geplante Meeting um eine Stunde verschieben müssen.«

»Alles klar, bis gleich.«

Dr. Lieke van Beek saß, ihnen den Rücken zugewandt am Fenster und beugte sich gerade über ein Mikroskop, als die Polizisten den Raum betraten.

»Moment bitte«, sagte sie beiläufig und stellte dabei die Linse scharf. »Ich möchte nicht unhöflich sein, aber das hier muss ich mir schnell noch ansehen.«

»Schon in Ordnung«, entgegnete Tess und sah sich um. Hinter einem Paravent standen zwei zugedeckte Bahren.

Mit einem gehörigen Schwung drehte sich die Ärztin zu ihnen um. »Guten Morgen«, sagte sie und steckte einen Kugelschreiber in die Brusttasche ihres grünen Mantels.

Thomas Boer sah sie erstaunt an.

»Haben Sie hier einen alten zerknitterten Arzt vermutet?«, fragte sie lächelnd.

Er schluckte. »Wie kommen Sie denn darauf?«

Sie hob die Schultern. »Ich habe Ihren Blick gesehen.«

Sie stand auf und ging nach nebenan. »Kommen Sie bitte mit.« Dann schlug sie ein Tuch beiseite.

»Lotte van Hoebeeck, geboren am zweiten November 1957, verstorben gestern Nacht an einem Kopfschuss in die linke Schläfe. Todeszeitpunkt zirka gegen 20.00 Uhr. Der Schuss war aufgesetzt und präzise ausgeführt worden, das Opfer war auf der Stelle tot. Es handelte sich dabei um eine Pistole, Kaliber neun Millimeter mit Schalldämpfer. Außerdem hatte sie einige kleine Hämatome an den Hand- und Fußgelenken, die aber auf das Fesseln am Stuhl zurückzuführen sind. Ansonsten sind keine weiteren Verletzungen an ihrem Körper festgestellt worden. Und sie war entsprechend ihrem Alter, in guter körperlicher Verfassung gewesen.« Sie sah die Polizisten an. »Haben Sie irgendwelche Fragen?«

»Wollen Sie damit sagen, dass diese Frau einfach so erschossen wurde?«, fragte Thomas Boer.

»Ja«, antworte die Ärztin. »Es gab vermutlich keinen Kampf.«

»Und ihr Mann?«

»Da sieht das Ergebnis schon anders aus«, antwortete sie und ging zum nächsten Tisch. »Robert de Wit, geboren am dreiundzwanzigsten Juni 1952, gestorben ebenfalls letzte Nacht. Todeszeitpunkt etwa gegen 22.00 Uhr, also zwei Stunden später. Auch er hat einen Kopfschuss in die linke Schläfe erhalten, höchstwahrscheinlich mit derselben Waffe, aber das war letztendlich nicht die Todesursache.«

Sie ging um den Tisch herum und deutete auf kreisrunde Verletzungen an seinen Fußsohlen. »Da sehen Sie, er ist gefoltert worden. Er hat in diesen Bereichen Verbrennungen dritten und vierten Grades erlitten.«

Sie sah die Polizisten an. »Aber auch daran stirbt man nicht sofort. Robert de Wit's Martyrium hat den Verletzungen nach längere Zeit gedauert und dabei hat er einen schweren Herzinfarkt erlitten, was die eigentliche Todesursache war. Den Kopfschuss haben ihm der oder die Täter wahrscheinlich nur anschließend gegeben, um sicher zu sein, dass er wirklich tot ist.«

»Durch was können denn solche Brandverletzungen entstehen?«, fragte Tess.

Lieke van Beek überlegte. »Vielleicht durch eine Heißluftpistole, mit dem man eigentlich alte Farbe von Hölzern entfernt, oder einem ähnlichen Gerät«

Tess schüttelte den Kopf. »Das ist ja furchtbar.«

»Da ist noch etwas«, entgegnete die Ärztin. »Er hat nur eine Niere, die aber den Narben nach, schon vor mindestens zwei Jahren entfernt worden sein muss. Ich habe im Zentralregister eine Anfrage gestellt und gerade eben die Antwort erhalten. Er war nirgends als Spender gelistet.«

»Sie meinen doch nicht etwa, dass er eine Niere illegal verkauft hat?«, fragte Thomas Boer entsetzt.

»Das habe ich nicht behauptet, aber seltsam ist das Ganze schon. Abgesehen davon hatte er Hepatitis B, nur kann ich nicht sagen, ob er diese Krankheit schon vor der Operation hatte. Am besten, Sie reden mit Hinterbliebenen, vielleicht wissen die etwas darüber.«

»Wie bekommt man denn diese Krankheit?«

Dr. Lieke van Beek sah ihn ernst an. »Diese Form der Leberentzündung wird in erster Linie durch sexuellen Kontakt übertragen.«

»Seine Frau hatte aber nichts, sagten Sie?«, hakte Tess nach.

»Nein, Lotte van Hoebeeck war kerngesund.«

Die Polizisten verabschiedeten sich.

Als sie im Büro ankamen, warteten bereits die Kollegen der Spurensicherung. Tess Kuijpers trat mit ernster Miene vor sie hin. »Wir kommen gerade aus dem gerichtsmedizinischen Institut.« Dann schilderte sie das Obduktionsergebnis der Opfer.

Einen Moment lang herrschte betretenes Schweigen. Sie wandte sich an Jan Smits, den Leiter der Spurensicherung »Haben Sie neue Ergebnisse vom Tatort?«

»Fast nichts, was wir nicht gestern schon festgestellt hatten«, erwiderte er. »Keine Zugangstür wurde gewaltsam geöffnet. Entweder hatten die Täter einen Schlüssel, oder sie wurden von den Opfern selbst hereingelassen.«

»Was meinst Du mit ›fast?‹«, hakte Thomas Boer nach.

»Wir sind überzeugt, dass ein PC mitgenommen wurde, der im Arbeitszimmer von Robert de Wit gestanden ist. Wir konnten das an einen Staubrand unter dem Schreibtisch erkennen und alle Kabel hingen in der Gegend herum. Das Display stand allerdings noch da. Außerdem waren alle Schubladen leer.«

»Konnten Sie Fingerabdrücke sichern?«, fragte Tess weiter.

»Ja natürlich, aber diese und anderes Genmaterial müssen noch mit den Bewohnern des Hauses abgeglichen werden. Viel Hoffnung haben wir nicht.«

»Sind die unmittelbaren Nachbarn schon befragt worden, ob sie etwas mitbekommen haben?«

»Wir haben noch nicht alle erreicht, fahren aber gleich noch einmal dorthin. Und noch etwas.«

»Nun sagen Sie schon«, fiel Tess im ins Wort.
»Auf Robert de Wit waren zwei Autos zugelassen. In der Garage stand aber nur eins. Vielleicht wurden die gestohlenen Sachen, über die wir im Moment noch keinen Überblick haben, damit abtransportiert. Es handelt sich um einen Volvo V60, Baujahr 2012, Farbe dunkelblau. Das Kennzeichen haben wir sofort an alle Dienststellen in den Niederlanden und die umliegenden Grenzübergänge weitergeleitet.«

»Und das sagst Du erst jetzt?«, rief Thomas Boer. »Da können wir nur hoffen, dass sich das Fahrzeug nicht schon in Litauen, oder noch weiter östlich befindet.«

»Wir haben getan, was wir konnten«, entgegnete Jan Smits. »Und machen uns ja auch gleich wieder an die Arbeit.«

»Und wir fahren jetzt zu Leonie, der Tochter der beiden Opfer. Sie wohnt im Moment bei ihrer Tante, der Schwester von Robert de Wit.«

Grübelnd sah Tess Kuijpers ihre Kollegen an. »Am besten, ein Streifenwagen fährt mit und bringt dann beide hierher. Bereiten Sie auf der Dienststelle alles vor, damit sie erkennungsdienstlich behandelt werden können. Thomas Boer und ich fahren anschließend zu Dr. Luuk de Groot. Er hat die Praxis von Robert de Wit vor fünf Jahren übernommen. Vielleicht bringt er uns auf eine Spur.«

Sie nahm ihre Jacke vom Stuhl. »Lassen Sie uns keine Zeit verlieren.«

**

Roos de Wit war schon früh am Morgen auf den Markt gegangen. Sie hatte nachts kaum ein Auge zu bekommen und immer wieder Leonie gehört, die oben im Gästezimmer auf- und abgegangen war.

Bevor sie das Haus verlassen hatte, sah sie vorsichtig bei ihr hinein. Sie schien fest zu schlafen und ihre Katze lag zusammengerollt am Fußende.

»Hannah, komm mit«, flüsterte Roos. Die sprang herunter und lief maunzend in den Flur. Schnell öffnete Roos unten im Wohnzimmer die Terrassentür und ließ sie in den Garten.

»Ich bin bald wieder zurück.«

Angekommen auf dem Marktplatz, ging sie zu ihrer Freundin Alida, die hier seit vielen Jahren einen großen Obststand führte, aber auch Blumen, Wurst, Käse und frische Eier anbot.

»Hallo Roos«, rief sie ihr gutgelaunt zu und strahlte dabei über ihr rundes Gesicht. »Seit wann bist Du denn schon so früh am Morgen unterwegs? Konntest Du nicht schlafen?«

»Ja«, seufzte die. »Leonie wohnt im Moment bei mir. Mitten in der Nacht stand sie plötzlich vor der Haustür.«

»Was ist denn passiert?«, fragte Alida erstaunt, während sie eine Papiertüte nahm und ein paar Äpfel hineinsteckte.

»Stell Dir vor«, flüsterte Roos. »Robert und Lotte sind gestern Abend in Ihrem Haus ermordet worden. Und Leonie das arme Ding, hat die beiden gefunden.«

»Ermordet?«, rief Alida entsetzt. »Von wem denn?«

»Pst«, flüsterte Roos. »Nicht so laut und erzähle es bitte erst einmal nicht weiter. Ich kann es ja selbst noch nicht fassen.«

Plötzlich hielt ein kleiner Lieferwagen neben ihr und ein ziemlich großer, korpulenter Mann stieg aus. Er trug ein kariertes Hemd und eine grüne Schürze überspannte seinen fülligen Bauch. Es war Finn, der Sohn von Alida. »Hallo Roos«, rief er und öffnete die Heckklappe. Dann schleppte eine Kiste mit frischen Birnen zur Auslage. »Was machst Du denn um diese Zeit schon hier?«

Sie sah unsicher zu Alida herüber. »Ich habe einfach schlecht geschlafen.«

Die gab ihr die Tüte mit den Äpfeln. »Brauchst Du sonst noch irgendetwas?«

»Ja, ich nehme noch ein Stück von dem Emmentaler und 200 g geräucherten Schinken.«

Alida schnitt hastig den Käse ab, wog die Wurst und legte das Päckchen vor sie hin. »Das geht aufs Haus und grüß Leonie bitte von uns.«

Finn horchte auf. »Leonie?«, fragte er. »Was ist denn mit ihr? Geht es Ihr etwa nicht gut?«

Alida und Roos sahen sich betreten an.

Finn war, seit er vierzehn war, in Leonie verliebt gewesen, aber die hatte immer nur freundschaftliche Gefühle für ihn gehabt. Und seitdem sie ihm ins Gesicht gesagt hatte, dass das nie anders sein würde, hatte er sich enttäuscht zurückgezogen, aber nie eine andere Freundin gehabt.

Doch hin und wieder, wenn Roos auf den Markt kam, erkundigte er sich bei ihr, was Leonie so machte und ob sie gerade einen Freund hatte. Insgeheim gab er nie die Hoffnung auf.

»Es geht ihr gut«, sagte Roos kurz angebunden und verstaute schnell ihre Sachen in einem Korb. Sie sah ihre Freundin müde lächelnd an. »Danke Alida, ich komme bestimmt bald wieder vorbei.«

»Was war denn mit der los?«, fragte Finn erstaunt. »Habe ich ihr irgendetwas Falsches gesagt?«

»Nein«, antwortete Alida ernst. »Und ich sage es Dir jetzt, denn Du wirst es sowieso bald erfahren. Leonies Eltern sind gestern ermordet worden und deshalb wohnt sie vorerst bei Roos.«

Finn band sich hastig die Schürze ab und ging zu seinem Lieferwagen. »Ich muss sofort zu ihr.«

Sie stützte die Hände auf die Ablage. »Finn, lass das bleiben. Leonie braucht Ruhe. Sie jetzt zu bedrängen ist sicher der falsche Weg.« Sie wusste, dass ihr Sohn nur jeden erdenklichen Vorwand nutzen würde, um ihr nahezukommen.

Der schüttelte heftig den Kopf. »Ich werde ihr, so gut ich eben kann, beistehen. Und davon wird mich niemand abhalten, auch Du nicht.«

Bevor sie noch etwas sagen konnte, öffnete er die Autotür, startete den kleinen Lieferwagen und fuhr mit quietschenden Reifen davon.

Währenddessen saßen Tess Kuijpers und Thomas Boer, zusammen mit Leonie im Wohnzimmer. »Wir wollen schnellstmöglich den oder die Täter finden, die Ihren Eltern das angetan haben«, begann Tess. »Und deshalb müssen wir Ihnen jetzt ein paar Fragen stellen.«

Leonie sah sie müde an. »Das bringt sie mir aber auch nicht zurück.«

Tess ging nicht darauf ein. »Sie sagten, dass Sie einige Tage in Deutschland waren. Wann genau sind Sie dorthin gefahren?«

»Am 04. Oktober abends gegen acht, hatte Papa mich zum Flughafen gebracht.«

»Ist Ihnen da vielleicht irgendetwas aufgefallen? Ich meine, ob er einen besorgten Eindruck gemacht hat über etwas, was Sie sich nicht erklären konnten?«

»Nein ganz im Gegenteil. Er und auch Mama waren bestens gelaunt, auch wenn es ihnen nicht passte, dass ich schon wieder nach München fuhr.«

»Was haben Sie denn dort gemacht?«

Leonie lehnte sich resigniert auf der Couch zurück. »Ich habe meinen ehemaligen Freund Johannes besucht.«

»Wieso ehemaligen Freund?«

»Weil er, gestern Abend, kurz vor meiner Abreise nach Amsterdam, Schluss gemacht hat«, seufzte sie.

»Tut mir leid«, antwortete Tess.

»Das braucht Ihnen nicht leid zu tun.«

»Mit welchem Auto hatte Ihr Vater Sie zum Flughafen gebracht?«, fragte jetzt Thomas Boer.

Leonie sah ihn erstaunt an. »Ist denn das so wichtig?«

»Auf Ihre Eltern waren nach unseren Recherchen zwei Autos zugelassen, ein Fiat 500 und ein Volvo V60. Letzterer war nicht auffindbar und scheint in der Tatnacht gestohlen worden zu sein.«

Leonie wiegte den Kopf. »Da wäre ich nicht so sicher. Papa hatte den Wagen am Tag meiner Abreise in eine Reparatur-Werkstatt gebracht und mich deshalb mit Mamas Auto zum Flughafen gebracht.«

»Wie heißt die Werkstatt?«, fragte Thomas Boer und holte einen Notizblock aus der Innentasche seiner Lederjacke.

»Ich habe keine Ahnung, denn dafür habe ich mich nie interessiert.«

Thomas Boer nahm sein Mobiltelefon und wählte eine Nummer. »Jan«, sagte er schließlich. »Seht mal nach, ob Ihr irgendwo im Haus Rechnungsunterlagen einer Kfz-Werkstatt findet. Der Volvo wurde wahrscheinlich von Robert de Wit letzte Woche zur Reparatur gebracht und es könnte durchaus sein, dass das Auto dort noch zu finden ist.«

Er legte wieder auf und sah zur Haustür, denn jetzt wurde ein Schlüssel im Schloss herumgedreht. »Das muss Tante Roos sein«, sagte Leonie schniefend. »Sie wollte auf dem Markt etwas einkaufen.«

»Wie war denn das Verhältnis Ihrer Tante zu Ihren Eltern?«, fragte Tess weiter.

»So gut es eben nur sein konnte«, antwortete Leonie. »Tante Roos ging Mama zwar manchmal auf die Nerven, denn sie rief fast jeden Tag bei uns an. Aber letztendlich waren sie ihr dankbar, dass sie meistens einsprang, wenn etwas anlag.«

Inzwischen stand Roos an der Türschwelle. »Oh, Sie sind schon da. So früh hatte ich nicht mit Ihnen gerechnet.«

Plötzlich läutete es erneut. Die Polizisten sahen sie erstaunt an. »Erwarten Sie noch jemanden?«, fragte Thomas Boer.

»Nein, eigentlich nicht.«
Sie ging durch den Flur und öffnete. »Finn, was tust Du denn jetzt hier?«, rief sie erschrocken.

»Wie geht es Leonie?«, fragte er aufgeregt. »Kann ich irgendetwas für sie tun?«

»Du kannst hier im Moment gar nichts tun«, sagte Roos. »Bitte geh` jetzt, die Polizei spricht gerade mit ihr. Da störst Du bloß.«

»Wer sind Sie denn?«, fragte Thomas Boer, der inzwischen hinter ihr stand.

Finn schluckte. »Ich bin ein guter Freund von Leonie.«

»Und Ihr Name?«
»Finn Mulder«, antwortete er stockend.

Thomas Boer trat an die Seite. »Dann kommen Sie bitte mit.«

Als Leonie ihn sah, sprang sie von der Couch auf. »Finn, ich ertrage nicht, dass Du gerade jetzt hierherkommst. Geh` bitte sofort und lass mich in Ruhe.«

Die Polizisten sahen sich erstaunt an. Tess ging zu ihm hin und hielt ihm ihre Dienstmarke entgegen. »Ich bin Brigadier Kuijpers und leite die Ermittlungen. Wer sind Sie und was wollen Sie von Leonie de Wit?«

»Das habe ich gerade Ihrem Kollegen gesagt. Ich bin ein guter Freund und möchte ihr beistehen.«

»Du bist ein Bekannter, sonst nichts Finn«, fauchte Leonie dazwischen. »Und Dein Mitleid brauche ich ganz bestimmt nicht.«

»Jetzt beruhigen Sie sich alle bitte«, sagte Tess beschwichtigend. Sie wandte sich an Thomas Boer. »Nehmen Sie seine Personalien auf und sollte es erforderlich sein, melden wir uns bei ihm.«

Der zog ihn am Arm in den Flur. »Kommen Sie bitte mit.« Schnell schloss er die Wohnzimmertür. Kurz darauf kehrte er zurück. »Kann es sein, dass dieser Finn mehr sein möchte, als nur Ihr Freund?«

»Kann schon sein, aber das ist mir völlig egal.«

»Na gut«, antwortete Tess. »Zurück zu unseren Fragen.« Sie räusperte sich. »Ihre Eltern wurden letzte Nacht im gerichtsmedizinischen Institut obduziert. Dabei stellte man fest, dass Ihrem Vater vor etwa zwei Jahren eine Niere entnommen wurde. Ist Ihnen darüber etwas bekannt?«

Leonie blieb der Mund offen. »Nein«, flüsterte sie und sah zu ihrer Tante herüber. »Hast Du davon gewusst?«

Die schüttelte den Kopf. »Das muss ein Irrtum sein.«

»Das ist aber definitiv der Fall«, erklärte Tess. »Im Übrigen müssen Sie beide mit ins Polizeibüro kommen. Wir brauchen ihre Fingerabdrücke und etwas Genmaterial, um die Spuren im Haus von den Tätern unterscheiden zu können. Und danach fahren wir mit Ihnen noch einmal dorthin. Nur Sie können uns sagen, was nach dem Überfall fehlt.«

»Jetzt gleich?«, fragte Roos. »Wir wollten gerade frühstücken.«

»Also gut«, antwortete Tess. »Essen Sie etwas und in zwanzig Minuten fahren wir hier weg. Bitte beeilen Sie sich.«

Draußen vor der Tür holte Thomas Boer sein Zigarettenpäckchen hervor. »Wir verlieren kostbare Zeit, wenn wir beide mit den Frauen erst zum Tatort und dann zur Dienststelle fahren.« Er zündete sich eine Zigarette an. »Ich schlage deshalb vor, dass ich mich auf den Weg zu Dr. de Groot in die Orthopädiepraxis mache und dann zum Wohnhaus der de Wit`s nachkomme.«

»Wo ist diese Praxis?«

»In der Newtonstraat.«

Sie sah abfällig auf seine Zigarette. »Bitte rauchen Sie nicht mehr in meiner Gegenwart. Ich habe sowieso schon mit Heuschnupfen zu kämpfen, da brauche ich dieses Gift nicht auch noch.«

Thomas ließ die Zigarette fallen. »Entschuldigen Sie, das habe ich nicht gewusst.«

Er ging zu seinem Sportwagen und fuhr davon. Während der Fahrt wurde er wütend. ›Ständig hatte sie an ihm etwas herumzunörgeln und auszusetzen. Aber das nächste Mal würde er sich das nicht gefallen lassen‹, nahm er sich vor.

Als er an der Praxis ankam, zog er die Handbremse an und atmete durch. »Bleib ganz ruhig Thomas«, flüsterte er, als er zu dem Backsteingebäude hinsah. »Lass Dich bloß nicht durcheinanderbringen.«

Er öffnete die Wagentür und lief auf ein messingfarbenen Schild zu. ›Praxis für Orthopädie Dr. Luuk de Groot‹ stand dort in geraden Buchstaben eingraviert. Er betrat das Gebäude.

Hinter ihm lief eine junge Frau mit hinein, die am rechten Fuß einen Verbandschuh trug und sich auf zwei Krücken stützte.

»Kann ich Ihnen helfen?«, fragte Thomas freundlich.

»Oh ja, es wäre sehr nett, wenn Sie für mich da vorn die Tür öffnen würden«, antwortete sie lächelnd. »Ich habe gerade alle Hände voll zu tun.«

»Gerne doch.«

Er wartete, bis alle Patienten im Wartezimmer verschwunden waren, dann ging er zur Anmeldung und holte seine Dienstmarke hervor. »Ich bin Hoofdagent Thomas Boer von der Kriminalpolizei in Amsterdam und muss dringend Dr. Luuk de Groot sprechen.«

Die Sprechstundenhilfe sah ihn erstaunt an. »Dr. de Groot hat den ganzen Vormittag Termine. Das Wartezimmer ist bis auf den letzten Platz besetzt.«

»Wir ermitteln in einem Mordfall und seine Aussage kann erheblich zur Aufklärung beitragen. Ich muss deshalb darauf bestehen, dass Sie mich sofort zu ihm lassen.« Etwas verunsichert stand sie auf und klopfte an die Tür eines Behandlungszimmers.

»Herein«, hörte sie ihren Chef rufen. »Dr. de Groot«, begann sie vorsichtig. »Bei mir in der Anmeldung steht ein Herr von der Kriminalpolizei und möchte Sie sprechen. Er sagt, dass die Angelegenheit keinen Aufschub duldet.«

»Dann bitte«, antwortete er mürrisch und klappte seinen Laptop zu, als Thomas Boer das Sprechzimmer betrat. Vor ihm stand ein fast zwei Meter großer, sehr schlanker Mann. Thomas schätzte, dass er noch keine vierzig Jahre alt war und offensichtlich sehr viel Wert auf sein Äußeres legte. Er trug eine weiße Jeans und ein enganliegendes blaues Hemd, was seine sportliche Figur zusätzlich betonte.

»Was kann ich für Sie tun?«, begann der mit einem scheinbar spöttischen Lächeln.

Gelassen holte Thomas seine Dienstmarke hervor und hielt sie direkt vor ihn hin. »Mein Name ist Hoofdagent Thomas Boer von der Amsterdamer Kriminalpolizei. Wir ermitteln in einem Mordfall.«

»Und was habe ich damit zu tun?«
»Das wissen wir noch nicht.«

»Na da bin ich aber mal gespannt«, antwortete Luuk de Groot gedehnt und verschränkte die Arme vor sich.

»Dr. Robert de Wit und Lotte van Hoebeeck sind gestern Nacht tot in Ihrem Wohnhaus in der ›Van Mourik Broetmannsstraat‹ von ihrer Tochter aufgefunden worden.«

Luuk wich die Farbe aus dem Gesicht. »Was?«, fragte er. »Die de Wit`s sind tot?«

»Ja. Sie wurden ermordet.«
Der Arzt schluckte und deutete auf die Couch. »Bitte setzen Sie sich. Wie kann ich Ihnen weiterhelfen?«

»Sie kannten die Opfer und haben die Praxis übernommen.«

»Mit Dr. de Wit hatte ich immer nur beruflich zu tun«, sagte Luuk unbehaglich, nahm sich ein Glas und goss Wasser ein. »Sie auch?«

»Nein danke«, antwortete Thomas und lehnte sich nach vorn. »Wann haben Sie ihn kennengelernt?«

»Nachdem ich vor zehn Jahren mein Studium abgeschlossen hatte, habe ich anfangs im städtischen Krankenhaus als Assistenzarzt gearbeitet. Ein anstrengender Job, das können Sie mir glauben. Zwanzig-Stunden-Schichten waren keine Seltenheit und dann diese ewigen Bereitschaftsdienste an den Wochenenden. Das hält man nur eine gewisse Zeit durch. Robert de Wit hat oft seine Patienten zu uns überwiesen, wenn diese stationär behandelt werden mussten und so kamen wir eben ins Gespräch. Ich habe sein komplexes Wissen und seine Erfahrung sehr geschätzt, aber er hatte vor allem zum damaligen Chefarzt Professor Johan de Jong engen Kontakt. Soweit ich weiß, waren die beiden auch privat befreundet. Der war allerdings nicht sehr begeistert, als er erfuhr, dass Dr. de Wit mir anbot, seine Praxis zu kaufen. Ich habe diese Chance natürlich sofort genutzt.«

»Arbeitet Professor de Jong noch in diesem Krankenhaus?«

Luuk schüttelte den Kopf. »Nein, er wurde vor fünf Jahren pensioniert und lebt seitdem mit seiner Frau in einer Finka auf Mallorca. Hin und wieder kommt er aber nach Amsterdam, um sich behandeln zu lassen.«

»Wieso? Was hat er denn?«

»Ich weiß nicht, ob ich Ihnen das sagen darf.«

Thomas holte seinen kleinen Notizblock und einen Kugelschreiber hervor und sah ihn gelassen an. »Sie können es mir jetzt sagen, oder auch nicht. Herausfinden werden wir es ganz bestimmt trotzdem.«

»Professor de Jong muss regelmäßig zur Dialyse.«

»Na also«, antwortete Thomas Boer. »Es geht doch.«

Luuk stand auf und sah auf die Armbanduhr. »War das alles? Meine Patienten warten.«

»Noch nicht ganz. Haben Sie gewusst, dass Dr. Robert de Wit vor etwa zwei Jahren eine Niere entfernt wurde?«

Luuk`s Augen wurden groß. »Nein, das ist das Neueste, was ich höre.« Sein erstauntes Gesicht wirkte echt auf Thomas, der nicht weiter darauf einging.

»Wo wohnen Sie und wie können wir Sie dort, falls es notwendig ist, erreichen?«

Luuk ging zur Tür. »Ich lebe auf einem Hausboot im Stadtteil Jordaan. Im Übrigen allein, falls Sie das auch noch interessiert. Meine Sekretärin gibt Ihnen die Adresse und die Telefonnummer.«

Er öffnete die Tür. »Und jetzt entschuldigen Sie mich bitte, ich muss den nächsten Patienten hereinbitten.«

Thomas Boer ging kurz darauf über das Treppenhaus nach unten. Währenddessen stand Luuk de Groot am Fenster und beobachtete ihn mit schmalen Augen, bis er in seinen Wagen gestiegen und davongefahren war.

Dann drückte er den Knopf der Sprechanlage: »Bitte den nächsten Patienten in Sprechzimmer zwei.«

**

Währenddessen standen Tess Kuijpers, Leonie und ihre Tante im Haus und sahen sich um. Jan Smits und seine Kollegen von der Spurensicherung hatten ihre Arbeiten abgeschlossen und warteten draußen im Garten. Zuletzt hatte ein herbeigerufener Tatortreiniger die Blutspuren in der Küche beseitigt.

Jetzt konnte man meinen, die Bewohner des Hauses wären nur mal eben zum Einkaufen gegangen, oder vorübergehend verreist.

»Mir ist klar, dass das jetzt schwer für Sie beide sein wird, aber bitte sehen Sie sich alles genau an«, sagte Tess eindringlich. »Und wenn Ihnen irgendeine Veränderung auffällt, oder Sie feststellen, dass etwas fehlt, dann sagen Sie es bitte.«

Langsam ging Leonie durch den Flur und betrat das Esszimmer, drehte sich um und lief ins Wohnzimmer. Sofort kamen ihr wieder die Tränen, als sie am Erker die gemütlichen Ledersessel betrachtete, in denen ihre Eltern abends immer gerne gesessen waren, um Fernsehen zu schauen. »Es ist alles wie immer«, schluchzte sie. »Hier ist nichts verändert worden.«

»Überlegen Sie noch einmal gut«, beschwor sie Tess. Leonie ging wortlos zurück in den Flur und sah zum Eingang. Plötzlich drehte sie sich um. »Mama und Papa hatten jeder einen Schlüsselbund. Die hingen immer da vorn neben der Tür. Sind die vielleicht irgendwo anders gefunden worden?«

Tess überlegte, dann ging sie durch das geräumige Wohnzimmer und öffnete die Terrassentür. »Jan«, rief sie. »Kommen Sie bitte.«

Der warf eilig seine Zigarette weg. »Was gibt es denn?«

»Habt Ihr irgendwo im Haus Schlüssel gefunden?«
Der überlegte kurz. »Nein, nicht das ich wüsste.«

»Und was ist mit den Auto-Werkstatt-Unterlagen, weswegen Thomas Boer vorhin bei Euch angerufen hatte?«

»Auch da haben wir nichts entdeckt, außer in einem Ordner den Versicherungsschein.« Er deutete mit dem Kopf zu seinem Kollegen, der im Garten telefonierte.

»Nils ist gerade dabei, alle Volvo-Händler in und um Amsterdam aufzulisten, um nachher selbst zu den Autohäusern zu fahren.«

Tess verdrehte die Augen. »Ihr fahrt jetzt sofort los, oder braucht ihr eine Extra-Einladung?« Ohne seine Antwort abzuwarten, ging sie zurück zu Leonie.

»Welche Schlüssel waren noch am Bund, mal abgesehen von der Haustür?«

Leonie überlegte. »Garage, Gartenhaus und wahrscheinlich die von dem Bankschließfach.«

Tess stutzte. »Bankschließfach?«

»Sie hatten beide ihre Konten und Depots bei der städtischen Bank in der City und soweit ich weiß, sind sie immer zusammen dorthin gefahren, wenn sie etwas geholt, oder deponiert haben. Papa hat immer gesagt, dass das sicherer sei.«

»Wer wusste alles davon?«

Leonie hob die Schultern. »Ich denke, niemand außer mir.«

»Ihre Tante auch nicht?«

»Tante Roos?«, fragte Leonie erstaunt. »Sie hatte doch nichts mit dem Vermögen meiner Eltern zu tun.«

»Ich möchte Sie jetzt noch bitten, sich im Dachgeschoss umzusehen, während ich mit ihrer Tante rede.«

Leonie sah sie unsicher an. »Müssen wir danach noch lange hierbleiben?«

»Ich denke nicht. Wenn Sie oben waren, können wir gleich fahren, aber falls sie noch etwas von ihren persönlichen Sachen brauchen, nehmen Sie es bitte mit.«

Langsam ging Leonie die Holzstufen nach oben und betrat ihr Zimmer. Die Täter hatten anscheinend auch hier alles durchsucht. Auf einem kleinen Frisiertisch lag ein Fotorahmen, schnell drehte sie ihn um. Hinter dem zerbrochenen Glas lächelte ihr Johannes entgegen.

Leonie schluckte, doch jetzt wurde sie wütend und warf den Rahmen krachend gegen ihren Kleiderschrank.

»Alles in Ordnung bei Ihnen?«, hörte sie Tess rufen. Schwer atmend stand Leonie da und sah in den Spiegel neben der Zimmertür. ›Alle Menschen, die mir wichtig waren, habe ich verloren‹, dachte sie resigniert.

Sie hörte eilige Schritte auf der Treppe. »Leonie«, rief Tess, als sie in der Tür stand. »Was ist denn passiert?«

»Nichts«, antwortete die und schob sich schnell an ihr vorbei.

›Heute ergibt es keinen Sinn, länger hier zu bleiben‹, dachte Tess und lief ihr nach. ›Notfalls müssen wir sie später noch einmal herholen.‹

Sie ging zu Jan, der gerade mit seinem Kollegen ins Auto gestiegen war. »Weder Leonie noch ihre Tante Roos wissen, wo die Schlüssel sein könnten. Ihr bringt die beiden Frauen jetzt ins Polizeibüro und dann klappert ihr die Autohäuser nach dem Volvo ab. Ich bleibe noch eine Weile am Tatort und sehe mich um.«

›Wo steckt Thomas eigentlich?‹, dachte sie und holte ihr Mobiltelefon aus der Jackentasche. ›Er müsste doch eigentlich längst hier sein.‹

In diesem Moment sah sie ihn mit seinem Sportwagen auf sich zukommen. Als er ausgestiegen war, sagte er: »Ich habe Luuk de Groot sprechen können«, begann er. Dann schilderte er hastig, was er erfahren hatte und sah sich um. »Sind die Frauen mit Jan und Nils auf dem Weg zur Polizeistation? Die beiden kamen mir gerade entgegen.«

»Ja, aber jetzt noch einmal zurück zu diesem Professor de Jong. Sie sagten, dass er regelmäßig zur Dialyse muss und sich auch hin und wieder in Amsterdam aufhält. Und Robert de Wit hat wahrscheinlich einem uns unbekannten Menschen eine Niere gespendet. Könnte es nicht sein, dass er seinem Freund einen Gefallen getan hat?«

»Man kommt automatisch auf so einen Gedanken«, antwortete Thomas und sah sie zweifelnd an. »Also mir müsste schon jemand außerordentlich nahe stehen, bevor ich das täte.«

»Wir werden in diesem Krankenhaus nachfragen, aber zuerst fahren wir zur städtischen Bank. Die de Wit`s hatten dort ein Schließfach. Wir müssen unbedingt wissen, was sie deponiert hatten und wann sie das letzte Mal dort waren.«

Schnell lief sie zu einem Polizisten, der am Eingang wartete. »Versiegeln Sie die Türen. Für heute ist hier Schluss.«

Er nickte ihr zu. »Wird gemacht.«

Kurz darauf waren Sie auf dem Weg in die Innenstadt.

An der Bank angekommen, gingen sie zu einem Informationsschalter. Ein junger Angestellter nickte höflich. »Wie kann ich Ihnen weiterhelfen?«

»Wir sind von der Amsterdamer Kriminalpolizei. Mein Name ist Brigadier Tess Kuijpers, das ist Hoofdagent Thomas Boer. Wir müssen mit dem Filialleiter sprechen.«

Er deutete auf eine kleine Sitzecke. »Dr. Maas befindet sich gerade im Kundengespräch, möchten Sie warten?«

»Ja«, antwortete Tess. »Aber bitte melden Sie uns an.« Sie setzten sich und beobachteten die Kunden, die an den Schaltern standen.

Plötzlich sah Thomas gespannt zum Eingang. »Sehen Sie mal, wer da gerade kommt. Das ist doch der junge Mann, der so gerne Leonie de Wit`s Freund sein möchte. Finn Mulder.«

Er schien sie nicht gesehen zu haben und ging direkt zu einem Kontoauszugsdrucker. Während er mit finsterer Miene einen Auszug nach dem anderen herausnahm, sagte Tess: »Irgendetwas an ihm stört mich, nur im Moment weiß ich nicht, was das sein könnte.«

In diesem Moment kam ein älterer, untersetzter Mann auf sie zu. Er trug einen dunklen Anzug mit Fliege und eine karierte Weste. »Ich bin Dr. Maas«, sagte er freundlich. »Kommen Sie bitte mit in mein Büro.«

Sie liefen hinter ihm her.

Tess begann ohne Umschweife: »Wir ermitteln in einem Mordfall. Die Opfer waren Kunden bei Ihnen.«

»Um wen geht es denn?«, fragte er erschrocken.

»Das Ehepaar Dr. Robert de Wit und Lotte van Hoebeeck, bisher wohnhaft in der ›Van Mourik Broetmannsstraat‹, sind gestern Abend in Ihrem Haus ermordet aufgefunden worden.«

Dr. Maas sah sie entsetzt an: »Wie bitte?«

»Ja so ist es«, antwortete Tess. »Wann waren die beiden das letzte Mal hier?«

»Also, wenn sie lediglich den Kontoauszugsdrucker oder einen Geldautomaten benutzt haben, müsste ich im Computer nachsehen. Einen Termin bei mir hatten sie … .« Er überlegte kurz, dann stand er auf. »Ich lasse meinen Kalender bringen, dann kann ich es Ihnen genau sagen.« Als er dem Polizisten wieder gegenüber saß, sagte er: »Ich muss jetzt in diesem Fall sofort die Konten und das Schließfach sperren.«

»Da wären wir ja auch schon beim Thema«, hakte Thomas Boer ein. »Leonie de Wit, die Tochter, hat uns berichtet, dass es hier in der Bank mindestens ein Schließfach gibt.«

»Ja, das ist richtig. Aber ich weise Sie schon jetzt darauf hin, dass Sie mir einen richterlichen Beschluss vorlegen müssen, falls Sie Informationen über den Inhalt haben wollen. Das verlangt nun mal das Bankgeheimnis.«

Tess sah ihn grübelnd an. »Hatten Ihre Kunden auch eigene Schlüssel bei sich?«

»Selbstverständlich nicht. Aus Sicherheitsgründen werden diese, nach einem mit uns vorher vereinbarten Termin, hier in der Bank aus einem eigens dafür vorhandenen Tresor geholt. Und dann gehen zwei Mitarbeiter mit der Kundschaft nach unten, um das entsprechende Fach zu öffnen, denn wir haben grundsätzlich ein ›Vier-Augen-Prinzip‹.«

»Es ist also jetzt nicht möglich zu erfahren, was die de Wit`s darin hatten?«

»Wie ich schon sagte, da sind mir leider die Hände gebunden«, entgegnete der Filialleiter ungerührt. »Es sei denn, Leonie de Wit, die ich ja auch persönlich kenne, legt einen Erbschein vor, aber das kann dauern.«

Tess hakte nach. »Leonie sagte uns aber vorhin, dass ihre Eltern Schlüssel bei sich zu Hause hatten.«

Der Filialleiter schüttelte den Kopf. »Aber nicht von einem Schließfach dieser Bank.«

Tess hatte es jetzt eilig und sah ihren Kollegen an. »Lassen Sie uns gehen.«

Der blieb stehen. »Sagen Sie mal Dr. Maas, bei Ihnen führt doch auch ein gewisser Finn Mulder sein Konto, oder?«

»Kann schon sein, aber da müsste ich mit meinen Angestellten reden. Schließlich kenne ich nicht jeden Kunden persönlich. Aufgefallen ist mir sein Name allerdings noch nie, weder negativ noch positiv.«

Eine Bankangestellte klopfte an und betrat das Büro. »Lotte van Hoebeeck war zuletzt vor vier Tagen hier und hat zweihundert Euro vom Girokonto abgehoben.«

Sie sah ihren Chef an. »An dem Schließfach war Robert de Wit vor genau drei Monaten allein.«

Die Polizisten verabschiedeten sich.

»Ich hätte es eigentlich wissen müssen«, murmelte Tess während der Fahrt ins Büro. »Natürlich tut dieser Banker ausschließlich Dienst nach Vorschrift.«

Thomas lächelte zu ihr herüber und fragte gespielt überrascht: »Ach, tun wir das etwa nicht?«

Sie sah aus dem Fenster. »In der Regel schon.«

»Ich bitte Sie«, antwortete er, während er auf dem Parkplatz der Polizeistation einbog. »Wir an seiner Stelle hätten doch auch nicht anders gehandelt.«

Tess stieg wortlos aus, warf die Autotür zu und lief zum Eingang.

Als Thomas schließlich im Büro die Tür öffnete, legte sie bereits den Telefonhörer wieder auf.

»Wir haben in einer Stunde einen Termin beim Staatsanwalt und werden ihm das Ergebnis unserer bisherigen Ermittlungen schildern. Und ich bin sicher, dass wir zügig den Beschluss zur Einsicht der Konten und Depots bei der Bank bekommen werden.«

Thomas Boer setzte sich an den PC und begann zu recherchieren. Schließlich holte er seinen Notizblock hervor. »Ich habe mir gerade auf der Internetseite des Krankenhauses ein Foto von diesem Professor Johan de Jong angesehen. Und in Haarlem gibt es eine ›Autovermietung de Jong‹. Den Namen de Jong gibt es zwar wie Sand am Meer, aber der Inhaber heißt mit Vornamen Willem und in dessen Impressum ist auch ein Foto von ihm. Er sieht dem Professor ziemlich ähnlich und ist möglicherweise ein Verwandter, oder sogar sein Sohn. Soll ich mal zu ihm fahren?«

»Ja, warum nicht. Vielleicht ist er tatsächlich die berühmte Stecknadel im Heuhaufen. Rufen Sie mich aber auf jeden Fall an, falls Sie etwas Interessantes erfahren.«

**

Alida Mulder stand am späten Nachmittag mit Finn auf dem Marktplatz und räumte den Obststand zusammen.

Es hatte zu nieseln begonnen und ein kalter Wind blies das Laub auf dem alten Kopfsteinpflaster umher. Nur noch wenige Kunden waren unterwegs.

Finn sprach kein Wort mit ihr und auf jede ihrer Fragen reagierte er lediglich mit einem Achselzucken.

Immer wieder beobachtete sie ihn aus den Augenwinkeln. Schließlich stellte sie mit Schwung eine leere Apfelkiste in den kleinen Lieferwagen, drehte sich zu ihm um und stemmte die Hände in die Hüften.

»Jetzt reicht es mir. Du bist fast dreißig Jahre alt und führst Dich auf wie ein Zehnjähriger, der seine Schokolade nicht bekommen hat. Schlag Dir Leonie endlich aus dem Kopf und sieh` Dich nach einer Frau um, die zu Dir passt.«

Wütend band der sich die Schürze ab, warf sie auf einen Klapptisch und lief wortlos davon. Alida sah im kopfschüttelnd nach. ›Genau wie Raimund, sein Vater. Wenn der sich mal etwas in den Kopf gesetzt hatte, war der auch stur gewesen bis in alle Ewigkeit‹.

Inzwischen regnete es in Strömen. Hastig klappte sie die Marktschirme zusammen, warf alles ins Auto und machte sich auf den Heimweg.

Unterwegs dachte sie an Raimund, der aus Deutschland stammte. Als junger Mann war er jeden Samstag in Enschede mit seinem Vater auf einem Markt gestanden und hatte geräucherten Fisch angeboten.

Alida, die dort bei Verwandten öfters Urlaub machte, hatte sich Hals über Kopf in ihn verliebt, als er ihr lächelnd eine frisch geräucherte Makrele entgegenhielt: ›So was Gutes findest Du nirgends sonst auf der Welt‹.

Als sie drei Jahre später geheiratet hatten und bald darauf ihr gemeinsamer Sohn zur Welt gekommen war, schien das Glück perfekt. Auch waren sie inzwischen in Alidas Heimatstadt Amsterdam gezogen und Raimund war von ihrer Familie sehr herzlich aufgenommen worden.

Doch irgendwann verhielt er sich seltsam, war immer öfter schroff zu ihr und Finn beachtete er kaum. Schließlich erfuhr sie von ihrer besten Freundin Roos, dass sie ihn mit einer anderen Frau in einer Eisdiele gesehen hatte. Als Alida ihn daraufhin zur Rede stellte, packte der wortlos seine Sachen und war verschwunden. Wohin, sagte er nicht.

Solange Finn klein war, bekam er jedes Jahr zum Geburtstag ein Päckchen und am Heiligen Abend rief Raimund meist kurz vor der Bescherung an. Den Rest des Jahres hörten sie nichts von ihm.

Finn zog sich immer mehr zurück, er lachte kaum und redete wenig. Aber er aß und zwar alles, was er kriegen konnte. Und Alida kochte hervorragend. Sie dachte, dass sie ihm wenigstens in dieser Hinsicht etwas Gutes tun konnte. Unbemerkt blieb das natürlich nicht, denn er wurde immer dicker und auch von Schulkameraden gehänselt.

Eine der wenigen, die das nicht taten, war Leonie. Wenn die mal wieder von ihrer Tante Roos betreut wurde, weil ihre Eltern in der Praxis beschäftigt waren, kamen oft Alida und Finn am Nachmittag vorbei.

Die Frauen tranken dann im Wohnzimmer Kaffee und plauderten, während Finn und Leonie auf dem

Teppich saßen und spielten, oder einen Comic im Fernsehen anschauten.

Doch Leonie fühlte sich, je älter sie wurde, immer weniger in Finn`s Gegenwart wohl und deshalb erfand sie Ausreden, warum sie ihre Tante nachmittags nicht mehr besuchen wollte.

Anfangs verstand Roos das nicht, erst als Leonie erzählte, dass ihr Finns Nähe unangenehm war, wurde ihr einiges klar. ›Jetzt bin ich aber beruhigt‹, hatte sie verständnisvoll gesagt. ›Ich dachte schon, Du magst mich nicht mehr. Ich werde Alida schonend beibringen, dass er Dich in Ruhe lassen soll und wie ich sie kenne, wird sie es auch verstehen.‹

Die hatte von all dem nichts mitbekommen und als sie schließlich Finn damit konfrontierte, hatte der beleidigt seine Zimmertür zugeworfen, nachdem er ihr sie angefaucht hatte: ›Das geht Dich gar nichts an.‹

Als Alida zu Hause ankam, öffnete sie eilig das Garagentor und fuhr den Lieferwagen hinein. »Mistwetter«, schimpfte sie leise vor sich hin und ging ins Haus. Finn saß in der Küche und hatte sich mal wieder ein Eis aus dem Gefrierfach genommen. Dabei saß er grübelnd da und starrte, ohne seine Mutter zu beachten, in den nassen Garten.

»Du könntest mir helfen die Obstkisten auszuladen, statt Dich hier sinnlos mit Süßigkeiten vollzustopfen«, sagte sie vorwurfsvoll. »Du weißt, was der Arzt gesagt hat. Wenn Du so weitermachst, bekommst Du Diabetes und ... .«

»Hör auf Mutter«, unterbrach er sie wütend und stand auf. »Und damit Du es weißt, nächste Woche fahre ich zu Vater.«

Finn wusste, dass er sie damit ins Mark traf und stellte sich mit verschränkten Armen grinsend vor sie hin. »Na?«, fragte er provozierend. »Was gedenkst Du dagegen zu unternehmen?«

Alida sah ihn ungerührt an. »Nichts Finn. Fahr ruhig zu Deinem Vater, aber über eins sei Dir im Klaren. Du packst vorher Deine Sachen und verlässt mein Haus. Und zwar für immer, denn ich habe genug.«

Ohne seine Antwort abzuwarten, ging sie zurück in die Garage. Wütend begann sie die Obstkisten an die Seite zu stapeln.

Plötzlich hörte sie die Haustür klappen. Finn hatte eine Reisetasche bei sich und drehte sich kurz noch einmal zu ihr um. »Lebe wohl.« Dann startete er seinen BMW und fuhr davon.

Alida ging nachdenklich nach draußen in den Regen und starrte auf die leere Zufahrt. Das Läuten des Telefons im Flur, das sie durch ein gekipptes Fenster hörte, riss sie aus ihren Gedanken. Sie ließ das Garagentor herunter, ging hinein und hob den Hörer ab. »Mulder«, sagte sie mit belegter Stimme.

»Hallo ich bin es, Roos. Alida, ich muss Dir unbedingt erzählen, was Leonie und ich heute Vormittag bei der Polizei durchgemacht haben. Willst Du vielleicht auf einen Kaffee vorbeikommen?«

Alida zögerte einen Moment, doch dann überwog die Neugier und sie dachte: ›Warum soll ich jetzt hier allein herumsitzen? Ein bisschen Ablenkung wird mir guttun.‹ Laut sagte sie: »Na gut, bis gleich.«

Als sie schließlich bei Roos ankam, fragte sie leise: »Und ich störe Euch wirklich nicht?« Dann sah sie zur Couch herüber, wo Leonie mit angezogenen Füßen zusammengesunken in der Ecke saß und die Augen geschlossen hatte.

»Komm, wir gehen in die Küche«, flüsterte Roos. »Leonie braucht ein bisschen Ruhe.«

Nachdem sie einen Blätterteigkuchen aus dem Backofen geholt hatte und frischen Kaffee eingoss, begann sie: »Es ist für mich immer noch unfassbar Alida. Und wie ich Leonie trösten soll, weiß ich auch nicht. Wir waren heute Morgen in Robert und Lottes Haus und dann mussten wir mit zur Polizei. Stell Dir vor, sie haben unsere Fingerabdrücke genommen und eine Speichelprobe wollten sie auch noch. Ich kam mir vor wie ein Verbrecher.«

Alida starrte wortlos auf den Küchentisch.

»Was ist denn?«, fragte Roos und setzte die Kaffeekanne ab. »Du sagst ja gar nichts.«

»Finn ist weg.«

»Wieso denn weg?«, fragte Roos ungläubig und trank einen Schluck.

»Wir hatten wieder Streit«, schluchzte Alida. »Er ist wütend vom Markt weggelaufen, weil ich ihm gesagt habe, dass er sich Leonie endlich aus dem Kopf schlagen soll und als ich später nach Hause kam, saß er mit einer großen Portion Eis in der Küche. Und er weiß, dass das nicht gut für ihn ist.«

»Hast Du ihm wieder eine Predigt über das Essen gehalten?«, fragte Ross vorsichtig.

»Ja«, rief sie entrüstet. »Seine Blutzuckerwerte sind für sein Alter viel zu hoch und wenn er dann so viel gegessen hat, ist er noch unleidlicher, als er sowieso schon ist.«

Sie nahm ihre Kaffeetasse, goss Milch darüber und rührte gedankenversunken darin umher. »Und dann hat er mich restlos auf die Palme gebracht. Er sagte, dass er Raimund besuchen will. Und Du weißt, wie sehr mich das verletzt.«

»Was hast Du ihm geantwortet?«

»Dass er ruhig zu seinem Vater fahren kann, aber vorher seine Sachen packen und ausziehen muss.«

»Du hast ihn hinausgeworfen?«, rief Roos entsetzt.

»Du hättest Finn sehen sollen, wie er vor mir stand und gefragt hat, was ich dagegen machen will, dass er zu Raimund fährt.« Sie schüttelte heftig den Kopf. »Nein Roos. Er hat mir lange genug damit gedroht, denn er wusste, wie sehr er mich damit verletzt. Er hat das schon öfters gemacht und immer wieder habe ich nachgegeben, aber damit ist jetzt Schluss. Soll er doch bei ihm glücklich werden, mal abgesehen davon, dass er längst alt genug wäre, ein selbstständiges Leben zu führen, geschweige denn es an der Zeit wäre, eine eigene Familie zu gründen.«

»Vielleicht hast Du es ihm bisher zu leichtgemacht und ihm fast jedes Problem zu schnell abgenommen Alida«, antwortete Roos. »Und er hat diese Bequemlichkeiten gern genutzt.«

»Ja vielleicht hast Du Recht, aber er ist eben mein Junge. Nur dass er immer wieder versucht hat, mich gegen Raimund auszuspielen, hätte ich viel früher unterbinden müssen.«

»Wo lebt Raimund jetzt?«, fragte Roos leise, während sie sich ein Stück Kuchen nahm und genüsslich hinein biss.

Alida hob die Schultern. »Ich weiß es nicht und Finn habe ich nie danach gefragt. Wozu auch?« Sie wiegte den Kopf. »Na ja, vor einiger Zeit habe ich mal sein Zimmer geputzt und in seinem Schreibtisch einen Brief mit einem Schwarz-Weiß-Foto gefunden. Raimund lag in einem Krankenhausbett, hatte einen eingebundenen Fuß und hielt den Daumen nach oben. Neben ihm saß ein kleiner Junge.«

Sie seufzte. »Keine Ahnung, was ihm passiert war und wer zum Teufel das Kind ist, aber Finn konnte ich ja schließlich nicht danach fragen.«

»Ich nehme an, dass Raimund noch einen Sohn hat«, antwortete Roos grübelnd.

Alida nahm sich jetzt auch ein Gebäck. »Lass uns bitte das Thema wechseln.« Sichtlich beleidigt fügte sie hinzu: »Es interessiert mich nicht, ob Raimund weitere Kinder hat, oder verheiratet ist.«

Roos schüttelte den Kopf. »Du hast es nach so vielen Jahren immer noch nicht verwunden, dass er Dich verlassen hat und bist eifersüchtig wie am ersten Tag, das sehe ich Dir an der Nasenspitze an.«

»Und wenn Du nicht meine beste Freundin wärst, würde ich jetzt aufstehen und gehen.«

Roos lächelte, sagte aber nichts mehr.

Leonie kam herein und setzte sich neben ihre Tante auf die gemütliche Eckbank. »Stör ich Euch?«

»Natürlich nicht. Möchtest Du auch eine Tasse Kaffee?«

»Ja warum nicht.« Sie sah zu Alida herüber. »Hat Finn sich nach seinem Auftritt heute Morgen wieder beruhigt?«

Die winkte ab. »Ich nehme es an, aber genau weiß ich es nicht, denn er hat vorhin seine Sachen gepackt und ist verschwunden.«

»Doch nicht etwa meinetwegen?«, fragte Leonie erschrocken.

»Nein, keine Sorge«, antwortete Alida kauend. »Ich hatte mit ihm Streit und jetzt ist er auf dem Weg zu seinem Vater.«

»Nach Bloemendaal?«

»Du weißt, wo Finns Vater wohnt?«, fragte Roos überrascht. »Bloemendaal ist nicht einmal eine Autostunde von Amsterdam entfernt.«

»Ja, er hat es mir mal irgendwann erzählt«, antwortete Leonie unbehaglich. »Ich musste ihm damals versprechen, niemandem etwas davon zu sagen, dass er sich hin und wieder mit ihm trifft.«

»Finn hat sich mit Raimund hinter meinem Rücken getroffen?«, flüsterte Alida, während ihr die Tränen in die Augen traten. Sie stützte die Hände ins Gesicht. »Womit habe ich das bloß verdient?«

»Entschuldigung«, stotterte Leonie. »Ich wollte das nicht.«

Die sah sie mit verweinten Augen an. »Schon gut. Schließlich kannst Du nichts dafür, aber jetzt weiß ich, woran ich bin.« Schniefend stand sie auf. »Ich fahre jetzt nach Hause, denn nachher kommt noch ein Blumenhändler vorbei.«

»Bist Du sicher, dass Du jetzt allein sein möchtest?«, fragte Roos mitleidig.

»Ich habe viele Niederlagen in meinem Leben verkraftet, auch diese werde ich überleben. Außerdem möchte ich Euch gerade jetzt nicht auch noch mit meinen Problemen belasten.«

Leonie und Roos sahen ihr traurig nach, als sie die Haustür hinter sich zuzog.

»Warum hast Du mir davon nichts erzählt?«, fragte Roos vorwurfsvoll. Leonie lächelte und legte den Arm um sie. »Weil kein Tag vergangen wäre und Alida hätte es von Dir erfahren, da bin ich sicher.«

Roos sah sie versöhnlich an. »Schon möglich.«

»Ganz bestimmt sogar«, antwortete Leonie. »Wer weiß, was sie getan hätte, wenn sie es damals durch uns erfahren hätte und wie wir gerade gesehen haben, ist sie ja nach wie vor nicht darüber hinweggekommen, dass Finns Vater sie verlassen hat. Wie schwer so etwas sein kann, habe ich ja gerade selbst erlebt, aber dreißig Jahre möchte ich nicht daran herumkauen.«

Roos sah sie liebevoll an. »Das wird schon wieder.«

Leonie begann zu grübeln. »Warum hast Du eigentlich nie geheiratet Tante Roos«?

»Ich wusste, dass Du mir irgendwann diese Frage stellen würdest.«

Sie stand auf, ging im Wohnzimmer an einen Schrank und holte ein Fotoalbum hervor. Dann setzte sie sich wieder neben ihre Nichte.

»Da bitte. Sieh` es Dir in Ruhe an.«

**

Thomas Boer fuhr durch ein kleines Gewerbegebiet in Haarlem. Die Sonne stand schon tief, da entdeckte er schließlich an einem etwas unscheinbar wirkenden

Haus ein weißes Schild, auf dem in großen roten Lettern ›AUTOVERMIETUNG DE JONG‹ stand.

Gehört hatte er von dieser Firma bisher nichts, aber das mochte nichts heißen. Auf dem Parkplatz standen mehrere Autos und Kleinbusse, die alle das gleiche Logo trugen. Er stellte seinen Wagen ab und lief zum Eingang, der offen stand.

In einem kleinen Foyer saß eine junge Frau hinter einem Schreibtisch und telefonierte über ein Headset. Als sie wieder aufgelegt hatte, lächelte sie ihm freundlich zu. »Guten Tag, was kann ich für Sie tun?«

Er hielt ihr seine Dienstmarke entgegen. »Ich bin Hoofdagent Thomas Boer von der Polizei Amsterdam und möchte mit Willem de Jong sprechen. Ist er da?«

»Ja schon, aber ein Kunde ist gerade bei ihm im Büro. Kann aber nicht mehr lange dauern.«

In diesem Moment ging die Tür auf. »Sara«, sagte ein großer schlanker Mann. »Machen Sie bitte gleich die Unterlagen fertig und holen Sie die Wagenschlüssel.«

Dann sah er Thomas an. »Haben Sie einen Termin«? »Polizei Amsterdam, ich bin Hoofdagent Thomas Boer. Und nein, ich habe keinen Termin. Aber falls Sie Willem de Jong sind, möchte ich Sie kurz sprechen.«

Der sah auf die Uhr. »Dann sollten wir uns beeilen, ich muss spätestens in einer halben Stunde weg.«

Als sie sich gegenüber saßen, fragte Willem erstaunt: »Was ist denn passiert? Ist einer meiner Wagen etwa in einen Unfall verwickelt?«

»Nicht, dass ich wüsste«, entgegnete Thomas und lehnte sich zurück. »Wir ermitteln in einem Mordfall. Ein gewisser Johan de Jong könnte dabei ein wichtiger Zeuge sein. Kennen Sie ihn?«

»Mein Vater?«, fragte er verblüfft. »Was hat der denn mit einem Mordfall zu tun? Im Moment hält er sich doch zusammen mit meiner Mutter in seinem Wohnsitz in Mallorca auf.«

»Professor Johan de Jong ist tatsächlich Ihr Vater?« Willem nickte wortlos.

»Wissen Sie, wann er wieder nach Amsterdam kommt?«

»Nein, zumindest hat meine Mutter nichts davon erwähnt.« Er sah Thomas direkt in die Augen. »Worum geht es Ihnen konkret?«

»Wir haben ein Arzt-Ehepaar ermordet in ihrem Haus aufgefunden und erfahren, dass Ihr Vater mit den Opfern privat eng befreundet war.«

Willem stutzte. »Wen denn?«

»Dr. Robert de Wit und seine Frau Lotte van Hoebeeck.«

»Was? Robert und Lotte?«, fragte er. »Aber warum denn?«

»Wenn wir das wüssten, wäre ich jetzt nicht hier, aber wie ich an Ihrer Reaktion sehe, kannten Sie sie.«

»Ja natürlich. Meine Eltern sind seit einer Ewigkeit mit den de Wit`s befreundet.«

»Wir haben auch gehört, dass Ihr Vater regelmäßig nach Amsterdam kommt, um sich medizinisch behandeln zu lassen.«

»Ja, aber ich glaube, dass das nur ein Vorwand ist. Schließlich gibt es auf Mallorca adäquate Kliniken, allein deshalb müsste er also nicht hierher fliegen.«

»Was meinen Sie denn mit Vorwand?«, fragte Thomas lauernd.

Willem hob die Schultern. »Ich denke, dass er nach wie vor sein Krankenhaus braucht, in dem er fast sein ganzes Leben verbracht hat. Vater war ein Workaholic, es gab immer und ewig nur seine Arbeit. Unser gesamtes Familienleben hat sich dem untergeordnet und er hatte überhaupt kein Verständnis dafür, dass ich nicht so sein wollte wie er.«

»Wahrscheinlich gerade deswegen.«

»Richtig«, antwortete Willem und stand auf. »Haben Sie sonst noch irgendwelche Fragen? Wie schon gesagt, ich habe noch einen Termin und möchte nicht zu spät kommen.«

»Könnten Sie mir Adresse und Telefonnummer Ihrer Eltern geben?«

Willem ging an den Schreibtisch und holte eine Visitenkarte hervor. »Hier bitte. War es das?«

»Eine letzte Frage. Wie gut kannten Sie Leonie de Wit?«

»Wie gut ich Leonie kannte?« Er ging zur Tür und drehte sich zu Thomas um. »Ich habe sie manchmal kurz gesehen, wenn die de Wit`s zu uns kamen. Sehr nett, mehr aber auch nicht. Als junger Kerl habe ich sie ausschließlich als kleines Mädchen betrachtet.«

Sie gingen zusammen auf den Parkplatz.

»Läuft das Geschäft gut?«, fragte Thomas nebenbei.

»Ich kann nicht klagen«, antwortete Willem. »Allerdings haben wir im Moment einige Außenstände und ich muss am Ball bleiben, um von bestimmten Kunden das vereinbarte Geld zu bekommen.«

Thomas horchte auf. »Was sind denn das für Kunden?«

»Das geht jetzt zu weit«, antwortete Willem schnell. »Meine Firma hat ganz sicher nichts mit Ihren Ermittlungen zu tun und jetzt muss ich mich wirklich verabschieden. Ich bin spät dran.«

Schnell lief er davon.

Thomas ging nachdenklich zu seinem Auto zurück, öffnete die Wagentür und setzte sich hinein.

Willem stand jetzt an der Ausfahrt und blinkte, um auf die Hauptstraße zu fahren. Plötzlich wurde Thomas stutzig. Ein Volvo V60, dunkelblau. Genau das gleiche Modell, wonach er und seine Kollegen suchten. War das ein Zufall? Schnell startete er seinen Wagen.

Willem war inzwischen davongefahren. Thomas konnte gerade noch sehen, dass der an der nächsten Kreuzung rechts abgebogen war. Als er schließlich dort ankam, war die Ampel rot.

›Mist‹, murmelte er und wählte hastig über die Freisprechanlage die Telefonnummer von Tess Kuijpers.

»Ich komme gerade von Willem de Jong. Er ist tatsächlich der Sohn des Professors und jetzt halten Sie sich fest. Er fährt den gleichen Volvo wie Dr. Robert de Wit. Das kann natürlich ein Zufall sein, aber Jan soll mal prüfen, ob auf ihn wirklich so ein Wagen zugelassen ist.«

»Sind Sie ihm nachgefahren?«, fragte Tess zurück.

»Das wollte ich, leider habe ich ihn an einer Ampel verloren. Jetzt drehe ich noch einmal um und rede mit seiner Sekretärin.«

Er legte auf und als er kurz darauf wieder auf dem Parkplatz ankam, war sie gerade dabei, das Geschäft abzusperren. »Oh, haben Sie etwas vergessen?«

»Nein«, antwortete er lächelnd und stieg aus. »Seit wann fährt Ihr Chef denn diesen Volvo, mit dem er gerade das Firmengelände verlassen hat?«

»Seit etwa einer Woche«, antwortete sie unbefangen. »Eigentlich achte ich gar nicht mehr darauf, weil er oft die Autos wechselt. Er hat eine Schwäche dafür.«

»Und wieso wissen Sie bei diesem so genau, seit wann es in seinem Besitz ist?«

»Weil er damit liegengeblieben war und es seitdem schon zweimal in der Werkstatt hatte. Was glauben Sie, wie genervt er dann jedes Mal ist.«

Thomas horchte auf. »Welche Werkstatt war das?«
»Die gehört einem Freund von ihm, Tim Sanders. Die Telefonnummer habe ich im Büro liegen. Soll ich sie holen?«

»Das wäre sehr freundlich.«
Schnell schloss sie wieder die Tür auf und war bald zurück. »Hier, ich habe sie auf einen Zettel geschrieben. Reicht Ihnen das vorerst?«

»Ja natürlich«, antwortete Thomas und holte seinen Notizblock hervor. »Nur Ihren Namen brauche ich jetzt noch.«

»Sara Jacobs.«
»Sind Sie in dieser Firma fest angestellt?«
»Nein, ich studiere im sechsten Semester und arbeite deshalb nur zweimal die Woche, aber meistens, wenn ich hier bin, ist irgendetwas Besonderes los.«

»Was denn zum Beispiel?«
»Letzte Woche tauchten hier plötzlich zwei seltsame Typen auf«, flüsterte sie. »Ich hatte gerade die Buchungen für die nächsten Tage durchgesehen und

bevor ich überhaupt reagieren konnte, waren sie im Büro verschwunden. Es hat mindestens eine ganze Stunde gedauert, bis die wieder gegangen waren.«

»Haben Sie mitbekommen, worum es ging?«

»Nein, aber Herr de Jong hat daraufhin alle Termine abgesagt und wütend das Haus verlassen.«

»Können Sie die Männer beschreiben?«

Sara hob die Schultern. »Ich habe sie kaum gesehen.«

»Wissen Sie, wo Ihr Chef jetzt hingefahren ist?«

»Nein leider nicht.«

Er hielt ihr eine Visitenkarte hin. »Sollte Ihnen noch etwas einfallen, dann zögern Sie nicht, uns anzurufen.«

Sie sah ihn skeptisch an.

»Wir ermitteln in einem Mordfall und müssen jedem Hinweis nachgehen.«

»Mord? Etwa hier in der Nähe?«

»Nein, da kann ich Sie beruhigen«, antwortete er beschwichtigend. »Aber sollten sich diese Typen noch einmal blicken lassen, müssten Sie uns auf jeden Fall informieren.«

Sein Telefon läutete. Auf dem Display war zu sehen, dass Tess Kuijpers versuchte, ihn zu erreichen. »Ja?«

»Wo sind Sie gerade?«, fragte sie.

»Ich mache mich gleich auf den Rückweg. Übrigens hat Willem de Jong den Volvo erst vor einer Woche gekauft. Hat Jan abgefragt, wer der vorherige Besitzer war?«

»Ja, aber leider hilft uns das nicht weiter. Es handelt sich um einen älteren Herrn, der nach einem Unfall seinen Führerschein abgegeben und daraufhin den Wagen verkauft hat. Übrigens der Termin bei der Bank findet erst morgen früh statt. Wenn Sie wollen, können Sie jetzt Feierabend machen.«

»Moment«, unterbrach er sie. »Die Sekretärin von Willem de Jong heißt Sara Jacobs und hat mir erzählt, dass er sein Auto zweimal hintereinander in einer Werkstatt hatte. Der Name des Besitzers ist Tim Sanders, vielleicht hat der auch zufällig den Volvo von Robert de Wit repariert. Und letzte Woche sind hier zwei Männer in der Firma aufgetaucht. Beschreiben kann sie die allerdings nicht. Willem de Jong ist danach aber sofort weggefahren, nachdem er alle Termine abgesagt hat.«

»Ich fahre jetzt zu dieser Autowerkstatt«, antwortete Tess. »Und morgen, nach unserem Termin in der Bank, besuchen wir Willem de Jong gemeinsam. Aber kündigen Sie uns bitte nicht an.« Sie legte auf.

Thomas sah zu Sara herüber: »Ist Ihr Chef morgen im Haus?«

»Ja, ich denke schon.«

Er sagte jetzt nichts mehr, denn er vermutete, dass sie ihm doch erzählen würde, dass sie bald wiederkämen.

Während der Fahrt zurück nach Amsterdam grübelte er: ›Wir haben im Moment immer noch keinen wirklichen Verdächtigen. Und jeder Ansatz läuft ins Leere. Das mit dem Volvo wäre ja fast zu einfach gewesen und selbst wenn Willem wirklich Probleme mit irgendwelchen Kunden hat, muss dies ja nicht zwangsläufig etwas mit unserem Mordfall zu tun haben. Hoffentlich bekommen wir in der Bank einen Anhaltspunkt.‹

Jetzt merkte er, dass ihm der Magen knurrte. ›Egal‹, dachte er. ›In meinem Kühlschrank brennt nur Licht und zum Kochen habe ich sowieso keine Lust.‹

In einer Seitenstraße fiel ihm ein chinesisches Lokal auf, allerdings waren weit und breit alle Parkplätze belegt.

Plötzlich sah er vor einem Geschäft eine zierliche Frau stehen, die ihm bekannt vorkam. Sie hatte mehrere Einkaufstüten bei sich und sah sich die Auslagen an. Er bremste und lenkte seinen Wagen an den Gehsteig. Jetzt war er sich sicher. In diesem Moment wurde ein Stellplatz frei. Schnell fuhr er in die Parklücke, zog die Handbremse an und stieg aus.

Als er die Wagentür zuwarf, drehte sich die Frau kurz zu ihm um und stutzte. »Na das ist ja ein Zufall«, sagte sie lächelnd. »Oder verfolgen Sie mich etwa?«

»Natürlich nicht. Ich bin hier vorbeigefahren, weil ich etwas essen gehen möchte und auf der Suche nach einem Parkplatz war. Und Sie?«

Lieke van Beek lächelte. »Das Wetter ist gut und deshalb habe ich mir heute Nachmittag frei genommen.«

»Haben Sie Lust, eine Kleinigkeit mit mir zu essen?« Sie sah ihn unschlüssig an. »Ja, warum eigentlich nicht? Allerdings habe ich eine Bedingung.«

»Und welche?«

»Kein Wort über die Arbeit, oder einen Fall.«

»Kein Problem«, antwortete Thomas lächelnd und sah auf die andere Straßenseite. »Wollen wir es dort versuchen?«

Sie betraten ein kleines Lokal. Um diese Zeit waren nur wenige Gäste da. Thomas nahm ihr den Mantel ab. Ein Kellner grüßte freundlich und legte zwei Speisekarten auf den Tisch. »Darf ich Ihnen etwas zu trinken anbieten?«

»Für mich bitte ein Wasser«, sagte Lieke.

»Ja bitte auch für mich. Am besten, Sie bringen uns eine große Flasche.« Er blätterte in der Karte. »Oh, Poffertjes habe ich schon lange nicht mehr gegessen. Das wäre doch mal was.«

Lieke räusperte sich. »Wenn die nicht allzu viel Kalorien haben, könnte ich mich auch dafür begeistern.« Er winkte dem Kellner zu und bestellte zwei Portionen. »Aber bitte mit wenig Butterflocken und wenig Puderzucker.«

»Sie leben allein, oder?«, fragte sie vorsichtig.
»Ja, leider habe ich die Frau meines Lebens noch nicht gefunden. Allerdings habe ich mich bisher noch nicht wirklich auf die Suche gemacht und gebe zu, da ist auch eine gehörige Portion Bequemlichkeit dabei. In meiner Freizeit kann ich tun und lassen, was ich will und muss mich nicht, wie einige andere Kollegen, ständig daheim erklären, warum Überstunden notwendig sind.«

Er hielt lächelnd inne. »Entschuldigung, wir wollten ja nicht über die Arbeit reden.«

»Schon ok und so ähnlich geht es mir auch. Nur an den Feiertagen und wenn die Urlaubszeit beginnt, finde ich das Single-Dasein anstrengend. Da wäre ich schon froh, wenn ich nicht allein wäre.«

»Ich kann mir gar nicht vorstellen, dass sich für Sie kein Mann interessiert.«

Sie sah ihm offen ins Gesicht. »Interessieren schon, nur wenn die dann hören, was ich für einen Job habe, machen die meisten einen Rückzieher.«

»Im Grunde sind Sie doch eine Ärztin wie jede andere.«

»Das dachte ich auch, aber es ist eben sehr speziell. Kinder zu behandeln, oder Internistin zu sein, hört sich anscheinend viel besser an.«

»Das finde ich nicht«, antwortete Thomas und reichte ihr eine Serviette, denn gerade wurden die Poffertjes gebracht.

»Das riecht aber gut«, sagte Lieke. »Da muss ich gleich an meine Oma denken, sie hat meinem Bruder und mir oft welche gemacht.«

»Das sieht man Ihnen gar nicht an«, antwortete Thomas lächelnd.

Nach dem Essen sah Lieke auf die Uhr. »Ich möchte jetzt gehen, denn ich muss morgen wieder sehr früh zum Dienst.«

Sie holte ihren Geldbeutel hervor. Thomas schüttelte den Kopf. »Ich würde das gerne bezahlen.«

»Vielleicht ein anderes Mal. Schönen Abend noch.«

»Ich komme gerne darauf zurück«, antwortete er und stand auf.

Sie legte einen Geldschein auf den Tisch. »Ja, warum nicht.« Für sein Empfinden verließ sie jetzt etwas zu hastig das Lokal. Er sah ihr grübelnd nach, dann winkte er noch einmal dem Kellner zu. »Bringen Sie mir bitte ein Bier.«

**

Währenddessen saßen Tess Kuijpers, zusammen mit Jan Smits im Büro der kleinen Reparaturwerkstatt von Tim Sanders. Er war unrasiert und hatte seine völlig ergrauten langen Haare zu einem Pferdeschwanz zusammengebunden. Mit ölverschmierten Händen ging er an einen heruntergekommenen Aktenschrank und suchte die Verkaufsunterlagen des Volvo V60 von Willem de Jong heraus.

Die Polizisten wollten dies als Vorwand nutzen, um mit ihm ins Gespräch zu kommen, denn sie wussten ja bereits, wer der Vorbesitzer war und der Verkauf dieses Wagens anscheinend nichts mit dem Mordfall der de Wit`s zu tun hatte.

Tess legte die Unterlagen zurück auf den Tisch. »Sagen Sie mal, kannten Sie auch einen gewissen Robert de Wit?«

»Wieso kannte?«, fragte der erstaunt. »Mit Robert bin ich zusammen zur Schule gegangen, aber er hatte immer wenig Zeit. Als junge Kerle sind wir zwar hin und wieder um die Häuser gezogen, aber als er dann Lotte kennenlernte und Arzt wurde, haben wir uns nur noch selten gesehen. Ihr waren Männer, wie ich einer bin, wahrscheinlich nicht fein genug. Mit seinen Autos kam Robert aber immer wieder in meine Werkstatt.«

Er deutete mit dem Kopf in den Innenhof. »Da hinten steht sein Volvo seit über einer Woche rum. Er hatte ihn mit einem Kupplungsschaden hergebracht, aber noch nicht wieder abgeholt.«

Die Polizisten sahen sich hoffnungsvoll an.
»Und warum nicht?«, fragte Tess. »Normalerweise lässt man doch sein Auto nicht in der Werkstatt stehen, wenn es repariert ist. Und Sie brauchen doch schließlich auch das Geld für Ihre Dienstleistung, oder etwa nicht?«

Tim Sanders lächelte. »Robert war eine Ausnahme und ich habe ihm vertraut. Manchmal war er wochenlang nicht in Amsterdam und sein Auto blieb dann eben hier.« Er wischte sich die Hände an seinem verschmutzten Overall ab und lehnte sich zurück. »Was ist denn überhaupt los? Sind Sie wegen des Autos von Robert hier, oder hat Willem etwas angestellt?«

»Robert de Wit und seine Frau Lotte van Hoebeeck sind in ihrem Wohnhaus tot aufgefunden worden«, antwortete Tess.

»Ermordet«, fügte Jan Smits hinzu. »Wir haben sein Auto gesucht und nun endlich gefunden. Ich rufe jetzt die Kollegen an und dann wird es sofort abgeschleppt.«

Tim Sanders war kreidebleich geworden. »Was?«, stotterte er. »Wer sollte Robert und seiner Frau denn nach dem Leben getrachtet haben?«

Tess ging nicht darauf ein und stand auf. »Ich kann sehr gut verstehen, dass Sie diese Mitteilung im Moment schockiert, aber wir haben keine Zeit zu verlieren und da Sie an dem Auto gearbeitet haben, brauchen wir jetzt natürlich Ihre Fingerabdrücke und einen DNA-Test. Kommen Sie bitte.«

Jan Smits war inzwischen nach draußen geeilt und sah sich um. »Wo steht der Wagen?«

»Hinter der Halle«, antwortete Tim, holte die Autoschlüssel und ging voraus. Neben einem verstaubten Wohnmobil entdeckten die Polizisten den Volvo. Jan Smits entriegelte die Türen und zog aus seiner Jackentasche Plastikhandschuhe. Dann ging er um das Auto herum und sah hinein. »Hier ist nichts Ungewöhnliches«, murmelte er.

Schließlich öffnete er den Kofferraum. Plötzlich starrte er zu Tess herüber. »Was haben Sie denn?«, fragte sie, während sie näherkam. »Da drin liegt ein toter Mann.« Entsetzt sah auch sie jetzt hinein. »Ich kenne ihn von einem Foto«, flüsterte sie. »Das muss Dr. Luuk de Groot sein.«

Tim Sanders stand reglos da. »Aber«, stotterte der. »Wie kommt ein Toter in dieses Auto hinein? Ich war den ganzen Tag hier und hatte heute auch keine Kundschaft in der Werkstatt. Und abends schließe ich immer alles sorgfältig ab.«

Tess lief ungerührt auf ihn zu. »Sie werden verstehen, dass wir keine Wahl haben und Sie jetzt mit zur Polizeistation nehmen müssen.«

Jan Smits nahm ihn am Arm. »Bleiben Sie bitte ruhig und sobald die Kollegen hier auf dem Gelände eingetroffen sind, fahren wir los.«

Tess telefonierte hastig.
Kurz darauf waren mehrere Polizeiwagen auf dem Hof, riegelten das Gelände ab und begannen auf Anweisung von Jan Smits mit der Spurensicherung.

Inzwischen war Tess, zusammen mit Tim Sanders und zwei Beamten, auf dem Weg zurück ins Büro.

Unterwegs holte sie noch einmal ihr Mobiltelefon aus der Jackentasche und wählte die Nummer von Thomas Boer. Sofort sprang die Mailbox an. ›Kein Wunder‹, dachte sie. ›Ich habe ihm ja selbst gesagt, dass er Feierabend machen kann.‹

Sie sah zu Tim Sanders nach hinten, der schwitzend neben dem Beamten saß und wortlos aus dem Fenster starrte. »Sind Sie in Ordnung?«

Er reagierte nicht, aber sie hatte den Eindruck, dass er innerlich vibrierte. Angekommen auf der Polizeistation, eilten sie in den Verhörraum.

Dann sah sie auf ihre Armbanduhr und überlegte. ›Thomas war heute Morgen kurz nach neun in der

Praxis von Luuk de Groot. Was in aller Welt ist in den letzten paar Stunden nur passiert?‹

Laut sagte sie: »Also, dann wollen wir mal beginnen. Wo wohnen Sie?«

»Ich habe über der Werkstatt ein kleines Appartement«, murmelte Tim. »Ist zwar ziemlich klein, aber für mich reicht es.«

»Und wann fangen Sie morgens an zu arbeiten?«

»Ich stehe meistens so kurz nach sechs auf, trinke Kaffee und dann gehe ich nach unten. Zuerst höre ich den Anrufbeantworter ab, checke E-Mails, bestelle Ersatzteile und sortiere die Lieferscheine. Ziemlich lästig, aber es hilft ja nichts. Meistens ist es dann schon halb acht, bevor ich mit meiner eigentlichen Arbeit beginnen kann.«

»So auch heute?«

»Ja, so in etwa.«

»An welchem Tag hat Robert de Wit den Wagen zu Ihnen gebracht?«

»Vor genau einer Woche, am Abend kurz vor sieben. Ich weiß das deshalb noch genau, weil ich schon zu hatte und zum Stammtisch wollte. Da kam er plötzlich auf den Hof. Ich habe den Autoschlüssel und die Papiere ins Büro gelegt, für ihn ein Taxi bestellt und bin los. Seitdem habe ich ihn nicht mehr gesehen.«

»Das Opfer im Kofferraum des Volvos heißt Dr. Luuk de Groot. Hat Robert de Wit seinen Namen mal erwähnt, oder kannten sie ihn?«

»Nein, noch nie etwas von ihm gehört.« Er räusperte sich. »Kann ich bitte ein Glas Wasser haben?«

Tess sah zu dem Beamten herüber und nickte ihm zu. Der verließ den Raum.

»Wir haben heute Morgen kurz nach neun selbst mit Dr. Luuk de Groot gesprochen. Er muss also im Laufe des Tages getötet und auf Ihrem Grundstück in den Wagen gebracht worden sein. Wenn Sie also, wie Sie sagen, den ganzen Tag dort waren, müssten Sie etwas bemerkt haben. War wirklich außer Ihnen niemand da?«

»Kundschaft nicht, aber das habe ich ja schon gesagt.« Er begann zu grübeln. »Zwischendurch war ich mal eine halbe Stunde auf der Toilette.« Er sah sie unbehaglich an. »Ich lese dort immer Zeitung und rauche dann auch.«

»Und um welche Zeit war das?«

»Was weiß ich«, murmelte er genervt. »Vielleicht so gegen halb zwölf, genau kann ich das nicht mehr sagen.«

Der Beamte kam jetzt wieder herein und stellte ein Glas Wasser auf den Tisch. »Jan Smits ist wieder da und möchte Sie sprechen.«

Tess wandte sich an Tim Sanders. »Wir unterbrechen kurz und überlegen Sie bitte inzwischen noch einmal genau. Ich bin gleich wieder da.«

Tim schüttelte den Kopf. »Da gibt es nichts zu überlegen und jetzt möchte ich einen Anwalt sprechen, bevor ich noch etwas sage. Womöglich rede ich mich hier um Kopf und Kragen. Aber eins kann ich Ihnen versichern, ich habe weder mit dem Mord an Robert und Lotte, noch mit dem anderen toten Doktor etwas zu tun.«

»Wie Sie meinen«, antwortete sie und verließ eilig den Raum. Jan Smits wartete im Flur. »Hat er irgendetwas Wichtiges ausgesagt?«

Sie sah ihn ernst an. »Nein und ich habe im Moment auch selbst nicht den Eindruck, dass er etwas mit den Morden zu tun hat. Was haben Sie herausgefunden?«

»Luuk de Groot wurde offensichtlich auf die gleiche Weise erschossen wie die de Wit`s, aber bestimmt nicht in dem Auto. Er wurde hineingelegt, als er schon tot war. Und wir haben die Patronenhülse in seiner Jackentasche gefunden, gleiches Kaliber wie bei den anderen Opfern.«

»Die Patronenhülse wurde in seiner Jackentasche platziert?«, fragte Tess erstaunt.

»So ist es. Sieht ganz so aus, als ob wir die finden sollten.«

Tess grübelte. »Wir sollen also wissen, dass beide Morde im Zusammenhang stehen. Sonst noch was?«

»Die Kollegen sind noch dran alle Spuren zu sichern, aber inwieweit die heute noch ausgewertet werden können, weiß ich nicht.«

»Wir lassen Tim Sanders natürlich erst einmal nicht gehen und reden morgen früh im Beisein seines Anwalts noch einmal mit ihm.«

Der schreckte auf, als sie wieder hereinkam. »Haben Sie sich um einen Anwalt gekümmert?«

»Wir beenden das Verhör, aber Sie bleiben natürlich vorerst hier. Morgen früh sehen wir dann weiter. Gute Nacht.« Der Beamte stand auf. »Kommen Sie bitte mit.«

»Sie können mich doch hier nicht grundlos festhalten«, rief Tim entrüstet. »Ich habe doch nichts gemacht.«

»Im Moment gibt es keine Alternative«, gab Tess zurück. »Oder was würden Sie an meiner Stelle tun?«

»Das weiß ich doch nicht«, zischte Tim. »Aber wahrscheinlich würde ich nach dem wahren Täter suchen und nicht unschuldige Leute verhaften.«

»Wir werden sehen«, antwortete Tess und trat an die Seite. Ihr war nicht sonderlich wohl, als sie zusah, wie er jetzt abgeführt wurde. Im Moment sah es zwar so aus, als ob der selbst zum Opfer einer Intrige geworden war, allerdings war das nicht gewiss.

Sie ging zurück in ihr Büro und lehnte sich grübelnd in ihrem Bürostuhl zurück. Es klopfte an der Tür und Jan Smits kam herein. »Luuk de Groot befindet sich jetzt in der Gerichtsmedizin und wird gerade untersucht. Übrigens der Kofferraum des Volvos wurde nicht aufgebrochen.«

»Der Schlüssel könnte ja ohne weiteres nach dem Mord an den de Wit`s mitgenommen worden sein«, murmelte Tess. »Eigentlich würde ich jetzt gerne mit Thomas sprechen.«

»Wieso ist er jetzt nicht hier?«, fragte Jan erstaunt. »Wir hatten telefoniert, nachdem er bei dieser Autovermietung von Willem de Jong war und dann habe ich ihm selbst gesagt, dass er Feierabend machen kann. Jetzt läuft nur seine Mobilbox und soweit ich weiß, hat er zu Hause keinen Festnetzanschluss.«

»Erklären Sie mir doch mal den Zusammenhang zwischen diesem de Jong und den Opfern.«

Tess lächelte müde. »Wir wissen von Luuk de Groot, dass Dr. Robert de Wit und Prof. Johan de Jong eng befreundet waren, der aber seit seiner Pensionierung auf Mallorca lebt.« Sie rieb sich die Augen. »Thomas hat zufällig seinen Sohn Willem im Internet gefunden. Er führt eine Autovermietung in Haarlem. Natürlich war er gleich bei ihm und erfuhr schließlich durch die Sekretärin von Tim Sanders Werkstatt.«

Sie ging zum Fenster und sah grübelnd in den Innenhof der Polizeistation. »Aber alles ist so mysteriös. Heute Morgen war Thomas bei diesem Dr. de Groot, am Nachmittag bei Willem de Jong. Dort ermittelt er die Werkstatt, wo der Volvo der de Wit`s stand und wir finden Luuk de Groot tot in diesem Kofferraum.«

Energisch nahm sie sich einen Filzstift und stellte sich vor ein Flipchart. Dann schrieb sie die Namen der Opfer nebeneinander hin. Pyramidenförmig fügte sie nun alle bis zu diesem Zeitpunkt ermittelten Personen darunter.

»So«, sagte sie und trat einen Schritt zurück. »Mal abgesehen von Leonie de Wit, müssen wir jetzt herausfinden, wer mit wem im Zusammenhang steht.«

Jan Smits grübelte. »Hoffentlich gibt es nicht bald noch ein weiteres Opfer.«

»Malen sie bloß nicht den Teufel an die Wand«, entgegnete sie und warf den Stift an die Seite.

»Wo sagten Sie, hat dieser Luuk de Groot gewohnt?«

»Auf einem Hausboot in Jordaan«, antwortete Tess und begann in ihrer Handtasche zu kramen. »Kleinen Moment, seine Sekretärin hatte Thomas heute Morgen die vollständige Adresse gegeben.«

Sie zog eine Visitenkarte hervor. »Hier, direkt an der Prinsengracht, man kann es bestimmt nicht verfehlen.«

»Es ist zwar schon dunkel, aber wir sollten uns dort umsehen. Vielleicht waren ja auch die Täter da und haben ihn sogar dort umgebracht.«

Tess nickte. »Los, kommen Sie.«

Anfangs fuhren sie schweigend durch die hell beleuchtete Innenstadt.

»Was sagt eigentlich Ihr Mann dazu, dass Sie so oft Überstunden machen?«

»Fangen Sie nicht auch noch damit an«, seufzte Tess. »Hendrik liegt mir sowieso schon ständig mit diesem Thema in den Ohren.«

Sie sah zu ihm herüber. »Und Sie? Hat Ihre Frau damit keine Probleme?«

Jan steckte sich ein Menthol-Dragee in den Mund. »Maike und ich haben uns vor einem Monat getrennt.« Sarkastisch fügte er hinzu. »Sie ist erstmal zu einer Freundin gezogen, um sich über unsere Beziehung im Klaren zu werden. Es wäre nur eine Trennung auf Zeit, sagt sie.« Verbittert schloss er: »Aber für mich ist es der Anfang vom Ende.«

»Vielleicht denkt sie wirklich nur nach«, entgegnete Tess.

»Ach hören Sie doch auf«, rief er ungehalten. »Diese Freundin ist überzeugter Single und hat es selbst noch nie länger als ein halbes Jahr mit ein und demselben Mann ausgehalten. Ich kann mir lebhaft ausmalen, was sie jetzt Maike rät.«

Er bremste scharf und zog wütend die Handbremse an. »Entschuldigung, dass ich gerade etwas lauter geworden bin, aber sobald dieses Thema aufkommt, könnte ich durch die Decke gehen.«

Tess sah ihn verständnisvoll an. »Kein Problem und wenn Sie wieder einmal darüber reden wollen, jederzeit.« Sie nestelte eine kleine silberne LED-Lampe aus ihrer Handtasche und öffnete die Wagentür. »Also, sehen wir uns das Boot mal näher an.«

Sie standen vor einem kleinen hölzernen Steg, dessen Zugang durch eine dünne Stahlkette versperrt war.

Friedlich plätscherten die Wellen gegen die Bootsplanken und im Moment deutete nichts daraufhin, dass sich hier vor kurzem eine Tragödie zugetragen haben könnte.

Tess betrachtete die liebevoll bepflanzten Blumenkübel auf dem Deck. »Nachdem was Thomas mir über Luuk de Groot erzählt hat, kann ich mir nicht vorstellen, dass er einen ›grünen Daumen‹ hatte.«

Sie schaltete die Taschenlampe ein. Als sie vor der Tür zum Wohnraum stand und hineinleuchtete, rief jemand: »Hey, Sie da? Wer sind Sie und was haben Sie auf dem Boot zu suchen?« Ein Hund begann wütend zu bellen, den er an der Leine führte.

Erschrocken drehten sich beide um. Vor ihnen stand ein Mann, bekleidet mit einer abgenutzten Jeans und einer schwarzen Blouson-Jacke. Energisch lief er auf sie zu. »Ich hole sofort die Polizei, wenn Sie nicht sofort verschwinden.«

»Moment«, antwortete Jan und holte schnell seinen Dienstausweis hervor. »Wir sind von der Polizei. Halten Sie Ihren Hund von uns weg.«

Der Mann stutzte und leuchtete ihm mit seiner Taschenlampe ins Gesicht.

»Schalten Sie sofort das Licht aus«, herrschte Tess ihn an. »Und jetzt sagen sie uns, wer Sie sind.«

»Entschuldigung«, stotterte der. »Mein Name ist Heinrich Kok. Ich wohne nebenan und bin zufällig hier vorbeigekommen.«

Dann beugte er sich zu seinem Hund herunter. »Aus und Platz.« Dabei tätschelte er ihn beruhigend am Hals.

Knurrend setzte der sich neben ihn, ließ aber die Polizisten nicht aus den Augen.

»Das Boot gehört doch Dr. Luuk de Groot, oder?«, fragte Tess.

Heinrich Kok nickte. »Er hat mich gebeten, darauf zu achten, wenn er nicht da ist.«

»Wann haben Sie ihn denn zum letzten Mal gesehen?«

»Na ja, er hat mir erzählt, dass er hin und wieder bei einer Freundin übernachtet«, antwortete er grinsend. »Und dafür, dass ich die Augen offenhalte, bekomme ich hin und wieder eine gute Flasche Schnaps. Gesehen habe ich ihn zum letzten Mal vor zwei Tagen. Ich glaube nicht, dass er inzwischen hier war, aber einen Eid kann ich nicht darauf schwören.«

»Das sollen Sie ja auch nicht«, antwortete Jan. »Ist Ihnen bekannt, ob hier in letzter Zeit in eines der Hausboote eingebrochen worden ist?«

»Nicht das ich wüsste, aber wehe, wenn das hier passiert.« Drohend sah er die Polizisten an.

»Dann kennen Sie hoffentlich die entsprechende Telefonnummer, um uns zu informieren«, sagte Tess streng.

»Warum fragen sie mich das alles überhaupt? Ist etwas mit Dr. de Groot?«

»Dr. de Groot ist am Nachmittag leider tot aufgefunden worden«, antwortete Tess und sah ihn durchdringend an. Sie wollte unbedingt seine Reaktion beobachten. Heinrich Kok erstarrte. »Das gibt es doch nicht«, antwortete er, während er die Hundeleine fest umklammerte. »Vor ein paar Wochen hat er nämlich mal erwähnt, dass ihm zwei Typen auf den Fersen wären, die er allerdings nicht kennen würde. Und falls ich hier an den Booten jemanden umherschleichen sehe, soll ich ihm sofort Bescheid geben.«

»Hat er diese Männer näher beschrieben?«

»Nein, das hat er nicht.«

Er sah die Polizisten kopfschüttelnd an. »Ich kann es immer noch nicht fassen.«

»Wir möchten uns mal auf dem Deck umsehen«, sagte Jan.

Heinrich Kok ließ sich auf einen Betonpoller fallen, an dem sonst die Boote festgezurrt wurden. »Ich habe übrigens auch einen Schlüssel. Dr. de Groot hatte ihn mal bei mir hinterlegt.« Er sah zu Jan herüber. »Es war für den Fall, dass er spät heimkommt und seinen Bund in der Praxis vergessen hat. Soll ich ihn holen?«

»Ja natürlich, aber sonst haben Sie hoffentlich bisher niemandem die Tür geöffnet?«

Der schüttelte energisch den Kopf. »Wo denken Sie hin? Und wenn Sie nicht von der Polizei wären, hätte ich es nicht einmal erwähnt.« Er stand behäbig auf. »Ich bringe den Hund auf mein Boot und bin gleich wieder zurück.«

Tess sah ihm nach. »Alle Personen, denen wir von den Morden etwas gesagt haben, sind entsetzt und haben angeblich absolut nichts damit zu tun. Ist doch seltsam oder?«

»Sieht tatsächlich so aus«, antwortete Jan grübelnd. Langsam gingen sie jetzt über das Bootsdeck, betrachteten die Sitzecke, über der mehrere verschiedenfarbige Öllaternen hingen und versuchten, durch ein kleines Holzfenster in den Innenraum zu spähen. Jan beugte sich über die Reling. »Kommen Sie bitte mal mit der Taschenlampe her.«

»Wieso, haben Sie etwas gefunden?«
Sie leuchtete jetzt auf ein kleines Motorboot, das längsseits festgemacht war.

Jan sprang herunter und zog eine Plane weg. Mehrere Holzkisten waren nebeneinander gestapelt.

Mit einem geschickten Griff drückte er einen Deckel auf. Dann sah er zu Tess nach oben. »Bingo. Ich bin nicht sicher, denke aber, dass das hier alles Medikamente sind.« Er holte sein Mobiltelefon hervor und wählte die Nummer von Nils. »Ich weiß zwar, dass Du eigentlich morgen frei hast, aber das hier ist ein Sondereinsatz. Ich bin mit Brigadier Tess Kuijpers am Hausboot von Dr. Luuk de Groot an der Prinsengracht. Du musst sofort mit einem Team hierherkommen. Wir haben etwas entdeckt.«

In diesem Moment rief Heinrich Kok: »So, da bin ich wieder. Tut mir leid, dass es eine Weile gedauert hat, aber ich musste nach dem Schlüssel suchen.«

Tess trat ihm entgegen. »Geben Sie ihn mir und dann müssen Sie erst einmal wieder gehen.«

»Wieso denn das? Haben sie etwas gefunden?«
»Ja, aber was es ist, kann ich Ihnen, solange wir hier Ermittlungen durchführen, nicht sagen. Vielen Dank für Ihre Hilfe und halten Sie sich zur Verfügung, falls wir noch Fragen haben.«

»Ich bin fast immer zu Hause«, antwortete er und schielte neugierig auf das Deck. »Muss mich ja um meinen Hund kümmern.« Nur widerwillig drehte er sich schließlich um und ging zurück zu seinem eigenen Hausboot.

Kurz darauf war alles hell erleuchtet, Polizisten eilten über das Deck und inspizierten jeden Winkel.

Auch das Motorboot war inzwischen aus dem Wasser geholt und weggebracht worden.

»Auf und in dem Hausboot haben wir nichts Auffälliges entdeckt«, sagte Jan schließlich zu Tess, als er sich die Handschuhe wieder ausgezogen hatte. »Nils versiegelt noch den Zugang und ein Streifenwagen bleibt die ganze Nacht vor Ort.«

»Was es mit den Medikamenten auf sich hat, werden wir morgen klären«, antwortete Tess. »Und natürlich muss auch die Praxis durchsucht werden. Vielleicht gibt es zwischen dem Mord an den de Wit`s und Luuk de Groot hier einen Zusammenhang.«

»Wenn Sie wollen, teilen wir uns auf. Ich könnte zum Beispiel zu dieser Autovermietung fahren und noch einmal mit diesem Willem de Jong sprechen, während Sie und Thomas zur Bank und in die Praxis fahren.«

Er begann zu gähnen. »Aber jetzt muss ich erst einmal nach Hause«, sagte er erschöpft. »Und das sollten Sie auch tun.«

»Ja. Morgen wartet eine Menge Arbeit auf uns.«

**

Leonie lag spät abends im Bett und starrte grübelnd an die Decke. Hin und wieder tanzten kleine Lichtkreise umher, wenn Autos langsam am Haus vorbeifuhren.

Völlig überrascht hatte sie sich am Nachmittag die Bilder, in dem von Roos liebevoll angelegten Fotoalbum angesehen und konnte es nicht fassen. Ihre Tante hatte über viele Jahre eine heimliche Liebesbeziehung zu

Professor Johan de Jong gehabt. Sie lernten sich 1977 auf einer Studentenparty kennen, zu der sie ihr Bruder Robert mitgenommen hatte.

Roos war damals ein junges lebenshungriges Mädchen. Sie wollte bald eine Ausbildung in Den Haag beginnen, um danach zu studieren und später als Apothekerin arbeiten zu können. Johan hingegen, stand bereits kurz vor dem Staatsexamen.

Anfangs bewunderte sie sein Auftreten, seine Redegewandtheit und wie er es verstand, jeden für sich zu gewinnen. Es dauerte nicht lange und sie verbrachten jede freie Minute miteinander.

Doch bald hatte sie Zweifel. Immer öfter empfand sie es erdrückend, dass er wie selbstverständlich und ohne sie zu fragen, ihr restliches Leben zu verplanen schien. Sie zog sich zurück und er wartete oft vergeblich am vereinbarten Treffpunkt. Anfangs gab Johan nicht auf und ihre Erklärungsversuche ließ er auch nicht gelten.

Schließlich war sie froh, endlich die Ausbildung beginnen zu können und Den Haag war weit genug weg.

Sie hoffte, dass er sie bald vergessen und auch sie irgendwann den Richtigen finden würde. Doch das war ein Trugschluss. Sie hatte zwar Affären und verliebte sich hin und wieder, mehr aber nicht.

Plötzlich erinnerte sie sich wieder oft an ihn. Sie vermisste schmerzlich, wie er sie umworben und ihr immer wieder gesagt hatte, dass er sie liebte. Von nun an schalt sie sich oft eine Idiotin, die vermeintliche Liebe ihres Lebens hatte ziehen zu lassen. Eines Tages erhielt sie einen Anruf von Robert, der ihr überschwänglich von seiner geplanten Hochzeit mit Lotte erzählte. Und es kam, wie es kommen musste.

Er wollte, dass sein bester Freund Johan und seine Schwester Roos die Trauzeugen werden.

Johan war natürlich nicht allein auf der Feier und führte eine sehr zierliche hübsche Frau am Arm, während Roos ohne Partner gekommen war.

An diesem Tag erfuhr sie, dass er inzwischen geheiratet hatte und auch ein Kind unterwegs war. Enttäuscht war sie nach Den Haag zurückgekehrt und hatte sich geschworen, ihn nie wiedersehen zu wollen.

Es kam das Jahr 1987. Roos hatte nach ihrem Abschluss zur Apothekerin anfangs keine feste Anstellung gefunden und wohnte deshalb wieder in Amsterdam.

Robert und Lotte, die inzwischen Leonie bekommen hatten und bereits ihre eigene Praxis führten, waren froh, dass sie, immer wenn es nötig war, das kleine Mädchen betreute.

Johan erfuhr natürlich davon und eines Tages rief er bei ihr an, erzählte von seiner unglücklichen Ehe und dem täglichen Stress im Krankenhaus.

Sie trafen sich nun heimlich. Mal im Park, oder in einem Museum, aber auch oft nachts bei Roos zu Hause, wenn es ihm möglich war, das Krankenhaus vor Dienstende zu verlassen.

Hin und wieder nahm er sie auch zu Tagungen nach Brüssel mit, erfand Ausreden bei seiner Frau, warum er länger als geplant bleiben musste und vertröstete oft seinen Sohn, bald etwas mit ihm zu unternehmen.

Die Jahre vergingen.

Eines Tages erklärte er Roos, dass er nach seiner Pensionierung mit seiner Frau nach Mallorca ziehen, aber wegen seiner Nierenkrankheit regelmäßig nach Amsterdam kommen müsse und sie sich auch weiterhin sehen könnten. Im Grunde würde sich nichts ändern.

Jetzt reichte es Roos, sie hatte endgültig genug. Johan beschwor sie, sich das noch einmal zu überlegen, aber es nutzte nichts. Sie wollte ihn nicht wiedersehen.

Leonie grübelte. ›Deshalb hatte also Tante Roos im Gegensatz zu ihren Eltern immer so viel Verständnis für ihre Beziehung zu Johannes aus Deutschland gehabt.

Die hatten erst viele Jahre später erfahren, dass Johan ein Doppelleben mit ihr geführt hatte und fürchteten, dass ihre Tochter das gleiche Schicksal mit Johannes ereilte.

Leonie nahm ihr Mobiltelefon. Keine Nachricht von ihm. Sie blätterte durch ihre Fotogalerie und sah sich noch einmal die Bilder an, die sie während eines Segeltörns auf dem Starnberger See gemacht hatten.

Ruckartig setzte sie sich auf. »Es ist vorbei«, murmelte sie. »Fahr zur Hölle Johannes.«

Schnell wählte sie die Fotos aus, doch als der Balken ›Löschen‹ erschien, zögerte sie einen Moment. Dann tippte Sie doch darauf. Resigniert und verzweifelt warf sie das Telefon an die Seite und begann zu weinen.

Irgendwann schlief sie ein.

Am nächsten Morgen wurde sie durch laute, prasselnde Regentropfen an ihrem Fenster geweckt. Schnell zog sie sich die Bettdecke über den Kopf.

Als Kind hatte sie dieses Geräusch immer gemocht, denn es gab ihr ein Gefühl der Geborgenheit. Vor allem dann, wenn sie hier übernachtete und Roos abends am

Bettrand saß und ihr die Geschichte des kleinen Kolibris vorlas. Doch das war längst vorbei.

Sofort begannen ihre Gedanken wieder zu kreisen. Sie dachte an ihre Eltern, die jetzt irgendwo in einem dunklen kalten Raum lagen und nie mehr zurückkommen würden.

Leonie sprang aus dem Bett. »Ich glaube, ich werde gleich verrückt«, flüsterte sie. Fröstelnd zog sie sich eine Fleece-Jacke über, schlüpfte in ihre Hausschuhe und ging nach unten.

Aus der Küche kam ihr der Geruch von frischem Brot und Kaffee entgegen und Radiomusik war zu hören.

Roos saß auf ihrer Eckbank und blätterte in einer Tageszeitung. Als sie Leonie bemerkte, nahm sie ihre Lesebrille ab. »Guten Morgen mein Schatz. Hast Du gut geschlafen?«

»Nein«, seufzte die. »Ich fühle mich, wie durch die Mangel gedreht.« Sie sah aus dem Fenster. »Und dieser fürchterliche Regen gibt mir noch den Rest.«

»Ich weiß, dass es im Moment sehr schwer für Dich ist«, sagte Roos mitfühlend. »Aber Du solltest etwas essen. Ich habe extra frisches Rosinenbrot gebacken und … .«

Leonie unterbrach sie. »Du meinst es immer so gut mit mir, aber im Moment bekomme ich keinen Bissen runter, vielleicht später.«

»Dann trink wenigstens eine Tasse Kaffee.«
»Wo ist eigentlich Hannah?«, fragte Leonie.

»Ich habe ein Körbchen vom Dachboden geholt und unter die Treppe gestellt. Dort schläft sie jetzt, aber bestimmt hast Du es gar nicht bemerkt.«

Leonie lächelte. »Wenigstens der Katze geht es gut.« Sie stellte ihre Kaffeetasse ab und sah ihre Tante von der Seite an. »Sag mal, wusste Willem eigentlich von Deiner Beziehung mit seinem Vater?«

»Keine Ahnung, aber ich glaube nicht.«

»Und Alida? Hast Du ihr auch nichts davon erzählt?«

Roos faltete die Zeitung zusammen und legte sie auf die Fensterbank. »Dann hätte ich es gleich auf dem Markt einen Aushang machen können. Sie ist meine beste Freundin, aber eben sehr geschwätzig. Nein, das hat lange Zeit, außer Johan und mir niemand gewusst.«

»Und wie haben dann meine Eltern davon erfahren?«

»Johan hat es Robert irgendwann erzählt, warum weiß ich allerdings nicht. Ich schätze mal, dass er sich verplappert hat. Das passierte ihm hin und wieder, wenn er, was nur selten vorkam, mal ein Bier zu viel getrunken hatte.«

»Bestimmt wissen die de Jongs noch nicht, dass Mama und Papa tot sind. Willst Du es ihnen sagen?«

»Ich?«, fragte Roos erstaunt und lehnte sich nachdenklich zurück. »Nein«, antwortete sie schließlich. »Mach Du das Leonie. Die Adresse wird Dein Vater bestimmt irgendwo in seinem Büro gehabt haben.«

»Ich kann im Moment nicht in das Haus gehen«, antwortete Leonie mit weinerlicher Stimme. »Das schaffe ich nicht.«

»Dann frage im Krankenhaus nach. Unter diesen Umständen bekommst Du bestimmt die Adresse.«

Leonie überlegte. »Ich könnte allerdings auch mit Willem sprechen. Papa hat mir mal erzählt, dass er

Kleinbusse und Autos in Haarlem vermietet. Bestimmt steht seine Adresse im Internet. Dürfte daher eigentlich nicht schwer sein, ihn zu finden.«

Sie nahm sich jetzt doch ein Stück Brot und biss hinein. »Lecker wie immer. So was hat Mama leider nie gemacht.«

»Ich werde Dir das Rezept geben und solltest Du mal Kinder haben, werden sie es lieben.«

Leonie antwortete nicht und ging wieder nach oben. Als sie die Adresse von Willem gefunden hatte, dachte sie: ›Ich werde zu ihm fahren und es ihm selbst sagen. Hier sitze ich ja auch nur rum.‹

Schnell zog sie sich um. Als sie wieder in der Küche stand, fragte sie: »Kann ich mir Deinen ›Käfer‹ leihen?«

»Ja natürlich, der Schlüssel liegt im Flur.«

Kurz darauf war Leonie unterwegs. Als sie später auf dem Parkplatz der Autovermietung ankam, stieg sie aus und ging hinein. Durch eine angelehnte Tür hörte sie Willems Stimme. Er schien zu telefonieren. ›Nur warum flüsterte er denn?‹ dachte sie und klopfte an. Schlagartig verstummte der und legte den Hörer auf.

»Ja bitte?«, rief er scheinbar überrascht und stand auf. Leonie öffnete die Tür. »Hallo Willem«, sagte sie leise. »Entschuldige bitte, dass ich hier so hereinplatze, aber ich muss etwas Dringendes mit Dir besprechen.«

Er schluckte. »Leonie? Na das ist ja eine Überraschung. Komm doch rein und setz Dich bitte. Kann ich Dir etwas anbieten? Einen Tee oder vielleicht einen Kaffee?«

Sie schüttelte den Kopf. »Nein danke.«

Schließlich saßen sie sich gegenüber.

»Mama und Papa sind tot«, begann Leonie und sah auf den Boden.

»Ich weiß«, antwortete er unbehaglich. »Die Polizei war gestern hier und wollte die Adresse von meinem Vater.«

Leonie sah ihn überrascht an. »Ach so, dann muss ich sie nicht anrufen. Ich dachte nur, Deine Eltern sollten es erfahren, denn schließlich waren sie eine Ewigkeit befreundet.«

»Ja, das waren sie.« Er beugte sich nach vorn. »Wie geht es Dir jetzt?«

»Wie soll es mir schon gehen?«, flüsterte sie resigniert.

»Wenn ich irgendetwas für Dich tun kann, dann sage es ruhig. Ich werde Dir immer gerne helfen.«

»Danke Willem, aber im Moment weiß ich nicht, wo mir der Kopf steht. Nicht einmal meine Tante Roos kann etwas für mich tun.«

Sie tat ihm jetzt aufrichtig leid, als sie mit ihren zierlichen Händen ein Taschentuch hervorholte und die aufsteigenden Tränen abwischte.

Plötzlich sah sie ihn an. »Die Polizei hat mir gestern gesagt, dass mein Vater jemandem eine Niere gespendet hat. Weißt Du vielleicht etwas darüber, oder hat Dein Vater je darüber gesprochen?«

»Keine Ahnung«, antwortete er verblüfft. »Allerdings hängt mein Vater schon eine ganze Weile an der Dialyse und kommt deshalb regelmäßig nach Amsterdam. Nur habe ich schon lange keinen wirklichen Kontakt mehr zu ihm, denn unser Verhältnis entspricht seit geraumer Zeit, gelinde gesagt, dem eines

Eisbergs in der Antarktis. Ich könnte höchstens meine Mutter danach fragen.«

»Kannst Du Dir vorstellen, dass mein Vater tatsächlich Deinem Vater ... ?« Sie sprach den Satz nicht zu Ende, denn es hatte erneut an der Tür geklopft.

»Herein«, rief Willem erschrocken und stand jetzt einem großen, etwas korpulenten Mann mit strohblonden, strubbeligen Haaren gegenüber, der ihm eine Dienstmarke entgegenhielt. »Ich bin Hoofdagent Jan Smits von der Kripo Amsterdam und habe einige Fragen an Sie.« Überrascht sah er zu Leonie herüber. »Guten Morgen.«

»Welche denn?«, fragte Willem mürrisch. »Ich habe doch gestern einem Kollegen von Ihnen schon alles gesagt, was ich weiß.«

»Sie haben vor zwei Wochen einen Volvo V60 in der Werkstatt von einem gewissen Tim Sanders gekauft.«

»Na und?«, fiel ihm Willem ins Wort. »Ist das etwa verboten?«

»Natürlich nicht«, entgegnete Jan. »Allerdings haben wir dort auch das Auto von Robert de Wit entdeckt.« Er sah zu Leonie herüber. »Und im Kofferraum dieses Wagens lag ein weiteres Opfer. Dr. Luuk de Groot.«

Die sprang auf. »Was? Dr. de Groot ist auch tot?« Jan nickte. »Ja leider.«

»Und was gedenken Sie jetzt zu unternehmen?«, rief sie. »Da draußen läuft anscheinend ein Serienmörder herum.«

»Ob es ein Serienmörder ist, wissen wir noch nicht, aber wir stellen uns natürlich die Frage, warum kurz hintereinander Ihre Eltern und der Nachfolger dieser Praxis getötet wurden.«

Er sah zu Willem herüber. »Und Sie kannten sowohl die de Wit`s und den Besitzer der Werkstatt, wo die Eltern von Leonie ihr Auto stehen hatten und das andere Opfer darin tot aufgefunden wurde.«

Willem wurde blass. »Na das ist ja ein herrlicher Zufall«, rief er wütend. »Sie wollen doch nicht etwa behaupten, dass ich mit diesen schrecklichen Morden etwas zu tun habe?« Er schob die Fäuste in die Hosentaschen und antwortete bissig: »Ich schlage vor, dass Sie Tim Sanders danach fragen Sherlock.«

Jan sah ihn ungerührt an. »Wo waren Sie gestern in der Zeit von vormittags ab elf bis Nachmittag um fünf?«

»Bin ich etwa verdächtig?«

»Wir überprüfen jeden, der damit etwas zu tun haben könnte.«

Willem lehnte sich gegen die Schreibtischplatte und verschränkte die Arme. »Meinetwegen«, antwortete er. »Ich bin morgens gegen halb sieben hier gewesen. Vier Busse mussten fertiggemacht und übergeben werden. Danach kam gleich Sara Jacobs. Sie ist Studentin und jobbt seit gut zwei Jahren in meiner Firma. Ihr Kollege hatte gestern auch mit ihr gesprochen, fragen Sie sie ruhig.«

»Keine Sorge, das werden wir«, unterbrach ihn Jan Smits scharf. »Wo ist sie denn im Moment?«

»Soweit ich weiß in der Uni. Sie kommt erst wieder heute Nachmittag.«

»Gut, wir prüfen das. Und dann? Wo waren sie danach?«

»Danach war ich wieder im Büro und habe sehr viel telefoniert. Es dürfte ja für Sie kein Problem sein, diese Gespräche nachzuvollziehen. Nachmittags um vier hatte ich dann einen Termin bei der städtischen Bank. Und zwar zusammen mit einem Spediteur, der einige meiner Leasing-Rückläufer kaufen möchte. Aufgrund der Vertragsmodalitäten und der Ablöse wollte mich der Filialleiter persönlich sprechen und beraten.«

Jan Smits horchte auf. »In welcher Bank?«
»In der City, der Filialleiter heißt Dr. Maas.«

»Einen Moment bitte.« Jan lief vor die Tür und holte sein Mobiltelefon aus der Innentasche. Tess Kuijpers hob ab. »Ich bin bei Willem de Jong, der mir gerade aufzählte, was er gestern an Terminen hatte«, flüsterte er. »Jetzt behauptet er, dass er um vier einen Termin bei Dr. Maas hatte. Bitte fragen Sie kurz nach, ob das stimmt und rufen mich dann zurück.« Er legte auf und ging wieder ins Büro.

»Wie lange dauerte denn Ihr Termin in der Bank?«, fragte er weiter.

»Fast zwei Stunden«, antwortete Willem. »Gegen sechs bin ich dort weg. Dr. Maas persönlich hat hinter mir zugesperrt. Von da bin ich direkt nach Hause gefahren. Und damit Sie mir das glauben, meine Nachbarin hat mich an der Garagenauffahrt gegrüßt, als ich ausgestiegen bin.«

Während sich Jan die Zeiten notierte, läutete erneut sein Telefon. Tess Kuijpers, die gerade zusammen mit Thomas Boer und Dr. Maas die Unterlagen zum Öffnen des Depots der Eheleute de Wit abgleichen wollte, sagte: »Ja, Dr. Maas hat das bestätigt. Willem de Jong war um diese Zeit hier.«

Schnell legte er auf. »Ihre Aussagen wurden bestätigt.« Er sah jetzt Leonie an, die noch immer auf ihrem Stuhl saß und sichtlich eingeschüchtert zugehört hatte. »Warum sind Sie eigentlich jetzt hier?«

»Meine und seine Eltern waren viele Jahre eng befreundet. Allerdings wollte ich ihm diese Nachricht nicht am Telefon überbringen, nur wusste ich nicht, dass er bereits durch die Polizei informiert war.«

»Ok, ich muss weiter. Auf Wiedersehen.« Schnell verließ Jan das Büro und lief zu seinem Auto.

Willem ging zum Fenster und sah ihm nach, dann drehte er sich zu Leonie um. »Ich habe ganz bestimmt nichts, aber auch gar nichts mit dem Mord an Deinen Eltern und Luuk de Groot zu tun. Das kannst Du mir wirklich glauben.«

»Auf so eine Idee wäre ich auch nicht gekommen.« Sie sah ihn fragend an. »Mir geht die Sache mit der Nierenspende meines Vaters nicht aus dem Kopf. Du weißt wirklich nichts darüber?«

»Nein, keine Ahnung. Aber sicher bekommst Du bald Gelegenheit, meinen Vater selbst zu fragen. Bestimmt kommen meine Eltern zur Beerdigung.«

Leonie stand auf. »An diesen Tag darf ich gar nicht denken, da wird mir jetzt schon ganz schwindelig.«

Er ging zu ihr hin. »Mir ist klar, dass das sehr schwer für Dich ist, aber mit der Zeit wird alles wieder gut. Und Vater rufe ich heute Abend noch an, auch wenn ich zugeben muss, dass es mir schwerfällt, mit ihm zu sprechen. Da bin ich ein wenig aus der Übung.«

»Danke Willem«, flüsterte sie und verließ das Büro.

**

Tess Kuijpers und Thomas Boer standen zusammen mit Dr. Maas vor den Schließfächern. Auch Jan war inzwischen bei ihnen. Eine Angestellte hatte gerade die Kassette herausgeholt und mit einem zweiten Schlüssel geöffnet.

»Wir treten jetzt zurück, denn es ist uns nicht erlaubt zu wissen, was sich darin befindet. Dies ist allein Sache der Inhaber.«

»Das bedeutet, dass jeder deponieren kann, was er möchte?«, fragte Thomas Boer staunend. »Das wusste ich nicht.«

»Man kann *fast* alles hineinlegen«, antwortete der Filialleiter. »Urkunden, Bargeld, Münzen, Edelmetalle, was Sie wollen. Selbstverständlich ist aber das Deponieren von Waffen und Drogen strikt untersagt.«

»Und was, wenn hier ein Raub stattfindet?«, fragte Tess weiter. »Kommt Ihr Haus dann für den Schaden auf?«

»Dafür hat jeder Inhaber eines Schließfaches eine eigene Versicherung. Der gesamte Inhalt wird dort dokumentiert und bewertet. Selbstverständlich wird dann im Schadensfall auch dieser Betrag erstattet.«

»Dann sehen wir mal nach, was die de Wit`s für so wichtig hielten, es hier unter Verschluss zu bringen«, sagte Tess, zog sich Handschuhe über und öffnete den Deckel der Kassette.

Sie entnahm mehrere Urkunden, die sorgfältig in Folien verpackt waren und holte zwei kleine Goldbarren heraus. Darunter lag ein schwarzer fester Stoffbeutel, der mit einer Stahlschlinge, ähnlich einem Safe-Pack, gesichert war. Mit einem Ruck zog sie das dünne

Stahlseil auseinander und schüttete vorsichtig den Inhalt aus.

Dr. Maas schluckte. »Wenn ich nicht irre, sind das schwarze Rohdiamanten.«

Tess legte alles wieder hinein und schloss ab. »Die Kassette ist beschlagnahmt«, sagte sie ruhig und sah zu Jan herüber. »Nehmen Sie die bitte an sich.«

Der nickte. »Ich fahre gleich damit los.«

»Sagen sie mal«, fragte er an Dr. Maas gewandt. »Ist ein gewisser Luuk de Groot zufällig auch Kunde bei Ihnen?«

»Ja«, antwortete der. »Dr. de Groot führt ein Konto bei uns, allerdings hat er kein Schließfach hier.«

»Kannten Sie ihn persönlich, oder haben Sie alle Namen der Konteninhaber im Kopf?«

»Dr. de Groot hat hohe Geldeinlagen in unserem Haus und führt hier das Geschäftskonto seiner Praxis. Selbstverständlich kenne ich ihn daher persönlich.«

»Dann stellen Sie sich darauf ein, dass wir auch eine Offenlegung dieses Vermögens beantragen werden, denn er wurde ebenfalls ermordet.«

Dr. Maas war sprachlos, während die Polizisten bereits die Treppe nach oben eilten. »Auf Wiedersehen«, rief Tess ihm nach.

Draußen vor der Bank sagte sie an Jan gewandt: »Fahren Sie mit der Kassette auf keinen Fall allein zurück, sondern nehmen Sie den Streifenwagen, der da drüben steht. Ich hatte ihn bereits angefordert.«

»Und wir fahren jetzt in die Praxis?«, fragte Thomas Boer.

»Ja, kommen Sie. Nils wartet dort schon geraume Zeit mit den Kollegen und wir sind inzwischen spät dran.«

Während Thomas den Dienstwagen durch einige enge Gassen lenkte, sagte er: »Ich fasse es immer noch nicht, dass ich gestern Abend die Aktion auf dem Hausboot verpasst habe und könnte mir jetzt in den Hintern beißen, dass ich mein Telefon ausgeschaltet hatte.«

Tess hob die Schultern. »Vielleicht sollten Sie sich doch einen Festnetzanschluss zulegen, dann hätte ich eine Alternative gehabt. Allerdings muss ich sagen, dass sich Jan Smits auch gut geschlagen hat. Und schon seit einiger Zeit lassen die Mitarbeiter seiner Abteilung, ob sie nun im Dienst sind oder nicht, ihr Telefon an. Ich finde diese Regelung nicht schlecht.«

»Schon gut«, murmelte Thomas genervt. »Ich habe verstanden, was Sie mir damit sagen wollen.«

Tess sah ihn von der Seite an. »Sehr gut, Hoofdagent Boer.« Schweigend fuhren sie weiter.

Als sie in der Newtonstraat ankamen, sahen sie, dass sich am Eingang der Praxis einige Journalisten mit Kamerateams eingefunden hatten, um von dem mysteriösen Tod von Dr. Luuk de Groot zu berichten.

»Auch das noch«, murmelte Tess. »Woher wissen die davon?« Plötzlich sah sie Heinrich Kok, der strahlend und selbstgefällig, Fragen der Reporter beantwortete.

»Das gibt es doch nicht«, rief sie verblüfft. »Ich glaube, ich sehe nicht recht.«

»Wen meinen Sie?«, fragte Thomas.

Tess stieg aus und warf wütend die Wagentür zu. Durch die heruntergelassenen Scheibe sagte sie: »Das erkläre ich Ihnen später.« Sie lief auf die Menschentraube zu.

»Polizei Amsterdam. Machen Sie bitte Platz.« Als sie vor Heinrich Kok stand, sagte sie mit ernster Miene:

»Was tun Sie hier? Ich denke, Sie sind immer zu Hause und müssen sich um Ihren Hund kümmern?«

»Ich bin ein freier Mann und kann sagen, was ich will und hingehen, wo ich will«, antwortete er beleidigt.

»Sie hören sofort damit auf«, herrschte Tess ihn an. »Sonst sind Sie die längste Zeit ein freier Mann gewesen. Das schwöre ich Ihnen.«

Heinrich Koks Gesicht wurde aschfahl. »Wieso denn? Ich sage doch nur die Wahrheit.«

»Es reicht«, antwortete Tess streng. »Sie kommen sofort mit.«

Sie winkte einer Polizeistreife zu. »Nehmen Sie diesen Mann vorläufig in Gewahrsam«, rief sie ungehalten. »Am besten Sie setzen ihn in den Dienstwagen.« Zwei Polizisten hakten ihn unter. Als er auf der Rückbank saß, warfen sie die Tür zu. »Na also, vorläufig kann er keinen Schaden mehr anrichten.«

Inzwischen drängten sich die Journalisten um sie und riefen Fragen durcheinander. Sie blieb stehen und hob die Hände: »Ruhe bitte. Wir wissen selbst noch nicht, was wirklich geschehen ist, aber ich kann bestätigen, dass wir hier wegen des Todes von Dr. de Groot ermitteln. Und jetzt bitte ich Sie alle höflichst zu gehen. Sofern wir das für erforderlich halten, geben wir zu einem späteren Zeitpunkt eine Pressekonferenz. Bis dahin bitten wir Sie um Geduld. Das wäre im Moment alles.« Wieder riefen ihr einige Journalisten Fragen zu.

»Ich hoffe, Sie haben mich verstanden«, rief sie verärgert. Schnell drehte sie sich um und betrat die Praxis. Thomas Boer eilte ihr nach.

Die Sprechstundenhilfe saß wortlos hinter der Anmeldung und starrte fassungslos vor sich hin. Sie hatte sofort alle Patienten nach Hause geschickt, nachdem Hoofdagent Nils Janssen früh am Morgen gekommen war.

Sie begann zu weinen.

»Ich kann verstehen, dass es Sie sehr mitnimmt«, begann Tess verständnisvoll, als sie vor ihr stand.

»Wie heißen Sie denn?«

»Emma Vink.« Sie holte ein Taschentuch hervor. »Ich hatte mich so gefreut, endlich wieder einen festen Job zu haben und jetzt das.«

»Seit wann arbeiten Sie hier?«

»Seit knapp einem Jahr«, seufzte sie. »Und jetzt sitze ich wieder auf der Straße.«

»Nehmen Sie bitte ihre Personalien auf«, wandte sich Tess an Thomas. »Ich schaue mal, was Nils herausgefunden hat.«

Sie ging durch den Flur und sah in jeden der Behandlungsräume hinein, die Dr. de Groot den unterschiedlichen Behandlungen entsprechend, eingerichtet hatte.

In seinem Büro angekommen, untersuchte Nils Janssen gerade den Schreibtisch und zog eine Schublade nach der anderen auf. Als er Tess bemerkte, sah er sie enttäuscht an. »Alles ist leer, nicht ein Blatt war zu finden. Genauso wie bei Robert de Wit im Büro.«

»Auch kein PC oder Laptop?«

»Zumindest nicht in diesem Raum«, antwortete Nils und hockte sich hin, um die Verkabelungen unter dem Tisch zu betrachten. »Anschlüsse sind natürlich vorhanden«, murmelte er mit dumpfer Stimme. »Und die sind bestimmt bis vor Kurzem genutzt worden.«

Er stand wieder auf. »Hier drin muss der Zentralserver gestanden sein, der auch weg ist.«

Thomas, der inzwischen hereingekommen war, sagte jetzt: »Ob der oder die Täter vor oder nach dem Mord hier waren, ist noch nicht klar. Nils, checke schnellstmöglich alle verfügbaren Daten, E-Mail-Adressen, Messenger, einfach alles.«

»Ich nehme an, nach dem Mord«, antwortete der nachdenklich. »Denn auch hier wurde die Tür nicht aufgebrochen, sondern ein Schlüssel benutzt. Es gibt keine Einbruchsspuren, deshalb hat Emma Vink auch anfangs nichts bemerkt.«

Er sah Tess ratlos an. »Und wo ist Jan im Moment? Er wollte doch auch herkommen, sobald er mit Willem de Jong gesprochen hat.«

»Jan war vorhin noch mit uns in der Bank und bringt gerade die Kassette der de Wit`s zur Untersuchung. Wir haben darin, neben irgendwelchen Urkunden und zwei Goldbarren auch Rohdiamanten gefunden.«

»Die de Wit`s hatten Rohdiamanten? Ich wüsste gar nicht, wo man die verkaufen kann.«

»Ich auch nicht, aber wir werden uns mit diesem Thema beschäftigen müssen.«

Sie stützte sich nachdenklich mit den Händen auf den Schreibtisch. »Robert de Wit und Lotte van Hoebeeck hatten also Rohdiamanten im Safe. Bei Luuk de Groot haben wir mehrere Kisten Medikamente gefunden. Das sind zwar völlig verschiedene Dinge, aber alle drei Opfer sind auf die gleiche Weise getötet worden und deshalb denke ich, dass es zwischen den Morden einen Zusammenhang geben muss. Nur welchen?«

»Wäre es möglich, dass Luuk de Groot und Robert de Wit gemeinsam mit Medikamenten gehandelt haben, sich aber nicht mit Geld haben bezahlen lassen, sondern zum Beispiel mit Gold oder Rohdiamanten?«, überlegte Thomas. »Wenn die später geschliffen und verkauft werden, kann doch niemand mehr zurückverfolgen, wo die hergekommen sind, oder?«

»Darüber müssen wir uns mit einem Fachmann unterhalten.« Sie schüttelte den Kopf. »Sie meinen, dass Luuk de Groot seinen Anteil Robert de Wit und Lotte van Hoebeeck einfach so anvertraut hat? Nein, das kann ich mir nicht vorstellen, denn wie wollte er denn im Zweifel seinen Anspruch geltend machen?«

»Leider können wir die Opfer nicht fragen«, warf Nils ein. Tess sah ihn ernst an. »Kommen Sie hier mit dem Team allein zurecht?«

»Ich denke schon. Wir nehmen sowieso alle Unterlagen mit, die wir finden und versiegeln vorerst die Praxis.«

Tess sah auf ihre Armbanduhr. »In einer halben Stunde kommt der Rechtsanwalt von Tim Sanders zur Polizeistation. Wir müssen uns also beeilen.«

Draußen standen nur noch einige Journalisten umher. Schnell ging Tess zu den Polizisten, bei denen Heinrich Kok noch immer im Dienstwagen saß. »Bringen Sie ihn bitte nach Hause.«

»Wer war denn dieser Typ?«, fragte Thomas später während der Fahrt.

»Das war Heinrich Kok. Ihm gehört das Hausboot neben Luuk de Groot. Wir hatten ihn gestern Abend zufällig mit seinem Hund getroffen, als wir uns auf dem Deck umsehen wollten. Er hatte sogar einen Schlüssel.

Als wir die Medikamente fanden und Jans Kollegen kurz darauf kamen, mussten wir ihn wegschicken, denn er war ziemlich neugierig.«

»Wahrscheinlich war er deshalb jetzt auch an der Praxis, weil er wissen wollte, was da heute passiert.«

»Kann schon sein«, antwortete Tess. »Das Ergebnis der Obduktion kennen wir auch noch nicht. Ich rufe nachher bei Dr. van Beek an und frage, ob sie Zeit hat.«

Tess hob die Augenbrauen. »Wieso sollte sie keine Zeit haben? Natürlich wird sie sich die für uns nehmen.«

»Wie Sie meinen«, antwortete Thomas, während er auf den Parkplatz der Polizeidienststelle einfuhr. Ihm kam es gerade recht, dass er einen Grund hatte, bei Lieke anzurufen, auch wenn es sich um eine dienstliche Angelegenheit handelte, die weniger erfreulich war.

Die ganze Nacht hatte er kaum geschlafen und sich immer wieder gefragt, warum diese hübsche zierliche Frau keinen Mann hatte. Aber vielleicht hatte sie wirklich nur noch nicht den Richtigen gefunden. So musste es sein. »Ich werde es schon herausfinden«, hatte er leise gemurmelt und war schließlich doch eingeschlafen.

Schnell eilten sie ins Gebäude und betraten den Verhörraum, wo Tim Sanders und sein Anwalt schon ungeduldig warteten.

Der stand sofort auf und polterte: »Ich bezeichne Ihr Vorgehen als ›Freiheitsberaubung meines Mandanten‹. Sie haben keinen Beweis. Zumindest kann ich nicht erkennen, dass Tim Sanders mit der Leiche in dem Auto etwas zu tun hat und erwarte, dass auch für die

Amsterdamer Polizei die ›Unschuldsvermutung‹ gilt, solange nichts bewiesen ist.«

Die Polizisten setzten sich gelassen gegenüber. »Guten Tag«, begann Tess seelenruhig. »Mein Name ist Brigadier Kuijpers und das ist Hoofdagent Thomas Boer. Und Sie sind?«

Der räusperte sich. »Rechtsanwalt Gerrit Koning ist mein Name.« Er legte eine Visitenkarte auf den Tisch.

»Also«, begann Tess. »Sie behaupten, dass Ihr Mandant nichts mit den Ihnen bekannten Vorwürfen zu tun hat.«

»So ist es. Das Grundstück ist unübersichtlich, wie Sie wissen und deshalb ist nicht auszuschließen, dass jemand, ohne das mein Mandant es bemerkt hat, die Leiche in den Kofferraum verbracht hat.«

»Dann müsste sich dieser imaginäre Täter auch den Schlüssel des Autos aus dem Büro Ihres Mandanten geholt haben.«

»Ja, warum nicht? Auch das ist durchaus möglich, denn die Werkstatt und das Büro sind tagsüber nicht abgeschlossen, wenn Tim Sanders zur Toilette, oder nach oben in sein Appartement geht.«

Tess beobachtete Tim Sanders, der mit verkrampften Händen dasaß. Schließlich fragte sie: »Bleiben Sie bei Ihrer Aussage?«

»Ja«, antwortete der heiser. »Da will mir einer was anhängen. Es ist wirklich so, dass ich nicht weiß, wann und wie dieser tote Mann, den ich vorher noch nie gesehen habe, in das Auto von Robert geschafft wurde. Glauben Sie mir, ich habe damit nichts zu tun.«

»Und wenn Sie nicht mit stichhaltigen Fakten aufwarten, verlange ich die sofortige Freilassung«, legte der Rechtsanwalt nach.

Tess lehnte sich zurück. Sie wusste, dass sie im Moment keine Beweise hatte, die es rechtfertigten, Tim Sanders noch länger festzuhalten.

»Gut, dann werden wir jetzt ein Protokoll aufsetzen und Ihr Mandant verpflichtet sich, vorerst Amsterdam nicht zu verlassen.« Der Anwalt nickte Tim aufmunternd zu. An die Polizisten gewandt, sagte er: »Mein Mandant wird sich selbstverständlich an die Auflage halten.«

Kurz darauf verließen sie die Polizeistation. »Irgendwie ist mir nicht wohl dabei, dass Tim Sanders einfach so nach Hause gehen kann«, sagte Thomas grübelnd. »Aber andererseits mag man ihm glauben.«

Tess nahm den Telefonhörer und wählte eine Nummer. Schließlich sagte sie: »Schicken Sie für vierundzwanzig Stunden eine Zivilstreife zur Werkstatt von Tim Sanders an der Sophialaan. Registrieren Sie alle Kennzeichen der Autos, die dort ein und aus fahren und sehen Sie sich Personen, die dort hinkommen, bitte genau an. Ach ja, holen Sie sich ein Foto von ihm bei uns ab, damit Sie wissen, um wen es geht.«

Sie legte wieder auf. »So. Mehr können wir im Moment nicht tun. Ich gehe mal schnell in die Kantine und Sie vereinbaren einen Termin bei Frau Dr. van Beek. Sagen Sie ihr aber bitte, dass es dringend ist.«

Sie stand auf. »Soll ich Ihnen etwas mitbringen?« Thomas schüttelte den Kopf. »Nein danke. Ich habe keinen Hunger.« Sie verließ das Büro.

Er merkte, wie jetzt sein Puls nach oben ging, als er den Telefonhörer in die Hand nahm und die Nummer wählte. Ein Mitarbeiter meldete sich.

»Hoofdagent Thomas Boer am Apparat«, sagte er. »Ist die Obduktion von Luuk de Groot bereits abgeschlossen, oder besser gefragt, wann können wir kommen, um mit Dr. van Beek das Ergebnis zu besprechen?«

Der Mitarbeiter erklärte, dass sie im Moment noch im Labor saß, um einige Gewebeproben zu analysieren, aber er denke, dass es kein Problem sei, wenn sie in der nächsten Stunde vorbeikämen. Thomas bedankte sich und legte wieder auf.

Tess kam zurück. »Na wie sieht es aus?«
Er nahm seine Jacke vom Stuhl. »Wir können fahren.«

»Nicht so hastig«, antwortete sie und stellte den Teller ab. »Erst esse ich mein Sandwich.«

Es klopfte an der Tür und ein junger Polizist betrat den Raum. »Ich komme wegen des Fotos von Tim Sanders.«

Thomas öffnete die Ermittlungsakte. »Hier bitte und seien Sie vorsichtig.«

»Selbstverständlich.« Er verließ das Büro.
»Ist die Obduktion abgeschlossen?«, fragte Tess kauend.

»Ja«, antwortete Thomas und trommelte ungeduldig mit den Fingern auf die Schreibtischplatte.

»Was ist denn mit Ihnen los?«, fragte sie erstaunt. »Sie können es wohl nicht erwarten, die nächste Leiche zu sehen?«

»Sie hatten es doch so dringend gemacht und jetzt haben wir plötzlich alle Zeit der Welt.«

Tess ging nicht darauf ein und stand auf. »Na dann mal los.«

Als sie in der Gerichtsmedizin ankamen und das Labor betraten, wurde Thomas blass. Neben Lieke van Beek stand ein Mann am Tisch und sah sich einige Petrischalen an. Während sie ihm etwas erklärte, hatte er den Arm um ihre Schulter gelegt und schien mit ihr zu flirten.

Tess räusperte sich. »Entschuldigen Sie bitte die Störung.« Die beiden fuhren herum. »Ach Sie sind es«, sagte die Ärztin. Dann sah sie ihren Kollegen an. »Ich komme später zu Dir ins Büro.«

»Ok, bis dann«, antwortete er mit dunkler Stimme, ging zur Tür und zwinkerte ihr noch einmal zu.

Thomas hatte jetzt das Gefühl, als ob er einen Schwinger in die Magengrube erhalten hatte und man konnte sehen, wie seine Wangenknochen hervortraten.

Tess beobachtete erstaunt die Szene, sagte aber nichts. Stattdessen wandte sie sich an Lieke van Beek: »Was können Sie uns zur Todesursache von Dr. Luuk de Groot sagen?«

»Kommen Sie bitte mit.« Sie ging voraus.
Als sie vor einer zugedeckten Bahre standen, zog sie das Tuch weg. »Dr. Luuk de Groot, zweiundvierzig Jahre alt, Idealmaße was das Verhältnis von Körpergröße und Gewicht angehen. Er wurde wie das Ehepaar de Wit, durch einen aufgesetzten Kopfschuss getötet, Kaliber neun Millimeter.«

»Und sonst?«, fragte Thomas kurz angebunden und sah ihr direkt in die Augen. Lieke nahm eine Akte und begann darin zu blättern. »Und sonst habe ich noch einige Gewebeproben seiner Leber ausgewertet. Luuk de Groot muss über längere Zeit hochprozentigen Alkohol getrunken haben. Seine Leberzellen waren bereits stark mit Fett angereichert, was mit Sicherheit zu erheblichen Schmerzen führte. Die wiederum hat er dann mit starken Tabletten bekämpft.« Sie klappte die Akte wieder zu. »So etwas ist ein Teufelskreis, aus dem nur wenige Patienten ohne fremde Hilfe herauskommen.«

»Machen Sie uns bitte eine möglichst genaue Aufstellung, um welche Medikamente es sich dabei handelte«, antwortete Tess.

Lieke van Beek nickte. »Morgen früh haben Sie den Abschlussbericht.« Sie sah auf die Uhr. »Ich habe gleich den nächsten Termin.«

»Ja natürlich«, antwortete Tess und nahm ihre Handtasche. »Wir wollen Ihre Zeit nicht unnötig in Anspruch nehmen.« Sie sah zu Thomas herüber. »Oder haben Sie noch Fragen?«

»Nein«, antwortete er schroff. »Offensichtlich ist alles geklärt.« Schnell drehte er sich um und stieß wütend die Tür zum Flur auf.

Tess eilte ihm nach. »Warten Sie doch«, rief sie ihm zu. Als sie ihn eingeholt hatte, blieb er stehen und sah sie mit blitzenden Augen an. »Ich weiß schon, was Sie mir jetzt sagen wollen.«

»Dann sage ich Ihnen jetzt, dass Sie sich unprofessionell und wie ein verliebter Trottel aufgeführt haben Hoofdagent Boer«, rief sie vorwurfsvoll. »Was haben Sie sich denn bei der Nummer gedacht? Sie sind hier im Polizeidienst und nicht bei einer Dating-Show.«

Thomas presste die Lippen aufeinander, während sie ihn inzwischen verständnisvoll ansah. »Los kommen Sie. Wir beruhigen uns jetzt und trinken erst einmal einen Kaffee.«

∗∗

Finn saß am Nachmittag niedergeschlagen in einer Eisdiele in Bloemendaal und rührte gedankenversunken in seiner Kakaotasse. Er hatte gerade ein großes Stück Tiramisu gegessen, aber danach ging es ihm auch nicht besser. Als er ohne Ankündigung am Vorabend bei seinem Vater an der Treppe des Reihenhauses gestanden war, hatte ihm das Herz bis zum Hals geklopft. Mit zittrigen Fingern hatte er auf das Klingelschild gedrückt.

Erst rührte sich nichts, doch dann öffnete ihm ein, blasser und mit Sommersprossen übersäter Junge die Tür. Finn erkannte sofort, dass er sein Halbbruder sein musste. »Hallo David«, sagte er freundlich. »Ist Vater zu Hause?«

»Meinst Du etwa meinen Papa?«, fragte der erstaunt.

»Ja, Deinen und meinen.«

David warf ihm die Tür vor der Nase wieder zu. Unschlüssig blieb Finn stehen, doch dann wurde ein weiteres Mal geöffnet. Hoffnungsvoll ging er eine Stufe nach oben. »Hallo Vater.«

»Finn«, begann Raimund unbehaglich. »Was machst Du hier? Wir hatten doch das letzte Mal besprochen, dass Du Dich anmeldest und nicht einfach hier aufschlägst.«

Er sah nach hinten in den Flur und flüsterte: »Meine Frau ist stinksauer, nachdem David ins Wohnzimmer kam und gesagt hat, dass Du vor der Tür stehst und gefragt hast, ob sein und Dein Vater da ist.«

»Bist Du das etwa nicht?«, fragte Finn lauernd.

Raimund schob die Hände in die Hosentaschen. »Na ja, aber weißt Du, ich habe eine Familie, die mich braucht und die ich nicht aufs Spiel setzen möchte und … .«

Finn unterbrach ihn. »Ach und da passe ich wohl nicht hinein?«

»Finn«, murmelte Raimund. »Du bist längst erwachsen. Ich kann doch gar nichts mehr für Dich tun. Wenn ich Dir einen Rat geben kann … .«

Der fiel ihm erneut ins Wort. »Ich habe verstanden. Und einen Rat brauche ich ganz gewiss nicht von Dir. Im Übrigen kann ich mich gar nicht erinnern, dass Du je wirklich irgendwas für mich getan hättest.«

Abrupt hatte er sich auf dem Absatz umgedreht, war in sein Auto gestiegen. Ziellos fuhr er lange umher, hatte schließlich irgendwo in einer abgelegenen Seitenstraße gehalten und nachgedacht. Schließlich war er in einer kleinen Pension abgestiegen.

Mit billigem Rotwein und Butterkeksen, war er auf dem Bett gesessen, hatte fast die ganze Nacht Fernsehen geschaut und wurde immer wütender.

›Vater sitzt jetzt wahrscheinlich in trauter Runde mit seiner geliebten Frau und David auf der Couch, während ich aufs Abstellgleis geschoben wurde. Und genauso hat er es damals auch mit Mutter gemacht, aber das soll er mir büßen.‹

Jetzt fiel ihm ein, dass er ihm bei ihrem letzten Treffen von einem Freund erzählt hatte, der mehrere Pistolen und Gewehre besaß, mit denen sie an einem geheimen Ort Schießübungen veranstaltet hatten.

Stolz hatte Raimund ihm beschrieben, wie sie auf mindestens dreißig Metern Entfernung einen Kürbis an einem Baum aufgehängt und diesen dann mit nur einem Schuss völlig zerstört hatten. Und immer wieder hatte er von ›scharfen Waffen‹ gesprochen und dass auch er bereits einen Kontakt bekommen hatte, um selbst eine kaufen zu können.

»Na warte«, flüsterte Finn leise. »Mal sehen, wie lange Deine Familienidylle anhält, wenn ich das der Polizei erzähle.«

Als er jedoch am nächsten Morgen mit einem gehörigen Kater in der Eisdiele saß, wurde er unsicher und ängstlich. ›Sollte er wirklich zur Polizei gehen und dafür sorgen, dass sein Vater Probleme bekam? Und was würde seine Mutter dazu sagen, die jetzt sicher zu Hause wartete und immer wieder zum Küchenfenster lief, um nach ihm Ausschau zu halten?‹

Er lehnte sich resigniert zurück. Er wusste, dass sie ja eigentlich Recht hatte, wenn sie ihm vorhielt, dass er längst alt genug war, auf eigenen Füßen zu stehen und sich eine Frau zu suchen, die zu ihm passte.

Aber konnte er zugeben, sich in den Gedanken verrannt zu haben, dass ihn die zierliche hübsche Leonie de Wit eines Tages doch lieben würde? Es wäre so einfach, wenn sie es täte.

Warum erkannte die denn nicht, dass er alles was er besaß, sogar sein Leben, für sie geben würde. Doch die musste ja nach München fahren und ihm dann auch noch von diesem schicken, weltgewandten Johannes erzählen. Gab es vielleicht doch noch etwas, dass sie umstimmen könnte?

Wieder begann er zu grübeln. ›Ihre Eltern sind tot, sie ist jetzt allein und wohnt bei der besten Freundin seiner Mutter. Vielleicht hätte er dadurch irgendwie die Möglichkeit mit ihr zu reden und ihr näher zu kommen? Doch er hatte seine Mutter so überheblich und abweisend behandelt, bevor er weggefahren war. Ob sie ihm verzeihen würde, wenn er sich bei ihr entschuldigte? Bestimmt.

Er sah aus dem Fenster. Der Regen hatte aufgehört und vereinzelt spitzelten sogar ein paar Sonnenstrahlen durch den noch immer bewölkten Himmel.

Er bezahlte und ging zu seinem Auto. Da entdeckte er einen Blumenladen auf der anderen Straßenseite.

Seine Mutter liebte Orchideen über alles, die ganze Fensterbank im Wohnzimmer stand voll mit den verschiedensten Töpfen in allen erdenklichen Farben und manchmal redete sie sogar mit denen. Wenn Finn sich hin und wieder darüber lustig machte, sagte sie trotzig: ›Auch Pflanzen haben eine Seele. Man muss ihnen gut zureden, erst dann entfalten sie ihre ganze Blütenpracht.‹

Finn kaufte eine Pflanze mit vielen Blütenknospen und machte sich auf den Heimweg. Je näher er dem Haus seiner Mutter kam, desto mulmiger wurde ihm. Als er schließlich in der Garageneinfahrt stand, sah er sich um. ›Seltsam‹, dachte er. ›Seit wann sind um diese Zeit die Rollladen alle unten?‹

Er stieg aus, holte seine Reisetasche und die Orchidee vom Rücksitz und ging zur Haustür. Dann nestelte er seinen Schlüssel aus der Hosentasche und öffnete die Haustür. Drinnen war alles dunkel. Er schaltete das Licht an. »Mutter?«, rief er. »Bist Du da?«

Er ließ seine Reisetasche fallen und stellte den Blumentopf auf das Sideboard. Dann stieß er die Tür zum Wohnzimmer auf.

Alida lag auf der Couch und rührte sich nicht. Schnell ging er zum Fenster und zog hastig den Rollladen nach oben, dann drehte er sich zu ihr um. Resigniert sah sie ihn an.

Finn atmete auf. »Oh Gott, hast Du mich erschreckt«, flüsterte er und setzte sich neben sie auf einen Sessel.

»Was tust Du hier?«, seufzte sie. »Ich denke, Du bist bei Deinem Vater und brauchst sonst niemanden mehr?«

Finn räusperte sich und sah auf den Boden. »Es tut mir leid Mama.«

Alida schloss die Augen. »Seit wann nennst Du mich denn Mama?«

Finn schluckte. »Ich war so gemein zu Dir und wollte mich bei Dir entschuldigen«, antwortete er mit belegter Stimme. »Bitte schick mich nicht weg.«

Sie setzte sich auf und sah ihn skeptisch an. »Hat das Dein toller Vater etwa getan?«

Finn sah sie unbehaglich an. »Ja. Ich passe nicht in seine hochheilige Familie. Erst jetzt habe ich wirklich gesehen, wie übel er Dir mitgespielt hat und ich habe auch noch den Fehler gemacht, auf Dir herumzutreten. Das tut mir wirklich leid.«

»Und Du meinst, dass ich jetzt Deine Entschuldigung annehme, Du wieder in Dein Zimmer gehst und alles ist gut? So einfach ist das nicht Finn.«

»Willst Du wirklich, dass ich gehe?«

Alida nahm sich ein Taschentuch und wischte sich die Tränen aus dem Gesicht. »So geht es nicht weiter Finn. Seit Du auf der Welt bist, lebst Du bei mir. Als Kind habe ich Dich umsorgt und versucht, Dir alles zu geben. Später habe ich Deine Launen ertragen und auch sonst vieles hingenommen, was andere Mütter vielleicht nicht getan hätten.«

Sie verschränkte die Arme. »Und jetzt bist Du ein erwachsener Mann und wenn Du bei mir bleibst, werden wir uns gegenseitig zerreiben. Auch ich habe ein Privatleben und einen Anspruch darauf, dies so zu führen, wie es mir passt. Natürlich kannst Du weiterhin mit mir den Marktstand betreiben, aber wohnen kannst Du auf Dauer nicht mehr in diesem Haus.«

Finn presste die Lippen zusammen. »Es ist Deine Entscheidung«, sagte er leise und stand auf.

»Ich finde es traurig, dass Du das sagst«, antwortete sie. »Normalerweise entscheiden sich die Kinder, zur rechten Zeit einen neuen Lebensabschnitt zu beginnen.«

»Ach und ich habe diesen Zeitpunkt natürlich verpasst?«, fragte er beleidigt.

»Ich dachte, dass Du mich verstanden hast und merkst, dass ich es immer noch gut mit Dir meine«, antwortete Alida enttäuscht. »Ich sage jetzt aber nichts mehr, denn sonst endet es wieder im Streit.«

Finn ging in den Flur, holte den Orchideentopf, kam zurück und stellte ihn wortlos auf den Couchtisch. Dann drehte er sich um, nahm seine Reisetasche und ging nach oben in sein Zimmer.

Sie schüttelte zweifelnd den Kopf. ›Ich hätte längst das Nest lüften müssen, aber je länger es dauert, umso schwerer wird es ihm und auch mir fallen, endlich etwas zu ändern.‹

Sie stand auf und ging in den Flur. An der Treppe blieb sie stehen und lauschte. Alles blieb ruhig. Wahrscheinlich saß er jetzt wie so oft vor seinem Fernseher und brütete vor sich hin.

Behäbig ging sie nach oben und klopfte bei ihm an, doch es kam keine Antwort. Vorsichtig drückte sie die Klinke nach unten. Wie erwartet lag er auf dem Bett und starrte an die Decke, während der Fernseher leise vor sich hin quasselte.

»Finn«, begann sie. »Jetzt erzähl mir doch mal, was Raimund zu Dir gesagt hat.«

Er sah sie an. »Ach, das ist doch jetzt egal.«

»Aber Du hast mir doch gesagt, dass Du mehrmals bei ihm warst. Was hat sich denn plötzlich geändert?«

Er winkte ab. »Da war ich nie bei ihm zu Hause, sondern wir hatten uns immer allein in einem Curling-Center getroffen.« Alida nickte. »Ja, Curling war schon als junger Mann seine Leidenschaft. Er hat es also nicht aufgegeben.«

»Gestern stand ich David, seinem anderen Sohn, gegenüber. Ich habe ihn das erste Mal gesehen. Er ist jetzt etwa zehn, sehr schmächtig und hat eine Menge Sommersprossen im Gesicht. Vater sieht er allerdings nicht besonders ähnlich.«

»Hast Du mit ihm gesprochen?«

»Eigentlich nicht, er ist weggelaufen und hat sofort Vater an die Tür geholt. Der hat mir dann versucht schonend beizubringen, dass ich nicht erwünscht bin.«

Der Sarkasmus in seiner Stimme war jetzt nicht zu überhören. Er verschränkte die Arme hinter seinem Kopf. »Gestern Abend hatte ich mir vorgenommen, zur Polizei zu gehen und ihn anzuzeigen. Mal sehen, was seine geliebte Frau dazu sagt, wenn sie erfährt, was er in seiner Freizeit so treibt.«

»Wieso denn Polizei?«, fragte Alida verblüfft. »Was macht er denn?«

»Ich bin nicht sicher, ob ich Dir das überhaupt erzählen sollte, denn legal ist so etwas ganz bestimmt nicht.«

Ihre Neugier hatte mal wieder gesiegt. »Du hast davon angefangen und jetzt sagst Du mir auch, was Du weißt.« Gespannt sah sie ihn an.

»Vater trifft sich mit irgendwelchen dubiosen Typen, die mit scharfen Waffen hantieren. Und die veranstalten dann Schießübungen. Er hatte mir sogar erzählt, dass er sich selbst eine zulegen will.«

»Raimund ist anscheinend von allen guten Geistern verlassen«, rief Alida entrüstet. »Aber zur Polizei gehst Du nicht, sonst wirst Du da noch mit hineingezogen.«

»Und was, wenn dabei jemand verletzt wird und herauskommt, dass auch ich davon gewusst habe?«

»Wie denn?«, fragte sie. »Raimund wird im Zweifel bestimmt nicht aussagen, dass er sich vor Dir damit gebrüstet hat.«

»Ich würde es mir selbst nie verzeihen, wenn etwas passiert, was ich vielleicht hätte verhindern können.«

Alida sah ihren Sohn an und dachte: ›Das ist die gute Seite an ihm. Er könnte keiner Fliege etwas tun.‹

Allerdings war sie sich in diesem Falle nicht sicher, ob es ihm nicht eher darum ging, seinem Vater eins auszuwischen. »Am besten, Du vergisst einfach diese Sache Finn. Schließe die Vergangenheit ab und schau nach vorn. Du bist ein junger gesunder Mann und unser Marktstand läuft gut. Was willst Du denn noch mehr? Jetzt suchst Du Dir bald eine passende kleine Wohnung und vielleicht findest Du auch eine Frau, die Dich mag.«

»Siehst Du, da haben wir es wieder«, brauste er auf. »Ich soll zwar mein eigenes Leben führen, aber am besten nach Deinen Vorstellungen. Ich will Leonie und sonst keine. Begreif das doch endlich.«

Alida stand auf und ging zur Tür, wo sie sich noch einmal umdrehte. »Es wäre besser, wenn Du endlich begreifst, dass daraus nichts wird.«

Schnell schloss sie die Tür, denn Sie wusste, dass sie jetzt doch wieder streiten würden, wenn sie blieb.

Als er allein war, starrte er weiter grübelnd an die Decke. »Leonie wird es begreifen«, zischte er wütend. »Sie wird es begreifen müssen.«

**

Roos de Wit hatte es sich am Abend auf ihrer Couch gemütlich gemacht, während sich Leonie traurig zurückgezogen hatte.

Als die von ihrem Treffen mit Willem zurückgekommen war, hatten sie lange über die Ermittlungen der Polizei und den Mord an Luuk de Groot gesprochen. Roos, die seit sie an Arthrose litt, dort auch Patientin war, konnte es anfangs nicht fassen.

Und nun machte sie sich Gedanken, was der Mord an ihrem Bruder und seiner Frau mit dem an Luuk de Groot zu tun haben könnte.

Die Türglocke gab plötzlich einen lauten Gong von sich. »Nanu? Wer kommt denn jetzt noch?«, murmelte sie.

Auf Strümpfen lief sie durch den nur spärlich beleuchteten Flur und sah sicherheitshalber erst durch den Spion. Sie bekam einen Schreck, als sie erkannte, wer da draußen wartete. Langsam zog sie die Sicherheitskette weg, drehte den Schlüssel herum und öffnete die Haustür.

Eine dunkle, vertraute Stimme sagte: »Guten Abend Roos. Ich hoffe, dass ich nicht ungelegen komme.«

Überrascht flüsterte sie: »Hallo Johan.«
Einen Moment standen sie sich wortlos gegenüber, dann trat sie an die Seite. »Komm doch bitte herein.«

Er hielt ihr lächelnd einen Strauß weißen Flieder entgegen. »Hier bitte. Selbstverständlich habe ich nicht vergessen, dass Du die immer am liebsten mochtest.«

Roos merkte, wie ihr das Blut in die Wangen stieg. »Das wäre wirklich nicht nötig gewesen, danke.«

Mit zittrigen Händen füllte sie in der Küche Wasser in eine Vase und stellte die Blumen hinein. Sofort verbreitete sich ein süßlicher Duft. »Die sind wunderschön«, sagte sie verlegen. »Wir nehmen sie mit ins Wohnzimmer.« Sie ging voraus.

»Bitte«, sagte sie und deutete auf einen ihrer bequemen Sessel. Als sie sich gegenüber saßen, fragte sie: »Bist Du allein in Amsterdam?«

»Nein. Ich bin mit Marie gekommen. Willem hatte überraschend angerufen und erzählt, dass Robert und Lotte ermordet wurden. Selbstverständlich haben wir sofort das nächste Flugzeug genommen. Roos, erklärst Du mir bitte, warum das hier um Gottes willen passiert ist?«

Sie sah ihn resigniert an: »Woher soll ich das wissen? Ganz im Gegenteil, ich bin so ahnungslos, wie noch nie in meinem Leben und vor allen Dingen sorge ich mich um Leonie. Das arme Ding hat ihre Eltern in diesem fürchterlichen Zustand gefunden.«

»Willem sagte, dass sie erschossen wurden?«

»Ja, so ist es. Und auch Du solltest Dich bei der Polizei melden, denn sie haben nach Dir gefragt, weil Du so eng mit Robert und Lotte befreundet warst.«

Johan schluckte. »Das hat Willem auch gesagt, allerdings wüsste ich nicht, wie ich weiterhelfen könnte. Schließlich lebe ich schon eine ganze Weile nicht mehr hier.«

Roos hob die Schultern. »Na ja, die Polizei klopft das gesamte Umfeld und den Bekanntenkreis ab. Und da lag es eben nahe, dass sie auch auf Dich gekommen sind. Zwei Polizisten, eine gewisse Tess Kuijpers und Thomas Boer bearbeiten den Fall.«

»Sind die Leonie und Dir gegenüber wenigstens einigermaßen rücksichtsvoll?«

Roos überlegte kurz: »So gut es eben geht. Ihre Fragen müssen sie ja stellen, ob es uns nun passt oder nicht und ich hoffe, dass die Täter bald hinter Schloss und Riegel sitzen.«

»Die Täter? Woher willst Du wissen, dass es mehrere sind?«

»Das weiß ich natürlich nicht«, entgegnete sie. »Aber jetzt habe ich gleich mal eine Frage an Dich.«

Er nickte. »Nur zu.«

»Leonie wurde von der Polizei gefragt, ob sie wisse, dass Robert vor einigen Jahren eine Niere entnommen wurde. Auch ich wurde danach gefragt, aber wir haben nie davon gehört. Hast Du darüber Informationen, oder hat Robert Dir davon erzählt?«

Johan wurde blass und sagte nichts.

»Du weißt tatsächlich etwas darüber«, sagte sie sichtlich überrascht. »Das sehe ich Dir an, denn dazu kenne ich Dich zu gut.«

»Er hat es also doch getan«, murmelte er entsetzt. »Obwohl ich ihn gewarnt hatte.«

»Vor was hast Du ihn gewarnt?«, fragte sie verblüfft. »Robert war doch gesund, oder etwa nicht?«

»Ja, eigentlich schon, aber um die ganze Sache zu verstehen, muss ich etwas weiter ausholen. Wie Du sicher weißt, arbeitete er viele Jahre als Arzt in einem Camp nahe der syrischen Grenze. Lotte war dort nie mit dabei, denn ungefährlich ist es nicht. Eines Abends rief er mich auf Mallorca an. Er war verzweifelt und wollte von mir einen Rat, was er tun solle. Kurz und gut, er hatte sich in eine ziemlich junge, aber sehr kranke Frau verliebt. Nähere Details, die er mir geschildert hatte, möchte ich Dir ersparen, aber Du musst keine Hellseherin sein, um zu wissen, was ich damit meine. So ging es lange Zeit. Wann immer es ihm möglich war, besuchte er das Camp. Sicher konnte sich Lotte nicht erklären, warum er immer wieder freiwillig und öfter als nötig, dorthin flog.«

»Nicht nur Lotte«, entgegnete Roos. »Ich habe mich auch darüber gewundert, dass er so gut wie nie Urlaub mit ihr machte, aber jetzt verstehe ich.«

»Jedenfalls war diese Frau schwer an Hepatitis B erkrankt«, erklärte Johan weiter. »Und durch ihre unkontrollierte langjährige Medikamenteneinnahme waren die Nieren so geschädigt, dass nur noch eine

Spende ihr Leben retten konnte. Robert hatte sich testen lassen und tatsächlich waren die Übereinstimmungen so gut, dass er dafür infrage kam.

Ich habe ihm trotzdem abgeraten, dies zu tun und vor allen Dingen immer wieder beschworen sich zu schützen, denn Hepatitis B wird bekanntermaßen hauptsächlich durch ungeschützten Verkehr übertragen. Ob er sich infiziert hatte, weiß ich allerdings nicht.«

Roos war sprachlos. »Jetzt brauche ich einen Schnaps«, sagte sie schließlich. »Möchtest Du auch einen?«

Er winkte ab. »Nein danke. Du weißt ja, dass auch ich ein Problem mit meinen Nieren habe und sehr genau abwägen muss, was ich zu mir nehme.« Er überlegte kurz. »Aber zu einem Glas Weißwein würde ich nicht ›Nein‹ sagen.«

»Na gut, dazu könnte ich mich auch hinreißen lassen.« Sie stand auf und kam kurz darauf mit zwei Gläsern und einer Flasche zurück.

Während sie eingoss, fragte sie: »Und diese junge Frau, mit der Robert diese Affäre hatte … .« Sie machte eine kurze Pause. »Weißt Du über Sie auch etwas?«

»Sie heißt Samira, aber was aus ihr geworden ist, keine Ahnung.«

Sie stießen an.

»Der Anlass ist zwar nicht schön«, sagte er leise. »Aber ich freue mich trotzdem sehr, hier mit Dir zu sitzen und ein Glas Wein zu trinken.«

Er sah sich um und begann zu lächeln. »Du hast fast nichts verändert. Seit unserem letzten Treffen sind alle Möbel noch an seinem Platz.«

»Warum sollte ich? Mir gefällt es so, wie es ist.« Sie sah ihn an. »Wo ist Marie jetzt?«

»Sie ist bei Willem in Haarlem, wo ich sie nachher mit dem Mietwagen abhole. Du weißt ja, dass ich kein gutes Verhältnis zu ihm habe.«

»Spring endlich über Deinen Schatten Johan und lass Deinen Sohn leben, wie er will.«

Der nippte an seinem Glas. »Das sagt meine Frau auch immer wieder und wenn er mir jetzt die Gelegenheit dazu gibt, werde ich auf ihn zugehen.«

Jetzt sah er auf die Uhr. »Ich muss bald los.« Er legte eine Visitenkarte auf den Tisch. »Hier, falls Du mich erreichen möchtest.«

Sie stellte ihr Glas ab. »Und ich werde jetzt zu Bett gehen und noch ein wenig lesen.«

Er stand auf und ging in den Flur. An der Tür drehte er sich noch einmal um und nahm sie plötzlich in den Arm. Da war er wieder. Dieser vertraute Geruch seines ›Aftershave‹, das sie so sehr an ihm gemocht hatte.

»Ich habe es nie bereut Roos«, flüsterte er ihr ins Ohr. Sie schob ihn sanft von sich und lächelte. »Ich auch nicht Johan.« Schnell öffnete sie die Haustür und sah ihm nach, als er in der Dunkelheit davonging.

Kurz darauf wurde ein Auto angelassen, Scheinwerfer erhellten sich und er fuhr davon.
Roos ging zurück ins Wohnzimmer und setzte sich wieder auf die Couch. Sie musste in Ruhe nachdenken.

Da tauchte Johan plötzlich hier auf, trank mit ihr ein Glas Wein und erzählte von Roberts Geheimnis.

Der hatte ihr seinerzeit oft wegen ihres Verhältnisses zu Johan Vorhaltungen gemacht und jetzt erfuhr sie, dass er selbst eine Geliebte hatte. ›Ob Lotte davon gewusst hat?‹, grübelte sie. ›Wahrscheinlich werde ich es nie erfahren.‹

Jetzt dachte sie an Leonie. Wenn die davon hörte, würde wahrscheinlich die ganze heile Welt, in der sie sich all die Jahre in ihrer Familie gewähnt hatte, zusammenbrechen. Nein, sie würde es ihr bestimmt nicht sagen, wenn es nicht nötig wäre. Und das war es nicht. Robert und Lotte sind tot und diese Samira ist weit weg, falls sie überhaupt noch lebte.‹

Roos schämte sich jetzt für ihre Gedanken, aber was sollte sie auch sonst tun? Sie goss sich noch ein Glas Wein ein und hing ihren Erinnerungen nach. Aber auch wenn Johan sie heute, so wie früher in den Arm genommen hatte, wusste sie doch, dass es keine Fortsetzung geben würde. Dieses Kapitel ihres Lebens war endgültig Geschichte.

Plötzlich hörte sie, dass Leonie die Treppe herunterkam, in die Küche ging und den Wasserhahn betätigte. Mit ihrem Glas kam sie verschlafen ins Wohnzimmer und sah auf die Uhr. »Du bist um diese Zeit noch auf?« Jetzt sah sie das andere Weinglas und die Blumen auf dem Tisch. »Hattest Du Besuch? Ich habe gar nicht gehört, dass jemand gekommen wäre.«

»Setz Dich«, sagte Roos. »Ja, Johan de Jong war hier.« Sie begann zu lächeln, als sie Leonies erstaunten Blick sah. »Nicht was Du denkst. Willem hatte seine Eltern angerufen und als die hörten, was passiert ist, sind sie mit der nächsten Maschine nach Amsterdam gekommen. Allerdings ist Marie bei ihrem Sohn geblieben, während Johan hier bei mir war.«

»Was hat er denn erzählt?«, fragte Leonie ungeduldig.

Roos schluckte. »Dein Vater hat tatsächlich jemandem eine Niere gespendet«, begann sie und überlegte fieberhaft, wie sie ihr die Affäre mit dieser Samira unterschlagen konnte. »Wer der Empfänger war, wusste er allerdings nicht, da dies ja im Allgemeinen dem Datenschutz unterliegt.«

Sie musste unbedingt morgen noch einmal mit ihm sprechen und sagen, dass er dies ihr auch wirklich nicht erzählte.

»Und wann hat er zuletzt mit Mama und Papa gesprochen und weiß er vielleicht sonst noch etwas?«

»Das kann ich Dir nicht sagen, aber er wird bestimmt morgen zur Polizei gehen.«

»Über was habt Ihr denn dann überhaupt gesprochen?«, fragte Leonie enttäuscht.

»Hauptsächlich über alte Zeiten.«

Roos fühlte sich jetzt überhaupt nicht wohl in ihrer Haut und stand auf. »Und jetzt gehe ich schlafen, denn ich bin müde.« Sie nahm die Weingläser, ging in die Küche und stellte sie in die Spüle. »Falls Du noch Fernsehen schauen möchtest, kannst Du das gerne tun, aber schalte bitte nachher das Licht aus.«

Leonie sah ihr ratlos nach, als sie schnell die Treppe nach oben eilte.

Am nächsten Morgen war Roos schon früh wach. Als sie ins Wohnzimmer kam, lag Leonie eingehüllt in eine warme Decke auf der Couch und schlief.

Roos schlich zum Esstisch, wo die Visitenkarte von Johan noch liegen musste. Und da war sie. Sacht zog sie die Tür wieder hinter sich zu, ging in die Küche und schaltete das Licht über dem Herd ein.

»Alles der Reihe nach. Ich brauche jetzt erst einmal einen Kaffee und einen Toast«, murmelte sie. »Sonst kann ich nicht klar denken.«

Leise begann sie zu hantieren und als ein appetitlicher Duft im Raum lag, ging sie zur Haustür und holte sich ihre Tageszeitung. Sie las jeden Morgen ein kleines Regionalblatt, denn was man dort schrieb, interessierte sie.

Als sie die Zeitung aufschlug, stutzte sie. Da prangten die Fotos ihres Bruders und seiner Frau, sowie des ebenfalls ermordeten Dr. Luuk de Groot auf der Innenseite. In großen Lettern standen ihre Namen darunter und was die Presse als Todesursache vermutete, nämlich Raubmord. Ein Nachbar von Luuk de Groot hatte ein Interview gegeben und dazu aufgerufen, sehr wachsam zu sein.

Roos schüttelte den Kopf. Sie nahm ihr Mobiltelefon, dass sie sonst nur selten benutzte und hoffte, dass noch genügend Guthaben auf der Prepaidkarte vorhanden war. Langsam gab sie die Telefonnummer von Johan ein und sofort sprang die Mailbox an.

»Johan«, flüsterte sie. »Ich bin es, Roos und wollte Dich kurz sprechen. Bitte überlege genau, wem Du von Roberts Affäre mit dieser syrischen Frau erzählst. Ich fände es nicht gut, wenn Leonie davon erfährt. Bis später.«

**

Tess Kuijpers und Thomas Boer saßen am Morgen im Büro einem Juwelier gegenüber. Der sah sie staunend an, als er den Inhalt des kleinen Beutels vor sich liegen hatte. »Wo haben Sie denn die her?«, fragte er und nahm sich einen der schwarzen Steine.

Während er einen durch seine Augenlupe betrachtete, sagte er: »Für Privatpersonen ist es so gut wie unmöglich, Rohdiamanten zu kaufen. Die werden aus den Minen der Welt an Börsen in Antwerpen geliefert und dann an Diamantschleifereien weiterverkauft. Die wiederum bieten die ausschließlich geschliffen an.«

»Sie meinen, dass man davon ausgehen kann, dass diese Steine illegal erworben wurden?«, fragte Tess.

»Ich denke schon.«

»Sagen Sie mal«, begann Thomas Boer. »Und wenn jemand, durch welchen Umstand auch immer, trotzdem an Rohdiamanten kommt und diese schleifen lässt. Ist später nachvollziehbar, aus welcher Quelle die stammen?«

»Nur schwerlich.«

Thomas schob jetzt einen der beiden Goldbarren zu ihm hin. »Und was sagen sie dazu?«

»Das ist ein gegossener Goldbarren. Charakteristisch dafür sind runde Kanten und eine nicht geradlinige Oberflächenstruktur. Und wie man sieht, ist ihre Form konisch. Bedingt durch das Gussverfahren haben nicht alle Barren das beabsichtigte standardisierte Gewicht. Daher sind, wie man auch hier unschwer erkennen kann, Feilungen zu sehen, mit denen der Goldbarren auf das Zielgewicht gebracht wurde. Dieser hier hat 500 Gramm.«

Der Juwelier sah die Polizisten skeptisch an. »Kennen Sie den Besitzer?«

»Die Besitzer sind ermordet worden.«

Der Juwelier stand auf. »Also mehr kann und will ich Ihnen nicht dazu sagen. Abgesehen davon werde ich bereits im Geschäft erwartet.« Er nahm seinen Mantel und verließ das Büro.

»Das Gold war sicher eine reine Geldanlage«, sagte Tess grübelnd. »Bei den Rohdiamanten sieht es schon anders aus. Ich bin mal gespannt, ob wir herausfinden, wie die de Wit`s an die herangekommen sind. Was steht eigentlich in den Urkunden drin, die im Schließfach lagen?«

»Beglaubigte Kopien der Testamente von Robert de Wit und Lotte van Hoebeeck. Natürlich ist ihre Tochter Leonie die Begünstigte fast allen Vermögens. Allerdings hat mich etwas gewundert.«

Tess sah ihn fragend an. »Und was?«
»Robert de Wit hat ohne seine Frau, handschriftlich ein Vermächtnis anfertigen lassen. Ob das gesetzlich ist, kann ich nicht beurteilen. Jedenfalls bekommt danach eine gewisse Eleonore el Raffei sowohl die Rohdiamanten, als auch die Goldbarren.«

»Wer ist das?«, fragte Tess überrascht.
Thomas las erneut in den Unterlagen. »Ein dreijähriges Kind, geboren im Januar 2013 in Damaskus.«

Tess ging um den Tisch herum und nahm sich die Urkunde. »Tatsächlich.«

Sie überlegte. »Vielleicht hat Robert de Wit während seiner Arbeit in diesem Camp ein kleines bedauernswertes Kind behandelt und sie daraufhin in seinem Testament bedacht.«

Thomas schüttelte den Kopf. »Das ist mir zu weit hergeholt, denn tragische Schicksale gibt es sicher viele in diesen Gebieten. Ärzte, die dort arbeiten, sind doch so professionell, nicht alles an sich heranzulassen und vererben bestimmt nicht ihre Privatvermögen.«

»Nur grundlos wird er es auch nicht getan haben«, antwortete Tess.

Thomas rieb sich das Kinn. »Auch wieder richtig. Wir sollten Leonie fragen, vielleicht hat ihr Vater mal von diesem Mädchen erzählt.«

Es klopfte an der Tür. »Herein«, rief Tess.

Ein Polizist öffnete und sagte: »Ein gewisser Johan de Jong möchte zu Ihnen.« Der betrat den Raum. »Guten Tag, ich habe von meinem Sohn erfahren, dass Sie mich sprechen wollen und hoffe, dass ich jetzt nicht ungelegen komme.«

»Ganz im Gegenteil«, antwortete Tess und sah ihn überrascht an. Sie schätzte, dass er wohl auf die siebzig zuging, wirkte aber durch seine schlanke sportliche Figur und seinem weißen Leinenanzug elegant und jünger aussehend.

»Darf ich mich setzen?«

Thomas zog einen Stuhl heran. »Natürlich.« Er deutete auf seine Kollegin. »Das ist Brigadier Tess Kuijpers und ich bin Hoofdagent Thomas Boer. Wir leiten die Ermittlungen der Mordfälle.«

»Deswegen bin ich auch gekommen. Mein Sohn Willem hatte vorgestern Abend angerufen. Ich weiß allerdings nicht, ob ich Ihnen wirklich weiterhelfen kann.«

»Wir werden sehen«, antwortete Tess. »Seit wann kennen Sie die Opfer?«

»Robert und ich haben zur gleichen Zeit Medizin studiert, seitdem sind wir dicke Freunde. Beruflich und natürlich auch privat, auch wenn Lotte und meine Frau Marie nie wirklich einen Draht zueinander hatten.«

»Und Dr. Luuk de Groot?«, fragte Thomas. »Kannten Sie den auch?«

»Kennen ist zu viel gesagt. Als er nach seinem Studium als Assistenzarzt im Krankenhaus begonnen hatte, war ich gewissermaßen schon auf dem Absprung nach Mallorca. Natürlich erfuhr ich dann, dass der Roberts Praxis übernommen hatte.«

»Wann haben Sie denn die de Wit`s das letzte Mal lebend gesehen?«

»Vor fast genau zwei Monaten, als ich mich einer Untersuchung im Krankenhaus unterziehen musste. Sie müssen wissen, ich habe ein chronisches Nierenleiden.«

»Ja davon wissen wir bereits. Ihr Sohn hatte es uns erzählt«, antwortete Tess. »Dazu habe ich gleich noch eine Frage. In der Gerichtsmedizin wurde festgestellt, dass Robert de Wit eine Niere fehlt und seit geraumer Zeit an Hepatitis B erkrankt war. Wussten Sie davon?«

Johan de Jong traten kleine Schweißperlen auf die Stirn, denn natürlich hatte er Roos` Nachricht abgehört. Wie sollte er sich jetzt verhalten? Nur Lügen wollte er auch nicht. »Ich habe davon gewusst.«

»Was wissen Sie genau darüber?«
»Vor knapp drei Jahren, war es, da rief er bei mir an. Er wollte mir nicht verraten, für wen die Niere war und ich hatte ihn eindringlich vor gesundheitlichen Risiken gewarnt. Er sprach damals von einer Klinik in Damaskus und wollte nicht, dass seine Frau und Leonie davon erfahren, denn sie sollten sich nicht sorgen. Wir haben aber danach nie mehr darüber gesprochen.«

Tess hatte jetzt die Urkunde vor sich. »Hat Ihnen Robert de Wit mal von einem jetzt etwa dreijährigen Kind, namens Eleonore el Raffei erzählt?«

Johan schluckte. »Den Namen habe ich noch nie gehört.«

»Ihre Antwort hört sich gerade nicht sehr überzeugend an«, sagte Thomas Boer lauernd.

»Hören Sie. Ich war noch nie in Syrien und weiß so gut wie nichts über die Menschen, mit denen Robert dort zu tun hatte.«

Er sah die Polizisten an. »Wir reden hier immer nur über Robert, aber Lotte ist auch umgebracht worden. Und Dr. de Groot auch. Warum eigentlich?«

»Das versuchen wir gerade herauszufinden, allerdings denken wir, dass alle Morde einen Zusammenhang haben. Eine letzte Frage. Hat Ihnen Robert de Wit mal erzählt, dass er Diamanten und Edelmetalle gekauft hat?«

Johan hob die Schultern. »Das nicht. Allerdings kann ich mir gut vorstellen, dass er nach dem Verkauf der Praxis das Geld in dieser Form angelegt hat. In diesen Dingen war vor allem Lotte immer sehr überlegt. Sie hat schon immer den Kurs des Euro mit großer Skepsis verfolgt. Mehr weiß ich leider nicht darüber.«

Er stand auf. »Ich habe gleich einen Termin im Krankenhaus. War es das?«

»Wie lange bleiben Sie in Amsterdam?«

»Wir fliegen in einer Woche zurück. Sollten Sie noch Fragen haben, erreichen Sie uns im Hotel.« Er legte eine Visitenkarte auf den Tisch. »Und hier haben Sie noch unsere Mobilfunknummer, Wohnsitz in Palma und E-Mail-Adresse.«

»Uns?«, fragte Thomas Boer. »Ihre Frau ist also auch in der Stadt?« Johan nickte. »Ja natürlich. Sie ist gerade bei Willem und trifft sich nachher noch mit einer Freundin.«

»Ihr Sohn sagte uns, dass Ihr Verhältnis nicht gerade das Beste sei«, sagte Tess.

»Das ist Privatsache Brigadier Kuijpers«, antwortete Johan schneidend. »Ich glaube nicht, dass das die Polizei etwas angeht.«

»Danke, dass Sie gekommen sind«, sagte Tess und sah ihm direkt in die Augen. »Wir melden uns natürlich, sollten wir weitere Fragen haben.«

»Tun Sie das«, antwortete Johan kühl. »Auf Wiedersehen.« Schnell verließ er das Büro.

»Dieser stechende Blick gerade eben«, sagte Tess. »Da kriegt man ja Gänsehaut.«

»Freunde können Sie sich aussuchen, Familie nicht«, entgegnete Thomas, während er sich wieder auf seinen Schreibtischstuhl fallen ließ.

»Rufen Sie doch mal das Notariat an, indem die Testamente gemacht wurden und fragen sie, ob dort etwas über diese Eleonore el Raffei bekannt ist, denn ich frage mich gerade, wie dieses syrische Kind, falls alles rechtens ist, ihr Erbe erhält.«

»Interessant«, antwortete Thomas. »Ich kümmere mich darum.« Er wollte gerade den Telefonhörer nehmen, da klingelte es. »Hoofdagent Boer.«

»Wir stehen jetzt seit acht Stunden gegenüber der Zufahrt des Grundstücks von Tim Sanders«, sagte ein Polizist am anderen Ende. »Die ganze Nacht und heute früh war nichts los, aber soeben ist ein Auto vorgefahren und drei Männer sind ausgestiegen. Seit zwanzig Minuten sind die jetzt drin.«

»Dann sehen Sie nach«, antwortete Thomas. »Versuchen Sie, sie zu belauschen, aber seien Sie sehr vorsichtig. Wir kommen sofort.«

Er legte auf und nahm sein Sakko vom Stuhl. »Bei Tim Sanders tut sich was. Fahren wir hin.«

Als sie dort ankamen, schaltete Thomas die Zündung aus und ließ den Wagen ein Stück rollen. »Unsere Kollegen scheinen drin zu sein«, sagte Tess leise. »Sehen wir mal nach, was da los ist.«

Sie stiegen aus und liefen durch das geöffnete Rolltor der Werkstatt. Jetzt hörten sie, wie einer sagte: »Es freut mich sehr, dass Sie Ilias und Tarek eine Chance geben. Das erhöht ihr Bleiberecht in den Niederlanden um ein Vielfaches.« An die beiden anderen Männer gewandt, sagte er etwas auf Arabisch.

»Kripo Amsterdam«, sagte Tess laut.
Die Männer fuhren erschrocken herum. Tim Sanders ging auf sie zu. »Ach Sie sind es schon wieder. Na, das hätte ich mir ja denken können, dass Sie mich beschatten.«

»Dann ist ja alles in bester Ordnung, wenn Sie wussten, dass wir wieder bei Ihnen auftauchen«, entgegnete Thomas und deutete mit dem Kopf zu den Männern, die sichtlich eingeschüchtert an der Seite standen. »Wer sind die drei?« Tim Sanders begann zufrieden zu grinsen und verschränkte die Arme vor sich. »Fragen Sie die doch selbst.«

»Worum geht es denn?«, fragte ein rothaariger, etwa fünfzigjähriger Mann. »Und wieso ist die Polizei hier?«

»Jetzt stellen wir erst einmal Fragen«, antwortete Tess schroff. »Also, wer sind Sie?«

»Mein Name ist Hans Riekers, ich bin von der Ausländerbehörde.«

Er hielt ihnen jetzt einen Dienstausweis entgegen. »Tim Sanders hatte vor ein paar Wochen ein Inserat geschaltet, weil er zwei Helfer für seine Werkstatt braucht. Für diese staatlich geförderte Maßnahme haben wir Ilias und Tarek ausgesucht, die in Syrien bereits in einer Autowerkstatt gearbeitet haben. Es ist nicht leicht, solche Stellen zu finden. Wir sind über jede froh und hoffen, dass dadurch die Integration besser gelingt.«

Tim Sanders fragte spöttisch: »Na, da staunen Sie was?« Thomas Boer stellte sich vor ihn hin. »Sparen Sie sich Ihren Sarkasmus. Und glauben Sie ja nicht, dass wir Sie und Ihre ›Schützlinge‹ nicht weiterhin beobachten.«

»Wenn die Polizei nichts Besseres zu tun hat, als unbescholtene Bürger zu überwachen, bitte sehr. Wie Sie sehen, habe ich nichts zu verbergen.«

Tess wandte sich an Hans Riekers. »Sprechen die Männer unsere Sprache?«

Der wiegte den Kopf. »Da sie erst seit sechs Monaten in Amsterdam sind und bisher in der Unterkunft nur unter sich waren, ein paar Brocken. Aber ich hoffe, dass sich das bald ändert.«

»Was für eine Staatsbürgerschaft haben die Männer und wo kommen sie her?«

»Sie sind Syrer und über Norwegen eingereist, aber wenn sie genaueres wissen wollen, müsste ich im Büro in den Unterlagen nachsehen.«

»Haben die beiden auch Familie?«

»Sie haben ausgesagt, dass es niemanden mehr gäbe, weder Frauen noch Kinder. Alle wären tot.«

»Und wie alt sind die beiden?«

»Tarek und Ilias sind zweiunddreißig und Zwillingsbrüder.« Er sah auf die Uhr. »Ich habe gleich noch einen anderen Termin. Sollten Sie Fragen haben, melden Sie sich einfach bei uns im Amt und verlangen nach mir.«

Er nickte ihnen aufmunternd zu. »Hza saeidaan.« Jetzt bemerkte er den fragenden Blick der Polizisten. »Oh keine Sorge, ich habe den beiden nur auf Arabisch viel Glück gewünscht.« Schnell nahm er seine Aktenmappe und verließ die Werkstatt.

»Dann wollen wir vorerst nicht weiter stören«, sagte Tess und sah ihre Kollegen an. »Lassen Sie uns gehen.«

»Sehr gut«, rief Tim Sanders. »Dann kann ich ja endlich auch mit meiner Arbeit beginnen. Vielleicht kennen Sie ja den Spruch: ›Zeit ist Geld‹.«

Thomas Boer knirschte wütend mit den Zähnen und dachte: ›Na warte Bürschchen. Man sieht sich gewöhnlich zweimal im Leben.‹

Als die Polizisten wieder im Auto saßen, begann Tess: »Ich kann Ihren Unmut verstehen, aber zeigen Sie das nicht so offensichtlich. Tim Sanders lacht sich doch ins Fäustchen, wenn Sie gefühlsmäßig wie ein offenes Buch vor ihm liegen. Das Gleiche ist Ihnen gestern in der Gerichtsmedizin schon einmal passiert, aber darüber hatten wir eigentlich ausführlich gesprochen.«

»Ich habe mir schon gedacht, dass Sie davon wieder anfangen«, entgegnete er. »Aber man kann das doch gar nicht miteinander vergleichen.«

»Nein, eigentlich nicht. Von mir aus toben Sie jetzt, wenn Sie außer mir niemand hört, aber nicht vor Verdächtigen.«

**

Finn Mulder saß am späten Nachmittag in einem kleinen Straßencafé.

Er hatte, als wäre nichts gewesen, tagsüber am Markt seine Arbeit erledigt und seiner Mutter danach erklärt, dass er noch einmal in die Stadt wolle.

Mit ihr hatte er nur, wenn es unumgänglich war gesprochen, aber auch Alida behandelte ihn heute wie Luft. Dabei plauderte sie angeregt mit Marktkunden über ihre frischen Äpfel, die neuen Käsesorten und das Wetter.

Er musste in Ruhe nachdenken, wie er es am besten anstellen konnte, mit Leonie wieder Kontakt aufzunehmen. Doch zu Hause in seinem Zimmer wurde er verrückt. Stundenlang war er auf- und abgegangen, hatte sich immer wieder wütend auf sein Bett geworfen und keine Idee gehabt, unter welchem Vorwand er sie treffen, oder wenigstens anrufen könnte. Vielleicht fiel ihm etwas ein, wenn er andere Menschen sah, oder Situationen beobachten würde, auf die er daheim nicht käme.

Wie immer hatte er sich ein großes Stück Kuchen bestellt, aber heute verzichtete er auf Kakao mit Sahne, sondern bestellte Tee, denn er hatte gemerkt, dass seine Jeans, die er sich erst vor kurzem gekauft hatte, schon wieder fast zu eng war.

Missmutig aß er jetzt und sah sich dabei immer wieder um. Viele Leute flanierten an diesem schönen Herbsttag durch die Fußgängerzone, junge Pärchen schlenderten an ihm vorbei und blieben an Schaufenstern stehen. Die ganze Welt schien glücklich zu sein, nur er nicht.

Plötzlich stutzte er, aber er konnte sich nicht irren. Da spazierte soeben sein Vater, mit seiner Frau und David auf der anderen Straßenseite entlang.

Er trug mehrere große Einkaufstüten und stellte die soeben an einem kleinen Bistrotisch ab. Dann sagte er etwas zu seiner Frau, gab ihr einen Kuss auf die Wange und schlenderte davon. Seltsam war nur, dass er eine der Plastiktüten bei sich behielt.

›Wo geht er denn hin?‹, dachte Finn und warf die Kuchengabel an die Seite. Schnell steckte er einen Geldschein unter die Teetasse und schlich hinterher.

Finn hatte Mühe, ihn unter den vielen Menschen nicht zu verlieren. Plötzlich sah sich Raimund um und blieb an einem Schaufenster stehen, wo ein Mann mit einem Schäferhund wartete. Finn lehnte sich gegen eine Litfaßsäule. Vorsichtig sah er hinüber, denn entdeckt werden, durfte er jetzt auf keinen Fall.

›Irgendwo habe ich den Typen doch schon mal gesehen‹, grübelte er, während er sein Mobiltelefon aus der Hosentasche zog. Er tat jetzt so, als ob er eine Nummer suchen würde, stattdessen machte er schnell ein paar Fotos. Der andere Mann hatte ein Päckchen bei sich, murmelte Raimund etwas zu und schob es ihm in einem scheinbar unbeobachteten Moment in die geöffnete Plastiktüte. Finn drückte erneut auf den Auslöser. ›Jetzt habe ich Dich erwischt‹, dachte er grinsend und steckte sein Telefon wieder ein.

Die Männer trennten sich, ohne noch etwas zu sagen und Raimund ging langsam zurück. Als er wieder bei seiner Familie ankam, saßen David und seine Mutter mit einem Burger und einer großen Cola am Bistrotisch.

Raimund streichelte David lächelnd über den Kopf und bestellte sich ein Bier.

Finn bekam schmale Augen. ›Na warte, Dir wird das Lachen schon noch vergehen.‹ Schnell drehte er sich um und lief, so schnell er konnte, nach Hause.

Dort angekommen, rannte er die Treppe nach oben, schaltete sein Laptop an und steckte mit zittrigen Händen das Kabel des Mobiltelefons ein.

Wieder und wieder sah er sich die Fotos an.
Alida öffnete die Tür. »Ich habe gerade gehört, dass Du wieder da bist. Es gibt gleich Abendessen. Kommst Du runter?«

Er fuhr herum. »Ja, aber hatten wir nicht vereinbart, dass Du anklopfst? Ich komme schließlich auch nicht einfach so in Dein Schlafzimmer.«

Wortlos schloss sie die Tür.
Er sperrte den Laptop und ging nach unten. Plötzlich starrte er auf die Tageszeitung, in der seine Mutter wöchentlich eine kleine Anzeige für den Wochenmarkt schaltete. Und jetzt fiel es ihm ein. Da hatte er den Mann schon einmal gesehen. Er begann darin zu blättern.

»Kannst Du die nicht nachher lesen?«, murrte Alida. »Du weißt, dass ich das beim Essen nicht mag.«
Finn faltete die Seite nach oben und legte die Zeitung vor sie hin. »Als ich heute in der Stadt war, habe ich zufällig Vater mit seiner Familie gesehen.«

»Und?«, fragte Alida kauend. »Habt Ihr miteinander gesprochen?«

»Natürlich nicht.« Er tippte mit dem Finger auf das Foto von Heinrich Kok. »Mit dem hat er sich getroffen und von ihm ein Päckchen in die Tasche geschoben bekommen.« Zufrieden lehnte er sich zurück. »Ich habe Dir doch von der Waffe erzählt, die Vater kaufen will. Und dieser Mann ist der Nachbar von dem ermordeten Arzt. Ich habe Fotos gemacht. Morgen früh gehe ich zur Polizei und zeige sie denen.«

Alida legte ihr Besteck an die Seite. »Bist Du sicher, dass Du das tun willst? Vielleicht kannten sie sich schon länger und die ganze Sache ist harmlos.«

»Das glaube ich nicht, so seltsam, wie sich die beiden verhalten haben.«

»Iss erst einmal was und schlaf eine Nacht darüber und wenn Du Dir dann immer noch sicher bist ... .«

Er unterbrach sie. »Hör auf mich wie ein Kind zu behandeln. Ich werde mir morgen früh immer noch sicher sein und zwar, auch ohne jetzt zu essen und eine Nacht darüber zu schlafen.«

»Gut«, entgegnete Alida. »Da Du ja kein Kind mehr bist, hast Du ab heute noch genau vier Wochen Zeit, Dir eine eigene Wohnung zu suchen. Die Zeit läuft ab jetzt.« Wütend schob Finn seinen Stuhl zurück und warf die Küchentür hinter sich zu.

Sie schüttelte den Kopf, sorgte sich aber, weil sie merkte, dass er anscheinend regelrechte Rachegelüste gegen Raimund hegte und ihm mit allen zur Verfügung stehenden Mitteln schaden wollte. Jetzt hörte sie, dass die Haustür zuflog.

Finn hatte sich das Fahrrad aus der Garage geholt und radelte ziellos durch die Gegend. Doch mittlerweile war es dunkel geworden. Er hielt an einem kleinen Lokal, aus dem laute Musik zu hören war.

Er bremste und sah ein paar jungen Männern zu, die vor der Tür standen, rauchten und lauthals lachten. Sie hatten alle weiße T-Shirts mit Aufdrucken an.

›Ein Junggesellenabschied‹, dachte er verbittert.
Er stellte sein Fahrrad an einer Laterne ab, wickelte ein Schloss darum und lief zum Eingang.

Einer der Männer hielt ihm ein Bierglas hin. »Hallo Kumpel, komm trink einen mit uns, denn ab morgen weht ein anderer Wind. Dann bin ich verheiratet und das sorgenfreie Leben ist vorbei.«

Finn steckte seine Hände in die Hosentaschen und entgegnete mit grimmiger Miene: »Warum tust Du es dann?«

Schlagartig hörten alle auf zu lachen. »Du verstehst wohl keine Witze?«, lallte der Mann und sah sich zu seinen Freunden um. »Da schaut mal. Ein absolut spaßbefreiter Mann steht vor uns.«

Er sah ihn mit trüben Augen an. »Na ja und so wie Du aussiehst, kommst Du bestimmt bei keiner Frau zum Zug.«
Finn lief vor Wut rot an. Blitzartig zog er seine Fäuste aus den Hosentaschen und schlug zu. Wieder und wieder, bis der blutüberströmt am Boden lag.

Nur mit Mühe gelang es den anderen Männern, ihn wegzuziehen. »Hör auf Du Idiot«, schrie einer. »Bist Du völlig wahnsinnig?«

Zwei andere Gäste des Lokals hielten Finn fest, der von der Anstrengung immer noch keuchte.

»Philip braucht einen Arzt«, rief einer seiner Freunde. »Holt sofort einen Krankenwagen und die Polizei, der Typ ist doch komplett irre.«

Kurz darauf war ein Streifenwagen vor Ort. Zwei Beamte befragten die Zeugen, während der herbeigerufene Notarzt mit dem Verletzten davonfuhr.

Finn stand mit hängenden Armen da und so langsam wurde ihm bewusst, was er gerade angerichtet hatte.

»Sie müssen mitkommen«, sagte ein Polizist zu ihm. »Aber wieso denn?«, stotterte er. »Ich bin doch provoziert worden. Wenn der Typ mich in Ruhe gelassen hätte, wäre es gar nicht dazu gekommen.«

Inzwischen hatten sich eine Traube Schaulustige gebildet. »Steigen Sie ein«, sagte der Polizist ungeduldig. »Wir haben nämlich nicht mehr viel Zeit, die aufgebrachten Freunde des Verletzten aufzuhalten, dafür zu sorgen, dass auch Sie einen Krankenwagen brauchen.«

Finn flüsterte: »Bringen Sie mich nach Hause?«

Der Polizist lächelte müde. »Na was glauben Sie denn? Natürlich nicht. Sie kommen jetzt mit zur nächsten Polizeistation, dort werden Sie verhört, von einem Arzt untersucht und dann sehen wir weiter.«

Ohne seine Antwort abzuwarten, öffnete er die Wagentür und schob ihn auf den Rücksitz. Dann drehte er sich zu seinem Kollegen um. »Hast Du die Personalien von allen?« Der nickte und sagte laut: »Die Show ist vorbei. Gehen Sie bitte zurück ins Lokal, oder nach Hause.«

Mit Blaulicht fuhren sie jetzt davon. Angekommen auf der Polizeistation eilten sie mit Finn durch die Flure.

Tess Kuijpers und Thomas Boer, die gerade nach Hause gehen wollten, sahen ihre Kollegen und den Mann, der mit zusammengekniffenen Lippen zwischen ihnen ging, erstaunt an.

»Das ist doch der Kerl, der bei Leonies Tante plötzlich aufgetaucht war und vorgab ihr Freund zu sein«, sagte Thomas leise. »Was hat der denn angestellt?«

Tess blieb stehen. »Was ist passiert?«

Der Polizist winkte ab. »Eine Schlägerei vor einem Lokal.« Er deutete mit dem Kopf auf Finn. »Er ist auf einen Mann losgegangen und hat ihn krankenhausreif geprügelt.«

»Wer verhört ihn?«, fragte sie weiter.

»Mal sehen, wer Zeit hat und ich denke, dass er einem Psychologen vorgestellt werden sollte, denn die Brutalität, mit der er ausgeteilt hat, haben wir auch nicht alle Tage. Das Opfer liegt mit einer gebrochenen Nase und Verdacht auf Schädelbasisbruch im Krankenhaus.«

»Guten Abend Herr Mulder«, sagte jetzt Thomas. »Ich hätte nicht gedacht, dass wir uns hier wiedersehen.«

»Sie kennen ihn?«, fragte der Polizist erstaunt.

»Ja und deshalb werden wir das Verhör übernehmen.«

Tess sah genervt auf die Uhr, denn heute war ihr Hochzeitstag. Hendrik hatte ihr am Morgen strahlend zwei Karten für die Oper neben die Kaffeetasse gelegt. Und kurz bevor sie das Büro verließen, hatte sie Thomas davon erzählt. Sie nahm ihn an die Seite.

»Schaffen Sie das alleine? Wenn ich Hendrik jetzt anrufe und absage, habe ich vier Wochen zu Hause

Stress. Es ist ohnehin schon fast ein halbes Jahr her, dass wir es geschafft haben, mal gemeinsam etwas zu unternehmen.«

Er nickte verständnisvoll. »Ist schon ok. Ich sehe mal nach, ob Jan Smits oder Nils Janssen noch im Haus sind.« Sie atmete auf. »Sie haben etwas gut bei mir.«

Schnell ging sie an Finn und den Polizisten vorbei. Thomas sagte: »Brigadier Kuijpers hat einen anderen wichtigen Termin. Bringen Sie ihn ins Verhörzimmer, ich komme gleich nach.«

Er ging eine Etage höher und sah, dass bei Jan ein Lichtschein durch die angelehnte Tür in den Flur fiel.

Er klopfte an. Der sah ihn überrascht an. »Was machst Du denn um diese Zeit noch hier?«

»Du hättest doch auch längst Feierabend.«
Jan winkte ab. »Zu Hause hänge ich auch bloß alleine rum, sehe mir irgendeinen Mist im Fernsehen an und trinke zu viel.«

»Was ist mit Dir und Maike?«, fragte Thomas erstaunt. Er hatte Jans Frau vor zwei Jahren auf der Weihnachtsfeier kennengelernt und ihn um diese hübsche, aparte Frau beneidet.

Jan rieb sich die Augen. »Dann hat es Deine Kollegin also für sich behalten? Respekt, eine Quatschtante ist Tess nicht.«

»Nein, nun sag schon was los ist.«

»Maike ist ausgezogen.« Er sah ihn müde an. »Also, was gibt es?«

»Wenn Du willst, können wir nachher gerne noch ein Bier trinken gehen und reden, aber jetzt sitzt Finn Mulder im Verhörraum. Er ist ein, na sagen wir mal, Bekannter von Leonie de Wit und hat vorhin vor einem

Lokal eine brutale Schlägerei angefangen. Das Opfer liegt mit erheblichen Verletzungen im Krankenhaus. Die Kollegen haben ihn hergebracht, als wir gerade gehen wollten. Tess hat aber heute Opernkarten und deshalb wollte ich fragen, ob Du … .«

Jan zog seine Krawatte nach oben. »Schon gut«, unterbrach er ihn. »Ich komme mit.«

Während sie durch den Flur gingen, fragte Jan: »Woher wisst Ihr denn, dass er mit Leonie de Wit bekannt ist?«

»Als wir bei ihrer Tante im Wohnzimmer saßen, tauchte er plötzlich auf. Seine Mutter und Roos de Wit sind seit ewigen Zeiten eng befreundet. Leonie war überhaupt nicht begeistert, als sie ihn sah und hat ihm sehr deutlich gemacht, dass er keineswegs ihr Freund sei, sondern lediglich ein Bekannter und sofort gehen solle. Das hat er dann auch getan, allerdings nur sehr widerwillig.«

»Denkst Du, was auch ich jetzt denke?«
»Was meinst Du?«

Jan lächelte bitter. »Verschmähte Liebe.« Thomas sah ihn ernst an, sagte aber nichts.

Sie betraten den Verhörraum. Finn saß mit gesenktem Kopf am Tisch und rieb sich die blutenden Knöchel seiner Hände. Noch nie hatte er sich geschlagen, geschweige denn, jemanden verletzt.

Die Polizisten, die ihn hergebracht hatten, legten jetzt Notizen auf den Tisch, die sie inzwischen über den Vorfall gemacht hatten.

Einer flüsterte: »Der Psychologe ist auch auf dem Weg hierher. Sollen wir ihn nachher zu ihm bringen?«

Thomas nickte, nahm den Block und überflog, was sich vor dem Lokal zugetragen hatte.

»Also Finn Mulder«, begann er. »Das ist ja eine sehr unerfreuliche Angelegenheit, weswegen Sie jetzt hier sind.«

»Der Typ war doch selbst schuld«, antwortete der missmutig. »Ich wollte doch gar nichts von ihm, aber er hat mich vor allen Umstehenden beleidigt und provoziert.«

»Was aber kein Grund ist, jemanden derartig zu schlagen und lebensgefährlich zu verletzen. Hier steht, dass Sie völlig außer Kontrolle geraten waren.«

»Wieso? Was ist mit dem Mann?«

Thomas beantwortete die Frage nicht. »Mal der Reihe nach. Was hat er denn so schlimmes zu Ihnen gesagt?«

Finn schilderte, was sich zugetragen hatte. Seine Augen wurden schmal, als er zum Schluss grimmig hinzufügte: »Ich lasse mir nie wieder etwas gefallen. Von niemanden und schon gar nicht von so einem Besoffenen, der es nicht wert zu sein scheint, eine nette Frau zu bekommen.«

Die Polizisten sahen sich aus den Augenwinkeln an.

»Gut Finn«, antwortete Thomas ruhig. »Wir nehmen Ihre Aussage zu Protokoll und leiten diese an die Staatsanwaltschaft weiter. Sie können allerdings davon ausgehen, dass gegen Sie Anklage wegen schwerer Körperverletzung erhoben wird.«

»Und was ist mit mir?«, brauste er auf. »Sehen sie sich doch meine Hände an, auch ich bin verletzt worden.«

»Ihre blutenden Fingerknöchel haben Sie sich doch selbst durch die Schläge gegen das Opfer beigebracht, wenn ich das richtig sehe«, antwortete Jan und stand auf. »Wir bringen Sie jetzt zu einem Arzt und Sie werden vorläufig hierbleiben.«

»Warten Sie einen Moment«, rief Finn und sah Thomas flehend an. »Ich wollte morgen früh sowieso zur Polizei gehen, weil ich eine wichtige Information für Sie habe.« Der stutzte. »Na dann erzählen Sie mal.«

Finn begann. »Ich lebe mit meiner Mutter allein und hatte vorgestern mit ihr gestritten. Daraufhin habe ich das Haus verlassen und bin zu meinem Vater nach Bloemendaal gefahren. Aber auch dort war es nicht besser. Ich passe nicht in seine Familie.«

Wieder war dieser schleifende Unterton in seiner Stimme zu hören, der die Polizisten schaudern ließ.

»Und weiter?«, fragte Jan. »Was wollen Sie uns damit sagen?«

»Ich hatte mich schon öfters mit meinem Vater heimlich getroffen. Seine jetzige Frau durfte allerdings nichts davon wissen. Jedenfalls erzählte er mir bei einem dieser Treffen, dass er an Schießübungen mit scharfen Waffen teilnimmt und sich auch selbst eine besorgen will.«

»Moment«, unterbrach ihn Thomas. »Sie wollen Ihren Vater doch nicht etwa denunzieren, weil er mit Ihnen keinen Kontakt haben möchte?«

Finn ging nicht darauf ein, sondern holte sein Mobiltelefon aus der Tasche. »Ich möchte Ihnen etwas zeigen, denn heute habe ich ihn zufällig in der Stadt gesehen. Ich saß in einem Café und da kam er daher.«

Mit seinen blutverschmierten Fingern wählte er die Fotos aus. »Seine Frau und sein Sohn warteten gegenüber an einem Imbiss, während er mit einer

Einkaufstüte wegging. Ich bin hinter ihm her und habe ihn schließlich mit einem Mann beobachtet.«

Er legte das Telefon auf den Tisch. Thomas und Jan bekamen einen Schreck. ›Das ist unverkennbar Heinrich Kok und der Hund ist auch dabei‹, dachte Thomas und sah ihn entgeistert an.

Finn sah ihn selbstgefällig an. »Sie kennen ihn also auch und ich habe heute sein Foto in der Zeitung gesehen. Und da, schauen Sie.« Er zog auf dem Display ein Foto auf. »Er hat ihm ein Päckchen in die Einkaufstüte gesteckt, aber Geburtstag hat mein Vater erst im Januar.«

Zufrieden lehnte er sich zurück. »Na, was sagen Sie jetzt?«

Thomas sah ihn ernst an. »Wir danken Ihnen für diese Informationen und Ihr Mobiltelefon ist bis auf weiteres beschlagnahmt. Sie gehen jetzt mit dem Kollegen mit und werden einem Arzt vorgestellt. Schließlich müssen Ihre Wunden behandelt werden.«

»Aber danach bringen Sie mich nach Hause, denn wie Sie sehen konnten, habe ich doch kooperiert.«

Thomas nahm das Telefon und stand auf. »Das Eine hat mit dem anderen nichts zu tun. Tut mir leid.«

»Dann will ich sofort einen Anwalt sprechen«, rief Finn. »Sie können mich nicht grundlos hier festhalten.«

»Grundlos?«, fragte Jan scharf. »Sie haben einen Menschen schwer verletzt.« Er winkte seinen Kollegen zu. »Bringen Sie ihn weg.«

»Das lasse ich mir nicht gefallen«, antwortete er mit blitzenden Augen.

»Sie wiederholen sich Finn«, entgegnete Thomas. »Wir sind uns durchaus darüber bewusst, dass Sie sich nichts gefallen lassen.«

Zähneknirschend wurde er jetzt hinausgeführt.

»Was habe ich vorhin zu Dir gesagt?«, fragte Jan, als sie allein waren.

»Verschmähte Liebe und deshalb will er sich jetzt an seinem Vater rächen«, antwortete Thomas nachdenklich.

»Wollen wir heute wegen Heinrich Kok noch etwas unternehmen?«

Thomas überlegte. »Sicher sitzt der jetzt gemütlich auf seinem Hausboot und rechnet bestimmt nicht damit, wenn wir unerwartet bei ihm hereinschneien. Aber falls er wirklich mit scharfen Waffen handelt und die dort auch sind, müssen wir sofort etwas tun.«

»Ich trommle mein Team zusammen«, antwortete Jan. »Und verständige eine Spezialeinheit. Los komm.«

Thomas hielt ihn am Arm fest. »Sollte ich nicht Tess anrufen?«

»Du sagtest doch, dass die gerade in der Oper sitzt.«

»Ja, sie hat heute Hochzeitstag.«

»Dann wollen wir Sie nicht stören, es sind ja genügend andere Kollegen da.« Sie rannten zum Auto.

Jan telefonierte unentwegt während der Fahrt. Thomas überlegte: ›Was wird Tess morgen sagen, wenn sie hört, was hier los war. Und dass, obwohl sie einen Festnetzanschluss hat.‹ Er begann zu lächeln. ›Ich würde sagen, wir sind quitt.‹

Jan hatte inzwischen aufgelegt. »Alles klar. Treffpunkt ist an der Prinsengracht zirka einhundert

Meter vom Einsatzort entfernt. Dort teile ich die Leute ein.«

Als sie in die Straße einbogen, schalteten sie die Scheinwerfer ab. Nur schemenhaft erkannten sie Polizisten mit schwarzen Kombi, Helmen und Stiefeln.

Jan sprang aus dem Auto, holte seine Dienstmarke hervor und flüsterte: »Hoofdagent Jan Smits. Ich leite diesen Einsatz.«

Er zeigte in die Richtung eines kleinen Lieferwagens, der direkt gegenüber dem Hausboot von Heinrich Kok geparkt war. »Drei Männer da rüber, drei zu dem Baum daneben.« Er drehte sich zu den anderen um. »Ihr folgt uns langsam. Hoofdagent Thomas Boer und ich gehen zur Tür und läuten. Ihr stellt Euch auf dem Boot links und rechts daneben auf.«

An Nils Janssen gewandt, sagte er: »Du bleibst im Wagen, falls er, warum auch immer, mit einem Auto flüchten kann, wovon ich allerdings nicht ausgehe. Also los.«

Thomas hielt Jan fest. »Habt Ihr zufällig gesehen, ob er ein Beiboot hat, als Ihr letztens hier wart?«

»Gute Frage, aber ich weiß es nicht. Wir finden es erst heraus, wenn wir auf seinem Hausboot sind.«
Die Beamten schlichen auf ihre Positionen. Dann gingen Thomas und Jan langsam zur Tür. »Dich kennt er doch nicht, oder?«, flüsterte Jan.

»Ich bin nicht sicher, ob er mich an der Hausbank gesehen hat. Ich glaube, da war er zu sehr mit seinen Presse-Interviews beschäftigt und dann hatte ihm ja Tess mächtig Dampf gemacht.«

Jan sah noch einmal zu seinen Kollegen, die mit ihren Maschinenpistolen im Anschlag warteten. Einer nickte ihm zu und flüsterte: »Wir sind bereit.«

Jan zog an einem kleinen Strick, woran eine helle Glocke befestigt war. Sofort begann der Hund zu bellen.

»Wer ist da?«, fragte eine verschlafene Stimme.
»Polizei Amsterdam, öffnen Sie die Tür.«
»Moment, ich komme gleich.«
Sie lauschten einen Moment, auch der Hund war jetzt nicht mehr zu hören. Jan trommelte ungeduldig mit der Faust gegen die Holztür. »Ich sagte aufmachen.«

Wieder hörten sie nichts. Ein Beamter rief jetzt: »Gehen Sie sofort an die Seite.« Er selbst stellte sich davor und trat mit dem Fuß gekonnt dagegen. Die Tür flog auf.

Jan und Thomas zogen ihre Pistolen und gingen vorsichtig hinter den Beamten her. Seltsamerweise war auf dieser Etage alles hell erleuchtet.

»Sauber«, rief einer, als er aus der kleinen Küche zurückkam. Der andere inspizierte den Wohnbereich. »Hier ist auch niemand.«

Sie sahen eine kleine Holztreppe, die nach unten führte. Inzwischen waren auch die anderen Polizisten auf dem Deck. »Wenn er noch auf dem Boot ist, muss er unten sein«, flüsterte Jan.

Ein Beamter der Spezialeinheit sagte: »Sie bleiben hier oben und seien Sie wachsam. Wir wissen nicht, ob er eine Luke in diesen Bereich hat, die wir nicht kennen.«

Mit ihren Taschenlampen leuchteten sie die dunklen Stufen ab und gaben sich ein Zeichen. »Los.« Dann schlichen Sie langsam nach unten und standen wieder vor einer verschlossenen Tür.

Plötzlich hörten sie einen lauten Knall. Kurzerhand stießen sie einen Gewehrkolben gegen die wackelige Tür. Vor ihnen saß zitternd Heinrich Kok, der sich eine Pistole an die Schläfe hielt. Der Hund lag erschossen vor ihm. »Sie kriegen mich nicht lebend«, krächzte er. »Genauso wenig wie meinen Hund. Wir waren so lange zusammen und das wird niemand ändern.«

Ein weiterer Schuss löste sich und Heinrich Kok sackte blutüberströmt zusammen.

»Was ist passiert?«, hörten sie Jan Smits rufen.

»Sie können herunterkommen, wenn Sie wollen«, rief der Beamte. »Die Zielperson ist tot.«

Thomas und Jan stürmten nach unten. Fassungslos standen sie jetzt vor dem Toten. Auch Nils war inzwischen bei ihnen. Jan sah zu ihm herüber. »Lass bitte den Hund wegbringen und dann soll sofort die Spurensicherung mit der Durchsuchung beginnen.«

Dann wandte er sich an die Beamten, die gerade ihre Helme abgesetzt hatten. »Ich bin sicher, dass diesen Ausgang des Einsatzes niemand verhindern konnte. Schicken Sie uns den Bericht, so schnell Sie können. Und vielen Dank.«

Sie gingen wieder nach oben.

Die Durchsuchung des Hausbootes dauerte einige Zeit. Es wurden tatsächlich an Deck mehrere Langwaffen, Pistolen und zehn Handgranaten unter einem geschickt eingebauten doppelten Boden gefunden.

Nils Janssen ließ alles sorgfältig verpacken und vorsichtig verladen. Er sah noch einen Moment dem Kleinbus nach, der eskortiert von mehreren Streifenwagen, mit der gefährlichen Ladung losfuhr.

Zuletzt wurde der Leichnam von Heinrich Kok von Bord geschafft.

Als Nils bald darauf bei Jan und Thomas stand, fragte er: »Woher hattet Ihr den Tipp?«

»Eine seltsame Ansammlung von Zufällen«, antwortete Thomas. »Lass es Dir bitte morgen von Jan erzählen, ich habe für heute genug.«

»Ich denke, wir wollten noch ein Bier trinken und reden?«, fragte der. »Los komm, wenn man darüber spricht, ist alles leichter zu verkraften.«

Er sah zu Nils herüber. »Was ist mit Dir? Ich gebe einen aus.« Der schüttelte den Kopf. »Nein danke. Wie Du weißt, ist meine Frau im neunten Monat schwanger und es könnte jederzeit losgehen.«

»Du Glücklicher«, antwortete Jan grinsend. »Sieh zu, dass Du nach Hause kommst. Bis morgen.«

Er klopfte Thomas auf die Schulter. »Ich kenne mich in dieser Gegend ganz gut aus. Gleich hier in der Nähe ist eine kleine nette Bar. Genau wie für uns gemacht. Wir lassen das Auto stehen und nehmen uns später ein Taxi.«

Thomas nickte. »Gute Idee.«

**

Leonie war am nächsten Morgen schon früh wach. Sie hatte sich überlegt, auf dem Wochenmarkt ein leckeres Frühstück einzukaufen. Auf leisen Sohlen war sie die Treppe hinuntergeschlichen und hatte sich mit dem Fahrrad auf den Weg gemacht.

Dort angekommen, waren viele Händler noch dabei, frische Ware abzuladen.

Schon von weitem sah sie Alida, die mehrere Kisten herumschleppte. Leonie wunderte sich: ›Wo Finn wohl ist? Normalerweise erledigte der doch die schweren Sachen.‹ Langsam schob sie das Fahrrad zum Stand.

»Guten Morgen Alida. Wie geht es Dir?«

Erst jetzt sah Leonie, dass sie gerötete Augen hatte und geweint haben musste. »Was ist denn los? Geht es Dir nicht gut?«

»Finn hat angerufen.«

»Wieso? Ist er denn nicht nach Hause gekommen?«

Alida schüttelte den Kopf und stellte einen Korb mit Wirsingkohl auf die Ablage. »Wir haben gestern beim Abendessen wieder einmal gestritten und dann hat er das Haus verlassen.«

Leonie stellte das Fahrrad ab. »Ihm ist doch nichts passiert?«

Alida schluchzte: »Er hat vor einem Gasthaus einen Mann, der ihn angeblich beleidigt hat, geschlagen und dabei schwer verletzt. So etwas hat er noch nie getan.«

»Aber warum denn?«, fragte Leonie. »So kenne ich ihn doch gar nicht. Ganz im Gegenteil, meiner Meinung nach, hat er sich all die Jahre viel zu viel bieten lassen.«

Alida seufzte. »Das stimmt, aber er hat sich in den letzten Tagen sehr verändert. Ein Wort zu viel und er geht durch die Decke. Richtig rachsüchtig ist er geworden.«

»Gegen wen denn?«

»Gegen Gott und die Welt und vor allen Dingen gegen seinen Vater. Du weißt ja, dass er neulich bei ihm war, aber der hat ihn abgewiesen. Seitdem sinnt er, wie er ihm schaden kann.«

»Aber wo ist Finn jetzt?«, fragte sie ungeduldig.

Alida zog die Handschuhe aus und stützte sich auf den Verkaufstresen. »Im Krankenhaus. Nach der Schlägerei wurde er von der Polizei verhört und dann dorthin gebracht. Heute Morgen durfte er telefonieren und bat mich, unseren Anwalt zu informieren.«

Resigniert sah sie zu Leonie herüber. »Ich bin an allem schuld. Gestern Abend habe ich ihm ein Ultimatum gesetzt, dass er in vier Wochen ausziehen muss. Hätte ich das nicht getan, wäre er nicht weggegangen und nichts wäre passiert.«

Leonie ging um den Tisch herum und nahm sie in den Arm. »Rede Dir das nicht ein Alida. Wenn Ihr nicht gestern Abend gestritten hättet, dann eben heute, morgen, oder übermorgen. Finn ist für sich selbst verantwortlich.« Leonie begann zu lächeln und fügte leise hinzu: »Auch ich muss das gerade schmerzlich erfahren. Bei Tante Roos kann ich schließlich auch nicht ewig bleiben, denn sie ist es gewohnt, ihr eigenes Leben zu leben.«

»Was willst Du tun?«
Leonie hob die Schultern. »Ich habe mir einiges überlegt. Nach der Beisetzung werde ich in das Haus zurückkehren und versuchen, dort weiterzuleben. Natürlich muss ich einiges umgestalten. Einerseits weil mir nicht alle Möbel gefallen, die Mama und Papa hatten und andererseits, weil mich die Erinnerung an sie sonst in den Wahnsinn treiben würde.«

Alida nickte. »Das verstehe ich natürlich.«
»Jetzt werde ich erst einmal ein Frühstück bei Dir kaufen und dann Tante Roos von Finn erzählen. Kommst Du heute zum Kaffee?«

»Ja gerne, denn ich werde heute Mittag sowieso schließen, weil ich mit dem Anwalt telefonieren muss. Früher ist er angeblich nicht zu sprechen, danach komme ich zu Euch.«

Jetzt packte sie etwas Käse, frisches Brot, ein paar Eier, Schinken und Erdbeeren in Leonies Korb und sagte: »Lasst es Euch schmecken.«

Leonie schob ihr einen Geldschein in die Schürzentasche, bedankte sich und radelte, so schnell sie konnte zurück.

Es roch nach frischen Kaffee, als sie das Haus betrat. »Wo warst du denn so früh am Morgen?«, fragte Roos erstaunt, als Leonie den Korb auf den Tresen stellte.

»Oh, wie ich sehe, bei Alida auf dem Markt.«
»Ja. Stell Dir vor, Alida hat mir erzählt, dass Finn einen Mann geschlagen hat und jetzt in der Klinik ist.«

»Finn hat jemanden geschlagen?«, fragte Roos ungläubig. »Das kann ich mir nicht vorstellen.«

»Konnte ich bisher auch nicht«, entgegnete Leonie und schob sich eine Erdbeere in den Mund. »Aber er ist seit ein paar Tagen völlig verändert, sagt Alida. Sie kommt heute Nachmittag auf einen Kaffee vorbei.«

Roos ging an ihr Küchenbuffet und zog einen Umschlag hervor. »Hier, dieser Brief ist gestern für Dich gekommen. Lag im Postkasten, ich hatte ihn völlig vergessen.

Leonie las die Adresse. »Notariat Ulf Vos.« Vorsichtig öffnete sie den Umschlag und faltete das Papier auseinander. »Ich soll heute Nachmittag um drei zu ihm kommen, es geht um das Testament meiner Eltern.«

»Das dürfte kein Problem sein«, antwortete Roos, während sie Kaffee eingoss. »Schließlich bist Du das einzige Kind und ich denke, dass Lotte und Robert Dir einen guten Start in die Zukunft hinterlassen haben.«

Leonie sah sie ernst an. »Etwas Anderes ist mir im Moment viel wichtiger. Ich möchte unbedingt meine Eltern noch einmal sehen. Kannst Du Dir vorstellen, mit mir zur Gerichtsmedizin zu fahren?«

»Willst Du das wirklich tun?«, fragte die entsetzt. Leonie nickte. »Ja, unbedingt. Du kannst es vielleicht nicht verstehen, aber wenn sie jetzt friedlich daliegen, bekomme ich möglicherweise dieses grausame Bild aus dem Kopf, als ich sie in der Küche unseres Hauses gefunden hatte. Diesen Anblick muss ich irgendwie aus meinen Gedanken und meinen Träumen verbannen.« Sie sah sie flehend an. »Bitte. Einen Versuch ist es doch wert.«

»Na gut«, murmelte Roos. »Allerdings werde ich vor der Tür warten, denn ich möchte Robert und Lotte so in Erinnerung behalten, wie ich sie lebend kannte.«

Leonie nahm ihr Telefon. »Wir können sofort kommen«, sagte sie, als sie wieder aufgelegt hatte. »Ich soll mich dort an Dr. Lieke van Beek wenden.«

Roos legte ihre Zeitung weg. »Dann lass uns nicht länger darüber nachdenken und sofort losfahren.«

Kurz darauf waren sie mit dem knatternden ›Käfer‹ auf dem Weg.

Dr. Lieke van Beek saß hinter ihrem Schreibtisch, als Leonie anklopfte und mit ihrer Tante das Büro betrat.

»Guten Morgen«, sagte sie etwas unsicher. »Wir stören Sie hoffentlich nicht?«

»Angehörige von Opfern stören selbstverständlich nie.« Sie stand auf und gab beiden Frauen die Hand.

»Allerdings haben wir diesen Fall nicht oft, dass jemand, sofern es sich nicht umgehen lässt, noch einmal den oder die Toten sehen möchte.«

»Ich schon«, antwortete Leonie und sah ihr fest in die Augen. »Ich muss es einfach tun.«

»Und Sie?«, fragte Lieke van Beek an Roos gewandt. »Ich bin nur als moralische Unterstützung meiner Nichte hier und werde draußen warten.«

Lieke sah zu Leonie herüber. »Haben Sie vorher schon einmal eine Leiche gesehen?«

»Ich habe Biologie studiert, Schwerpunkt Forensik. Natürlich ist mir klar, dass das heute etwas ganz Anderes ist.«

Lieke hob staunend die Augenbrauen. »Dann brauche ich Ihnen ja nicht viel erklären und wenn Sie bereit sind, dann kommen Sie jetzt bitte mit.«

Leonie flüsterte. »Ja, gehen wir.«

Sie verließen zusammen das Büro. Roos hatte sich im Flur auf eine Bank gesetzt und wartete mit einem mulmigen Gefühl im Bauch. Mitarbeiter eilten an ihr vorbei und eine zugedeckte Trage wurde an ihr vorbeigeschoben. Endlich ging die Tür wieder auf und Leonie kam mit blassem Gesicht auf sie zu.

»Ist alles in Ordnung?«, fragte Roos mitfühlend.

Leonie nickte. »Ja«, flüsterte sie. »Es geht schon. Dr. van Beek zeigt mir im Labor noch einige Tests, die bei Mama und Papa gemacht worden sind. Danach können wir wieder nach Hause fahren. Möchtest Du mitkommen?«

»Nein, ich verstehe sowieso nichts davon.« Sie setzte sich wieder hin und sah den beiden Frauen nach.

»Papa hatte Hepatitis B?«, fragte Leonie sichtlich schockiert, als sie kurz darauf im Labor die Ergebnisse gesehen hatte. »Seit wann?«

»Das können wir nicht genau sagen, aber wir gehen davon aus, dass er sich nach der Nierentransplantation infiziert hat, sonst wäre sicherlich eine Spende nicht infrage gekommen.«

»Ich habe von all dem nichts geahnt«, antwortete Leonie.

»Vielleicht findet die Polizei noch etwas heraus«, sagte Lieke. »Viel Hoffnung habe ich allerdings nicht, es sei denn, Sie sprechen mit jemanden darüber, der Ihre Eltern gut kannte und davon mehr weiß, als Sie.«

»Johan de Jong«, flüsterte Leonie und sah Lieke an. »Er war ein Studienfreund von Papa und selbst Arzt. Ihn könnte ich fragen.«

»Dann tun Sie das«, antwortete Lieke und schaltete die Lupenlampe wieder aus. »Vielleicht hat er ihm davon erzählt.«

»Danke Dr. van Beek, dass Sie sich so viel Zeit genommen und mich auch in das Labor gelassen haben, wo normalerweise nur Mitarbeiter hineindürfen.«

»Ausnahmen bestätigen die Regel. Ich weiß, was ich verantworten kann und was nicht.«

Leonie und Roos waren wieder auf dem Weg nach Hause. »Ich muss unbedingt mit Johan sprechen«, sagte Leonie nachdenklich.

»Warum denn?«, fragte Roos unsicher.
»Weil er vielleicht der Einzige ist, der mir etwas über diese Nierenspende sagen kann. Außerdem war Papa an Hepatitis B erkrankt und das verstehe ich nicht.«

»Vielleicht hat er sich während seiner Reisen irgendwo angesteckt«, entgegnete Roos.

Leonie sah ihre Tante aus den Augenwinkeln an. »Nur leider bekommt man diese Krankheit in der Regel durch ungeschützten Geschlechtsverkehr mit Infizierten. Und Mama hatte es nicht, sagte mir Frau Dr. van Beek.«

Roos grübelte. Was sollte sie jetzt darauf antworten. Leonie hatte Biologie studiert, also brauchte sie gar nicht erst versuchen, ihr irgendeinen Blödsinn einzureden. »Ich habe davon leider überhaupt keine Ahnung«, sagte sie stattdessen. »Zu Hause habe ich die Telefonnummer von Johan. Ruf ihn an, wenn Du meinst.«

»Was hast Du denn plötzlich?«, fragte Leonie. »Mir kommt es so vor, als ob Dir das nicht passt.«

Roos sah ihre Nichte traurig an. »Robert war mein einziger Bruder und sein Privatleben ging mich nur bis zu einem gewissen Punkt etwas an. Umgekehrt war es genauso. Wir haben uns immer gegenseitig respektiert und das möchte ich, jetzt erst recht, beibehalten.«

»Aber er war mein Vater«, erwiderte Leonie. »Ich muss herausfinden, wie er sich infiziert hat und für wen die Niere war.«

Das hatte Roos befürchtet. Diese Gene hatte sie von ihm geerbt. Allem auf den Grund gehen, genau wissen, wann, wo und warum etwas los war. Jetzt lag es an Johan, ob Leonie die ganze Wahrheit erfuhr und wenn doch, konnte sie es auch nicht ändern.

Daheim angekommen, hielt sie ihr die Visitenkarte hin. »Am besten Du rufst Johan gleich an, denn soweit ich weiß, verlässt er in Kürze Amsterdam.«

Leonie rannte nach oben in ihr Zimmer. Als sie wieder nach unten kam, saß Roos in eine Decke gehüllt auf der Terrasse, hatte die Augen geschlossen und genoss die letzten warmen Sonnenstrahlen.

»Hast Du ihn erreicht?«, fragte sie, ohne zu ihr hinzusehen.

»Ja«, antwortete Leonie leise. »Er möchte aber, dass Du bei dem Gespräch dabei bist.«

Roos setzte sich auf. »Na gut Leonie«, antwortete sie ernst. »Eigentlich wollte ich Dich schonen, aber da es nun mal ist, wie es ist, setz Dich zu mir und dann beantworte ich Dir alle Fragen, die Dir unter den Nägeln brennen.«

»Was meinst Du?«
Ross lächelte milde. »Mach uns zuerst einen Tee.«

Schließlich saßen die Frauen zusammen und Roos erzählte ihr, was sie von Johan erfahren hatte. Zum Schluss sagte sie: »Auch ich hatte keine Ahnung, dass Dein Vater anscheinend dort eine Geliebte hatte, das musst Du mir glauben.«

Leonie saß sprachlos in ihrem Gartensessel und sah den Kohlmeisen zu, die zwitschernd an einem Meisenknödel herumhackten, die ihre Tante um diese Jahreszeit immer aufhing, damit die im Winter ihren Futterplatz fanden.

»Es ist unglaublich«, flüsterte sie. »Meinst Du, dass Mama davon gewusst hat?«

»Diese Frage habe ich mir auch gestellt«, antwortete Roos und trank einen Schluck Holundertee. »Ich glaube es nicht, aber eine sichere Antwort werden wir wahrscheinlich nie mehr bekommen.«

Leonie sah zu ihr herüber. »Danke Tante Roos, dass Du jetzt ehrlich zu mir warst.«

Die begann zu lächeln. »Was blieb mir denn auch weiter übrig? Du hättest ja doch nicht lockergelassen. In dieser Hinsicht bist Du Deinem Vater, der Dich weiß Gott über alles geliebt hat, sehr ähnlich.«

Leonie sah sie resigniert an. »Alles Mögliche konnte ich mir vorstellen, aber nicht, dass Papa ... .« Sie sprach nicht weiter. Roos legte ihre Hand herüber. »Nimm es nicht so schwer. Abgesehen davon war es seine Entscheidung.«

Leonie stand auf. »Ich muss nachher in dieses Notariat und hoffe nicht, dass mich dort auch noch irgendwelche Hiobsbotschaften ereilen.«

»Das glaube ich nicht.«

Kurz darauf war Leonie auf dem Weg in die Innenstadt. Roos deckte den Kaffeetisch in der Küche und sah immer wieder aus dem Fenster.

Schon weitem sah sie Alida, die mit hochrotem Kopf die Straße entlang geradelt kam.

Sie ging zur Haustür und öffnete. »Komm rein«, sagte sie und nahm ihr die Jacke ab. »Leonie hat mir schon erzählt, was Finn angestellt haben soll. Ist es wirklich wahr, dass er zugeschlagen hat?«

Alida nickte resigniert. »Der Chefarzt der Klinik, wo er gerade untersucht wird, hat eine gerichtliche Verfügung beantragt, da Finn seine Aggressionen nicht im Griff hätte. Da kann auch unser Anwalt erst einmal nichts dagegen tun, wir müssen es abwarten.«

Roos schüttelte ungläubig den Kopf. »Ausgerechnet Finn«, sagte sie. »Ich habe ihn noch nie so aufbrausend erlebt, wie neulich, als er hierherkam, um Leonie zu sehen. Da war er so anders.«

»Das ist es ja«, seufzte Alida. »Genau dasselbe habe ich auch an ihm festgestellt.«

Roos sah sie mitfühlend an. »Sieh es doch mal anders. Immerhin sitzt er nicht in einer Gefängniszelle. Und er hat Zeit zum Nachdenken, vielleicht merkt er wenigstens jetzt, wie gut er es immer bei Dir hatte.«

»Bei dem Gedanken, dass er einfach wieder nach Hause käme, wäre mir auch nicht wohl, so gemein, wie er zuletzt war.«

Sie sah ihre Freundin etwas unsicher an. »Da ist aber noch etwas. Gestern war das Foto von einem gewissen Heinrich Kok in der Zeitung. Das ist der Nachbar von diesem Doktor de Groot, der auch umgebracht wurde.«

Roos nickte. »Ja, ich weiß. Habe den Artikel auch gelesen.«

»Stell Dir vor, Finn hatte den zusammen mit Raimund in der Stadt gesehen und der Polizei davon erzählt. Der Anwalt sagte mir, dass daraufhin bei ihm das Hausboot durchsucht und tatsächlich Waffen gefunden wurden. Ob Raimund auch welche hat, weiß ich nicht, das wird gerade geklärt, aber dieser Heinrich Kok ist jetzt auch tot. Hat sich selbst erschossen.«

»Warum erschießt man sich deswegen?« Roos schüttelte ungläubig den Kopf. »Hoffentlich kann die Polizei das bald klären, sonst bekomme ich nachts kein Auge mehr zu.«

Sie stand auf und öffnete die Terrassentür. »Alida, komm mit nach draußen«, sagte sie. »Und lass uns den schönen Tag genießen. Unsere Probleme laufen uns bestimmt auch so nicht weg.«

Roos hatte schon immer verstanden, schnell Themen zu wechseln oder auszublenden, wenn es brenzlig wurde. Wie ihr das gelang, so zu tun, als ob es in diesem Moment nichts Anderes gäbe, war ein Rätsel, aber es funktionierte.

Sie setzten sich in die gemütlichen Korbstühle, sprachen über belanglose Dinge und ihren Plan, endlich einmal eine Kreuzfahrt zu machen. Das hatten sie sich schon so lange vorgenommen, jedoch immer wieder aus irgendwelchen Gründen verschoben.

Plötzlich hörten sie, wie die Haustür geöffnet wurde. Leonie stand schließlich vor ihnen. »Tante Roos«, flüsterte sie. »Hast Du gewusst, dass Papa noch ein Kind hat?«

»Nein, wie kommst Du darauf?«

»Weil ich das gerade erfahren habe.«

Sie ließ sich in einen Korbstuhl fallen. »Laut Notar gibt es in Syrien ein Kind, dem Papa einen Teil des Inhaltes aus dem Bankschließfach, nämlich mehrere Rohdiamanten, als auch zwei Goldbarren, zukommen lassen möchte. Er nannte es Vermächtnis. Und ich als Erbin soll diesen Anteil übergeben.«

»Wie heißt denn dieses andere Kind?«

»Eleonore el Raffei.«

**

Tess Kuijpers war am Morgen wütend ins Büro geeilt, nachdem sie aus den Regionalnachrichten vom Einsatz der Polizei in der Prinsengracht hören musste.
Sie stieß die Bürotür auf. Thomas Boer und Jan Smits, die vor dem Flipchart standen und gerade die Fotos der

Opfer sortierten, drehten sich überrascht um. Ohne zu grüßen, rief sie: »Wozu gibt es ein Telefon? Sie hätten mich anrufen müssen.«

Thomas stellte seine Kaffeetasse ab. »Wir hatten es nur gut gemeint.«

Sie stemmte die Hände in die Hüften. »Es geht nicht darum, ob Sie es gut meinen, Hoofdagent Boer. Falls Sie es noch nicht bemerkt haben, die Ermittlungen in diesem Fall leite immer noch ich und … .«

Jan unterbrach sie. »Thomas kann nichts dafür. Er hat mich noch gefragt, ob er Sie informieren soll. Ich habe ihn letztendlich davon abgehalten.«

»Warum?«, fragte sie beleidigt.

»Warum, warum«, antwortete der genervt. »Wir wollten nur, dass Sie in Ruhe den Abend mit Ihrem Mann verbringen können, sonst nichts. Ab jetzt sind natürlich Sie wieder der Boss.«

Tess schluckte. »Dann berichten Sie mir genau, wie es dazu kam. Und wo ist jetzt dieser Finn Mulder?«

Jan deutete auf den Besprechungstisch. »Setzen wir uns.« Zuerst hörten sie sich gemeinsam die Aufzeichnungen des Verhörs an. Anschließend las Tess den Bericht des Arztes der Klinik.

Dann schilderte Jan ihr präzise den Ablauf des Einsatzes in der Prinsengracht. Zum Schluss sagte er:

»Heinrich Kok hat sich durch den unerlaubten Waffenbesitz zwar strafbar gemacht, nur sich deswegen das Leben zu nehmen, ist seltsam.«

»Seltsam? Ihn hätte eine Menge Ärger erwartet und vielleicht auch eine Haftstrafe«, entgegnete Thomas. »Vielleicht wollte er sich einfach nur seiner Verantwortung entziehen, aber das können wir nicht mehr klären. Viel spannender ist die Frage, ob dieser Raimund Peters tatsächlich eine Waffe von Heinrich Kok bekommen hat. Die Kollegen in Bloemendaal verhören ihn gerade und durchsuchen sein Haus. In Kürze erwarten wir ihren Anruf.«

Tess sah nachdenklich auf das Flipchart. »Wir haben innerhalb von drei Tagen vier Tote, davon dreimal Mord und einen Selbstmord. Außerdem geht es um eine Nierenspende, Rohdiamanten, Medikamenten- und Waffenhandel. Und groteskerweise scheint alles irgendwie miteinander zusammenzuhängen. Nur wie?«

Grübelnd betrachtete sie die Fotos der Opfer. »Wir haben immer noch keinen Verdächtigen. Und Tim Sanders, auf dessen Grundstück Dr. de Groot gefunden wurde, hat scheinbar auch nicht wirklich etwas damit zu tun.«

»Also ihn würde ich noch nicht vom Haken lassen«, sagte Thomas nachdenklich. »Etwas an dem stört mich, auch wenn er sich gerade wie ein Samariter aufführt und zwei Asylbewerber bei sich arbeiten lässt.«

Jan winkte ab. »Für die beiden Männer ist es gut, dass sie eine Chance bekommen, aber letztendlich sind das staatlich geförderte Maßnahmen, die einer wie Tim Sanders geschickt nutzt.«

»Was allerdings legitim ist«, fügte Tess hinzu. »Seine Beweggründe sind mir egal, solange es gesetzlich ist. Behalten wir ihn einfach nur am Rande im Auge, sonst verlieren wir den Blick für das Wesentliche.«

Sie drehte sich zu Jan. »Wir arbeiten jetzt einen Punkt nach dem Anderen ab. Was ist mit den Medikamenten, die wir auf dem Beiboot von Luuk de Groot gefunden haben?«

»Laut Analyse sind das alles verschreibungspflichtige Originalprodukte deutscher Hersteller. Seine Computer und der Schriftverkehr sind allerdings noch nicht komplett ausgewertet. Nils ist aber dran und heute Morgen sagte er mir, dass de Groot eventuell auch im Darknet unterwegs war. Er könnte dort die Sachen gehandelt haben.«

»Und wann haben wir darüber Gewissheit?«, fragte Tess ungeduldig. »Wir müssen beim Staatsanwalt liefern, bevor der uns unter Druck setzt.«

»Ich frage gleich noch einmal nach, aber die Recherchen sind nicht einfach.«

»Das ist mir klar, aber das hilft uns nicht. Außerdem muss er die Ware an seine Kunden weitergegeben haben. Wie denn? Bestimmt sind die nicht auf seinem Hausboot abgeholt worden.«

Jan nickte und verließ das Büro.

»Nächster Punkt«, sagte Tess an Thomas gewandt. »Rohdiamanten und Goldbarren im Schließfach von den de Wit`s. Vereinbaren Sie einen Termin mit dem Notar. Er soll uns sagen, wie die Steine und das Gold an Eleonore el Raffei übergeben werden, sofern diese legal erworben wurden. Er müsste ja eine Adresse von dem Mädchen haben.«

»Ich kümmere mich sofort darum.«

Das Telefon läutete. Er hob ab. Als er wieder aufgelegt hatte, sah er seine Kollegin ernst an. »Das war ein Arzt aus dem Krankenhaus. Der junge Mann, ein gewisser Philip Drewes, der gestern Abend von Finn Mulder zusammengeschlagen worden ist, liegt jetzt im Koma. Im Moment ist nicht bekannt, ob er durchkommt.«

»Auch das noch«, seufzte Tess. »Sagten Sie nicht,

dass er heute eigentlich heiraten wollte?«

»Ja. Er hatte mit ein paar Freunden seinen Junggesellenabschied gefeiert und war ziemlich angetrunken, als er auf Finn Mulder traf. Wir müssen sofort Haftbefehl gegen ihn beantragen.«

Sie sah auf die Uhr. »Was ist eigentlich jetzt mit seinem Vater, diesem Raimund Peters? Ich denke, wir sollten nach dem Verhör zurückgerufen werden?«

Plötzlich läutete erneut das Telefon. Schnell ging sie zum Schreibtisch. »Kripo Amsterdam, Brigadier Kuijpers«, rief sie und hörte zu.

Dann sah sie erschrocken zu ihrem Kollegen herüber. Als sie aufgelegt hatte, ließ sie den Hörer langsam auf den Apparat fallen. »Raimund Peters ist verhaftet worden. In seinem Haus wurde tatsächlich eine Pistole Fabrikat ›Glock‹, neun Millimeter mit Schalldämpfer gefunden. Die wird gerade zur Untersuchung zu uns gebracht.«

»Denken Sie auch, was ich gerade denke? Die Mordwaffe, mit der möglicherweise die de Wit`s und auch Dr. de Groot erschossen wurden.«

»Lassen Sie uns doch mal spekulieren«, sagte Tess grübelnd. »Heinrich Kok hätte tatsächlich alle Morde begangen, wollte die Pistole nach seinen Taten schnellstmöglich loswerden und verkauft sie an Raimund Peters. Vielleicht bekam Kok gestern Abend Panik, als Ihr vor seiner Tür gestanden seid, weil er glaubte, dass Peters kalte Füße bekommen hat und mit der Waffe zur Polizei gegangen war. Und deshalb begeht er Selbstmord.«

Thomas strubbelte sich nachdenklich durch seine kurzen Haare. »Ich habe Heinrich Kok nur einmal lebend gesehen. Dieser Mann soll drei Morde begangen und mit Waffen und Medikamenten gehandelt haben? Da fehlt mir die Vorstellungskraft.«

»Ich kann mir auf alle Fälle vorstellen, dass Luke de Groot ihn als Lieferant der Hehlerware benutzt hat«, antwortete Tess. Thomas wiegte den Kopf. »Durchaus möglich, aber dagegen spricht, dass er vor der Bank aufschlägt, sich freizügig fotografieren lässt und Interviews gibt. Jeder, der so etwas tut, hält sich doch im Hintergrund und versucht, nicht in den Fokus der Ermittlungen zu gelangen.«

»Ja«, entgegnete Tess. »Entweder ist er wirklich so dumm gewesen, oder es war seine Strategie, genau dadurch nicht verdächtigt zu werden. Sozusagen eine Flucht nach vorne.«

»Und sein Motiv für die Morde?«
Tess hob die Schultern. »Möglicherweise ist er von Luuk de Groot für seine Kurierdienste nicht bezahlt worden, bei den de Wit`s habe ich im Moment keine Idee.«

Thomas überlegte weiter. »Stellen wir uns mal vor, dass Kok Robert de Wit die Diamanten beschafft, der die in sein Schließfach gelegt und auch nicht bezahlt hat? Ich meine, was wollte Heinrich Kok denn dagegen tun? Zur Polizei konnte er jedenfalls nicht gehen.«

»Interessante Theorie.« Sie schüttelte wieder den Kopf. »Irgendetwas passt mir an dem Ganzen noch nicht, aber warten wir die Ergebnisse der Gutachter ab, die die Waffe untersuchen.«

Jan betrat erneut das Büro. »Nils hat etwas Interessantes herausgefunden«, begann er aufgeregt. »Er hat eine E-Mail herausgefischt, die belegt, dass Luuk de Groot vor einem Monat bei Willem de Jong einen

Kleinbus gemietet hatte.«

»War der etwa so dumm, das offiziell über das Internet zu buchen?«

Jan lächelte. »Nein, aber er hatte einen Unfall, Totalschaden. Wir haben das durch den Bericht der Versicherung herausgefunden, die ihn über seinen Account angeschrieben hatten und genau wissen wollten, wie das passiert war.«

Er sah seine Kollegen an. »Mir gegenüber hatte Willem de Jong jedoch behauptet, Luuk de Groot nicht zu kennen.«

»Also doch«, rief Tess. »Willem de Jong hat damit auch zu tun. Ich tippe auf die Kurierfahrten der Medikamente. Was für welche sind das noch mal?«

»Lauter Schmerzmittel in hohen Dosierungen und Tabletten gegen irgendwelche Abstoßungsreaktionen«, antwortete Jan. »Da müssen wir einen Arzt fragen.«

Tess schreckte auf. »Abstoßungsreaktionen? Etwa Medikamente, die man einnimmt, wenn man zum Beispiel ein Organ transplantiert bekommen hat?«

»Aber wer soll die denn auf dem Schwarzmarkt kaufen, falls es dafür überhaupt einen gibt?«, fragte Thomas ungläubig. »In diesem Fall geht man doch in ein Krankenhaus und bekommt derartige Medikamente auf Rezept.«

Jan hob die Schultern. »Vielleicht in Krisengebieten. Dort ist alles knapp, sogar Wasser. Ich könnte mir vorstellen, dass man mit diesen Dingen ein Vermögen verdienen kann. Sofern die Logistik funktioniert.«

»Damit wären wir wieder bei Robert de Wit«, antwortete Tess. »Er hatte definitiv die entsprechenden Kontakte und er kannte Luuk de Groot. Der besorgt die

Waffen und die Medikamente, Willem de Jong hat die entsprechenden Fahrzeuge und Heinrich Kok kutschiert die Ware durch die Gegend. Er hat also Zugriff auf alles. Doch dann machen Robert de Wit und Luuk de Groot einen Fehler. Sie versuchen, Heinrich Kok zu betrügen, indem sie ihm vielleicht eine vereinbarte Bargeldsumme für den Transport nicht geben.«

»Wir unterstellen also, dass letztendlich Heinrich Kok allein alle Morde begangen hat«, sagte Thomas. »Welche Rolle spielt dann Tim Sanders, wo die Leiche von Luuk de Groot gefunden wurde?«

»Vielleicht ist ja auch Willem de Jong der Täter, denn der kannte wiederum Tim Sanders«, antwortete Jan. »Es wäre doch möglich, das Luuk de Groot auch ihn nicht bezahlt hat, der bringt den um und entsorgt ihn auf dem unübersichtlichen Grundstück von Tim Sanders im Kofferraum des Volvos.«

»Da Willem an die Mordwaffe herankommen konnte, ist das zwar nicht ausgeschlossen«, antwortete Tess. »Aber warum sollte er Luuk de Groot die Patronenhülsen in die Jackentasche gesteckt haben? Normalerweise vernichtet man doch möglichst alle Beweise.«

»Vielleicht wollte er damit den Verdacht bewusst auf Heinrich Kok, oder Tim Sanders lenken, wenn sich herausstellt, dass alle drei Morde mit ein und derselben Waffe begangen wurden.«

»Da Willem de Jong der Einzige ist, den wir jetzt noch fragen können, sollten wir keine Zeit verlieren und zu ihm fahren.« Sie sah auf die Uhr. »Jetzt vermute ich ihn in seinem Geschäft, allerdings ist das nicht gewiss.«

»Ich könnte zusammen mit Nils in seiner Wohnung

nachsehen«, sagte Jan. »Irgendwo werden wir ihn schon erwischen.«

»Auf alle Fälle nehmen wir zu beiden Zielorten jeweils einen Streifenwagen mit«, sagte Tess. »Sicher ist sicher.« Jan nahm sie am Arm. »Warten Sie kurz. Haben Sie etwas Neues wegen der Schlägerei, in die Finn Mulder verwickelt war, gehört?«

»Ja«, antwortete sie ernst. »Wir haben vorhin einen Anruf bekommen. Für den Verletzten sieht es nicht gut aus. Gegen Finn Mulder muss Haftbefehl beantragt werden, sobald wir zurück sind.«

Sie machten sich auf den Weg.

Thomas sah immer wieder während der Fahrt zu Tess herüber, die stur geradeaus blickte. »Sind Sie immer noch sauer, weil wir Sie nicht angerufen hatten?«

»Reden wir nicht mehr darüber«, antwortete sie kurz angebunden. »Allerdings gebe ich zu, dass Sie das zusammen mit Jan Smits gut im Griff hatten, nur noch einmal passiert das bitte nicht.«

»Versprochen«, murmelte er und gab Gas.

Angekommen in Haarlem, saß Sara Jacobs in der Anmeldung der Autovermietung und telefonierte, als die Polizisten den Raum betraten.

»Polizei Amsterdam. Wo finden wir Willem de Jong?«, fragte Tess und hielt ihr ihre Dienstmarke entgegen. Erschrocken sah sie zu Thomas Boer.

»Ist er da?«, fragte der.

»Im Büro«, stotterte sie. »Seine Eltern sind bei ihm.«

»Dann sehen wir mal nach«, antwortete Tess schroff, ging an ihr vorbei und öffnete die Tür.

Willem stand mit seinen Eltern vor einer Europakarte und erklärte gerade, auf welchen Routen seine

Fahrzeuge heute unterwegs waren.

Erschrocken drehten sie sich um, als Tess sagte: »Ich bin Brigadier Tess Kuijpers von der Polizei Amsterdam. Willem de Jong? Sie kommen jetzt sofort mit uns, denn es gibt einige wichtige Fragen zu klären.«

Johan baute sich vor ihr auf. »Was werfen Sie meinem Sohn vor?«

Willem war blass geworden. »Lass gut sein, das muss ein Missverständnis sein. Abgesehen davon kann ich für mich selbst sprechen.« Er sah zu seiner Mutter herüber, die sprachlos die Szene beobachtet hatte. »Mach Dir keine Sorgen. Ich melde mich heute Abend bei Euch.«

Dann drehte er sich auf dem Absatz um und ging zu Sara Jacobs. »Rufen Sie bitte meinen Eltern ein Taxi und wenn Sie die Buchungen fertig haben, können Sie nach Hause gehen. Achten Sie nur bitte darauf, dass das Schiebetor verschlossen wird.«

Marie und Johan sahen jetzt zu, wie ihr Sohn in den Streifenwagen steigen musste und mit den Polizisten davonfuhr.

»Wir bleiben vorerst in Amsterdam«, murmelte Johan zähneknirschend und ging zu Sara Jacobs.

»Ihr Taxi kommt in wenigen Minuten und bringt Sie zum Flughafen«, sagte die. »Ich kümmere mich hier um alles Weitere.«

Johan lehnte sich über den Tresen. »Bitte erzählen Sie niemanden, was hier gerade los war. Willems Firma nimmt sonst ohne Zweifel einen Image-Schaden.«

Sie nickte. »Sie können sich auf mich verlassen.«

**

Nils Janssen saß am Nachmittag im Büro, sortierte die Auswertungen aller E-Mail-Accounts, verglich die festgestellten DNA-Spuren aus dem Wohnhaus der de Wit`s, den Hausbooten und nicht zuletzt die des Volvos, in dem Luuk de Groot gefunden worden war.

Jan Smits kam herein, lockerte seine Krawatte und ließ sich stöhnend auf seinen Bürosessel fallen.

»Na, was ist mit Willem de Jong?«, fragte Nils gespannt. »Hat er ausgesagt?«

»Der schweigt wie ein Grab, bis sein Anwalt eintrifft. Hast Du noch etwas Neues herausgefunden?«

Nils nahm die Akten und setzte sich ihm gegenüber. »Es ist zum Haare raufen bei den vielen Baustellen. Im Wohnhaus der de Wit`s gibt es Fingerabdrücke und DNA-Spuren der Opfer, der Tochter und der Tante, die wir natürlich problemlos zuordnen konnten. Zwei weitere sind noch unbekannt, in der Datenbank ist aber darüber nichts zu finden.«

Er blätterte in der Akte weiter. »Im Volvo dasselbe, nur das wir außerdem Spuren von Tim Sanders, dem Mechaniker und natürlich dem Todesopfer Luuk de Groot sicherstellen konnten. Bringt uns also auch nicht weiter.« Er schlug die nächste Seite auf.

»Kommen wir zu den Hausbooten. Wie gehabt Spuren der Opfer und weitere unbekannte, was aber nichts bedeuten muss, denn wir wissen ja nicht, wer dort sonst noch ein und ausgegangen ist. Es könnte sich reihenweise um unbescholtene Menschen handeln.«

»Und was ist mit den Computern der Opfer? Irgendetwas wichtiges muss doch bei den de Wit`s und auch bei Luuk de Groot auf den Festplatten gewesen sein, sonst wären die nicht mitgenommen worden.«

Nils schlug die Akte zu. »Nach wie vor keine Spur, wo die PCs sein könnten und in den Mails beider waren, mal abgesehen von der Versicherungssache zwischen Willem de Jong und Luuk de Groot, nichts zu finden.«

»Hast Du bei der Versicherung angerufen?«

»Ja natürlich. Der Auffahrunfall ist mitten in Amsterdam an einer Kreuzung passiert und laut Protokoll hat Willem de Jong den Kleinbus selbst gefahren, nicht Heinrich Kok und auch nicht Luuk de Groot.«

Jan schüttelte den Kopf. »Lass mich mal zusammenfassen. Luuk de Groot hat den Bus gemietet, aber Willem de Jong will ihn selbst gefahren haben? Wie geht das denn zusammen? Der lügt doch. Hat die Verkehrspolizei den Unfall nicht aufgenommen?«

»Nein, hat sie nicht. Willem de Jong hat als Halter den Schaden gemeldet und im Protokoll angegeben, darauf verzichtet zu haben, weil er selbst der Verursacher war. Er wäre einen Moment unaufmerksam gewesen und hätte dabei einen hohen Randstein so gerammt, dass die Vorderachse irreparabel verzogen wurde. Man nennt so etwas auch wirtschaftlichen Totalschaden.«

»Wo soll denn dieser Unfall gewesen sein? Ist das wenigstens bekannt?«

»In der Nähe des Westerparks.«

»Und was ist mit einem Fahrtenschreiber, oder einem Fahrtenbuch?«

»Angeblich seit der Verschrottung des Kleinbusses nicht mehr auffindbar, abgesehen davon sind Fahrtenschreiber erst ab 3,5 t Nutzlast Vorschrift. Und ein Navigationsgerät gab es angeblich auch nicht, die Daten der gefahrenen Routen hätten wir sonst auslesen können.«

»Nicht auffindbar, gab und gibt es nicht und Zeugen sind wahrscheinlich auch keine da«, antwortete Jan genervt. »Auf jeden Fall hat dieser de Jong ›Dreck am Stecken‹ und für die Vernichtung von Beweisen wird er sich wegen Behinderungen polizeilicher Ermittlungen zu verantworten haben.«

»Die E-Mail-Accounts habe ich auch noch mal überprüft. Keine weiteren Auffälligkeiten. Willem hat sehr oft mit seiner Mutter hin und her geschrieben und seinem Frust über seinen Vater reichlich Luft gemacht. Sonst aber nichts. Mit seiner Autovermietung ist er ausschließlich in den Niederlanden, Belgien und Frankreich unterwegs.«

»In Deutschland nicht?«

»Nein, darüber habe ich nichts gefunden.«

»Schade«, antwortete Jan. »Die Medikamente sind ja von dort, also auch kein neuer Ansatz.«

Er stand auf und schenkte sich eine Tasse Kaffee ein. »Morgen früh erhalten wir die ballistische Untersuchung der Pistole, die bei Raimund Peters gefunden wurde. Bin mal gespannt, ob wir da wenigstens eine Übereinstimmung haben.«

»Die E-Mails von Luuk de Groot sind übrigens auch bis auf die eine mit der Versicherung unauffällig, alles ganz normaler Schriftwechsel mit Krankenkassen, Apotheken, was Du willst«, sagte Nils resigniert. »Privat war er nirgends aktiv, was in der heutigen Zeit merkwürdig klingt.«

»Und was ist mit dem Darknet? Du sagtest doch, dass es Hinweise gibt.«

»Dafür bin ich nicht fit genug, ich habe zwei IT-

Spezialisten beauftragt, einzusteigen. Vielleicht hören wir morgen etwas.«

»Ruf sie an und mach denen Dampf, sonst wird Tess dies tun. Und darauf habe ich absolut keinen Bock.«

Die betrat zusammen mit Thomas Boer das Büro. Gespannt sah sie zu Nils herüber. »Gleich kommt der Anwalt von Willem de Jong. Was haben wir?«

Der erläuterte auch ihr jetzt, dass es zwar Ungereimtheiten gab und Willem de Jong vermutlich Fakten verschwieg, mehr aber nicht.

»Unter diesen Umständen können wir ihn nicht lange festhalten«, sagte sie ungehalten. »Dafür wird der Anwalt schon sorgen.«

»Warten wir doch einfach ab, wie die Vernehmung läuft«, entgegnete Thomas. »Und falls er vorerst gehen kann, ist trotzdem noch nicht aller Tage Abend. Wir sollten einfach etwas mehr Geduld haben, denn wenn wirklich mehr dahintersteckt, wird er in Kürze Fehler machen. Dann müssen wir zur Stelle sein.«

»Sind Sie sicher?«
»Haben Sie eine bessere Idee?«

Das Telefon läutete, Nils hob ab. »Was?«, rief er und sprang auf. »Warum haben Sie mich nicht früher angerufen? Sie wollten mir doch sofort Bescheid geben, wenn es bei Ruth soweit ist.«

Ohne eine Antwort abzuwarten, warf er den Hörer auf und zog sich hastig die Jacke über. »Tut mir leid«, rief er. »Ich muss sofort ins Krankenhaus zu meiner Frau. Die Wehen haben eingesetzt.« Er hielt inne und sah Tess an. »Sie haben doch nichts dagegen, oder?« Sie begann zu lächeln. »Natürlich nicht, alles Gute.«
»Danke«, rief er und rannte los.

Sie sah zu Thomas und Jan. »Und wir gehen in die Höhle des Löwen. Kommen Sie.«

Als sie zwei Stunden später den Verhörraum verlassen hatten und zurück ins Büro kamen, warf Tess wütend die Ermittlungsakte auf den Schreibtisch.

»Genau wie ich es vermutet hatte. Plötzlich hat sich Willem de Jong doch erinnert, einmal Luuk de Groot einen Wagen verliehen zu haben, aber bei den vielen Fahrzeugen könne das schon mal passieren.«

Sie stemmte die Arme in die Hüften. »Und die Krönung war seine Behauptung, dass er keine Scherereien mit der Verkehrspolizei wegen des Unfalls am Westerpark gebrauchen konnte und deshalb angeblich unsere Kollegen nicht gerufen hat. Schließlich hätte er ja einen Ruf zu verlieren.«

»Regen Sie sich nicht so auf«, sagte Thomas beschwichtigend. »Wir kriegen Willem schon noch dran. Ich werde gleich eine Zivilstreife zu seinem Haus schicken und die lassen ihn keine Minute mehr aus den Augen. Er wird Fehler machen, verlassen Sie sich darauf.«

»Was macht Dich so sicher?«, fragte jetzt Jan.
Thomas hob die Schultern. »Wir müssen positiv denken, denn es wäre schrecklich, wenn die Morde nicht restlos aufgeklärt werden könnten. Ich persönlich glaube nämlich nicht daran, dass die Heinrich Kok allein begangen hat. Und sollten wir die Akten mit diesem Ergebnis schließen müssen, könnte ich nicht mehr schlafen.«

»Das hoffen wir natürlich auch nicht«, entgegnete Jan. »Nils sagte mir vorhin, dass bald die IT-Spezialisten in Sachen Darknet mit der Auswertung kommen, wir erhalten das Protokoll der Ballistiker über die Pistole von Raimund Peters und ich werde mich jetzt selbst um den Medikamentenhandel kümmern.«

»Und ich rede morgen früh mit dem Notar wegen dieses Kindes. An irgendeinem Punkt werden wir schon eine Spur finden.«

»Na gut«, antwortete Tess. »Übrigens habe ich zu allem Überfluss morgen auch noch einen Termin in der Klinik, wo Finn Mulder untergebracht wurde. Der Arzt möchte mich sprechen.«

Sie stöhnte. »Leider alles erst morgen, nicht heute. Ich komme mir gerade vor, als ob wir ständig einen Schritt nach vorn und drei zurückgehen. Abgesehen davon war Geduld noch nie meine Stärke.«

Thomas ging nicht darauf ein. »Ich schicke jetzt den Streifenwagen zum Haus von Willem und dann mache ich für heute Schluss.«

Auch Tess und Jan verabschiedeten sich.
Thomas ging zurück ins Büro, telefonierte und verließ die Polizeistation. Als er vor die Tür trat, stand Jan unschlüssig an seinem Wagen und rauchte eine Zigarette. »Willst Du mich wieder auf ein Bier einladen?«, fragte Thomas grinsend.

»Einladen nicht unbedingt«, antwortete Jan. »Aber ich hätte nichts dagegen, wenn wir noch eins trinken.«

»Überredet«, antwortete der. »Ich habe heute nichts mehr vor und muss sowieso nachher den Stadtbus nehmen.«

Jan steuerte ein kleines Lokal an, das um diese Zeit gut besucht war. »Hier esse ich abends manchmal und die haben ein gutes belgisches Bier.«

»Essen möchte ich jetzt allerdings nichts«,

entgegnete Thomas und setzte sich an die Bar. Er sah sich um, während Jan Bier bestellte. Viele junge Leute saßen vergnügt zusammen, aßen, lachten und diskutierten. Gerade wollte er sein Glas nehmen, da fühlte er einen Stich im Magen.

»Was hast Du denn?«, fragte Jan. »Ist Dir nicht gut?« Auch er folgte jetzt seinem starren Blick. »Das gibt es doch nicht«, flüsterte er.

»Du kennst Lieke van Beek?«, fragte Thomas steif. Die saß zusammen mit einer Frau an einem kleinen Tisch im hinteren Teil des Lokals, tranken Rotwein und sahen sich, die Hände ineinander verschlungen, lächelnd an. Jetzt drehte die andere Frau den Kopf zur Seite und auch Thomas wusste nun, mit wem Lieke hier war. »Ist das wirklich Deine Frau Maike?«, fragte er leise. »Ich glaube es nicht.«

»Ich würde jeden einen infamen Lügner nennen, wenn ich es nicht selbst mit eignen Augen sehen würde«, sagte Jan heiser. »Und ich Idiot habe sie ihr auf unserem letzten Sommerfest persönlich vorgestellt. Pah.«

Ruckartig drehte er sich zur Bar und trank in einem Zug sein Bier aus. Dann winkte er dem Barkeeper zu. »Bringen Sie uns zwei doppelte Korn.«

Ohne Thomas anzusehen, kippte er den Schnaps herunter und stellte krachend das Glas auf den Tresen.

»Noch einen«, rief er grimmig.

Der Barkeeper stellte ihm einen weiteren hin, beobachtete ihn aber misstrauisch aus den Augenwinkeln, während er andere Gäste bediente.

Thomas nippte an seinem Bier. ›Was für ein Tag‹, dachte er. ›Und welch groteske Situation.‹

Er hatte sich nach seinem langen Gespräch mit Tess eigentlich vorgenommen, möglichst nicht mehr an Lieke zu denken, aber jetzt stellte er fest, dass es eben doch nicht so einfach war.

Allerdings wäre er niemals auf die Idee gekommen, dass sie an Männern überhaupt nicht interessiert war. Er sah zu Jan herüber, der noch immer starr geradeaus blickte. Für ihn war es sicher schwerer zu verkraften, denn insgeheim hoffte der, dass Maike bald wieder zu ihm zurückkommen würde. Es musste für ihn schier unerträglich sein, dass die hier im gleichen Lokal saß und eine andere Frau anhimmelte.

Er tippte ihm auf die Schulter. »Wollen wir vielleicht woanders hingehen?«

Der sah ihn an und Thomas stellte fest, dass sein ganzer Körper zitterte. »Mit allem habe ich gerechnet«, flüsterte er. »Wirklich mit allem. Ich habe davon geträumt, wie sie glücklich in den Armen eines Anderen liegt, wovon ich manchmal nachts schweißgebadet aufgewacht bin. Ich habe auch davon geträumt, dass sie eines Tages doch wieder vor der Tür steht und sagt, ›Ich bin wieder da Schatz‹. Nur dass sie auf Frauen steht, kriege ich nicht in meinen Kopf. Das ist zu viel.«

»Komm«, sagte Thomas beschwichtigend. »Lass uns gehen. Wir müssen uns das nicht antun.«

Der trank den anderen Schnaps auch noch aus und sah kurz zu Maike herüber, die immer noch keinen Blick für jemand anderen, außer für Lieke van Beek hatte.

Plötzlich stand er auf. Thomas nahm ihn am Arm, denn er ahnte, was er jetzt vorhatte. »Du wirst ihr doch hier keine Szene machen?«

Jan zog seinen Arm ruckartig weg und ging auf die

Frauen zu. Maike sah ihn erschrocken an und stand auf.

»Jan, was tust Du hier?«

Er antwortete nicht und sah sie ungerührt an.

»Das sieht Dir ähnlich«, begann sie erneut. »Hast Du es wirklich nötig, mir nachzuspionieren?«

Er griff sich wortlos an die rechte Hand, zog seinen Ehering vom Finger und warf ihn in ihr Rotweinglas.

»Hier, den brauche ich nicht mehr.«

Abrupt drehte er sich um und lief zurück zu Thomas.

»So, jetzt können wir gehen.«

**

Willem de Jong saß am Abend resigniert in seinem Appartement und grübelte vor sich hin, denn das Verhör auf der Polizeistation hatte ihm zu schaffen gemacht.

Er schreckte auf, als es plötzlich an der Tür läutete. Auf Zehenspitzen ging er zum Fenster und spähte durch die Jalousie. Eine dunkle Limousine stand in der Nähe der Straßenlaterne. Schemenhaft erkannte er die Konturen zweier Personen, die scheinbar die Gegend beobachteten.

Es läutete wieder. Hastig drehte er sich um und ging zur Tür. Vorsichtig öffnete er einen Spalt und sah, dass seine Eltern gekommen waren. Er atmete auf.

»Lass uns rein«, sagte Johan laut. Marie stand mit sorgenvoller Miene hinter ihm.

»Willem«, seufzte sie. »Was hast Du getan?«

Sie gingen ins Wohnzimmer. »Was ist hier los?«, fragte Johan schroff. »Und erkläre uns bitte, warum Dich die Polizei zum Verhör geholt hat.«

Willem sah betreten zu ihm herüber. Ihm war klar, dass er ihnen einerseits nichts vorzumachen brauchte, andererseits aber jetzt mit jemanden reden konnte.

»Vor etwa einem Jahr kamen Robert und. Luuk zu mir ins Geschäft. Robert wusste ja, was ich da tue. Er erzählte mir von einem Flüchtlingscamp an der türkisch-syrischen Grenze und dem notorischen Mangel an Medikamenten. Er wollte wirklich helfen und hatte deshalb vor, zusammen mit Luuk de Groot, eine Stiftung zu gründen, um regelmäßig bestimmte Tabletten und Seren zu kaufen und dorthin zu bringen. Ich sollte dafür einen entsprechenden LKW und zwei Fahrer stellen. Doch dazu kam es nicht, weil ich ja nur Kleinbusse habe und sich seiner Meinung nach Transporte in dieser Größenordnung nicht lohnten. Damit war die Angelegenheit eigentlich erledigt.«

»Du hast also nichts mit Medikamentenhandel zu tun?«, bohrte Johan weiter.

Willem hob beschwichtigend die Hände. »Warte, ich bin noch nicht fertig. Vor sechs Wochen kam Luuk plötzlich allein zu mir. Ich hatte die Sache längst wieder vergessen. Jedenfalls schlug er mir vor, ohne Robert kleinere Transporte durchzuführen. Dafür bot er mir eine Prämie von zwanzigtausend Euro für jede erfolgreiche Zustellung an, die ich bar auf die Hand bekommen sollte. Zehntausend im Voraus und den Rest danach. Meine Firma läuft nicht besonders gut, das Angebot kam also wie gerufen. Ich konnte gar nicht ›nein‹ sagen.«

Willem stand auf und lief im Wohnzimmer auf und ab. Dann drehte er sich zu seinem Vater um, der mit versteinerter Miene dasaß.

»Und dann dieser blöde Unfall letzte Woche am Westerpark. Es war unsere erste Tour. Wir wollten gerade die Stadt verlassen, da rammte Luuk einen Bordstein. Achsbruch.

Ich habe ihn weggeschickt, eilig das Fahrzeug abschleppen lassen und bei der Versicherung natürlich alles auf mich genommen. Denen musste ich ja, aufgrund der Leasingverträge, den Unfall melden. Zurück auf dem Firmengelände haben wir dann nach Einbruch der Dunkelheit, die Medikamente in ein anderes Fahrzeug umgeladen und in seinem Beiboot in der Prinsengracht versteckt, denn ich wollte das ganze Zeug auf keinen Fall in meiner Firma haben.«

»War das alles?«, fragte Johan mürrisch. Willem schüttelte den Kopf. »Nein, leider nicht.«

»Dann rede endlich weiter, was noch?«

»Der neugierige Nachbar von Luuk. Diese elende Schnüffelnase Heinrich Kok hat uns beobachtet. Mit seinem kläffenden Schäferhund stand er plötzlich grinsend da. Luuk hat ihn sofort hereingeholt und Geld geboten. Kok hat ihn aber nur ausgelacht. Dann hat Luuk ihm plötzlich mehrere Gewehre, zwei Pistolen und eine einige Granaten gezeigt. Woher er die hatte, weiß ich wirklich nicht. Jedenfalls versprach ihm Kok, seinen Mund zu halten, wenn er die bekäme. Also gab Luuk ihm die Waffen. Das ist alles.«

»Das ist alles?«, rief Johan erbost und sprang auf. »Willem, Du bist kriminell und wenn Du nicht mein Sohn wärst, würde ich dafür sorgen, dass Du jetzt auf der Stelle, und zwar noch heute Abend im Gefängnis landest.« Er sah ihn ernst an. »Hast Du etwas mit dem Mord an Lotte und Robert zu tun? Und lüge mich ja nicht an.«

»Nein. Das schwöre ich bei meinem Leben und das von Mutter.«

»Sie lass aus dem Spiel«, rief Johan wütend. »Und morgen früh stellst Du Dich bei der Polizei, sonst zerre ich Dich höchstpersönlich dorthin, denn ich nehme an, dass Du heute bei der Vernehmung jegliche Beteiligung abgestritten hast.«

»Die werden mir doch sonst auch die Morde anhängen und ich komme wieder aus dem Knast, wenn ich alt und grau bin.«

»Das hättest Du Dir früher überlegen müssen. Abgesehen davon stehen bereits zwei Polizisten in einem Zivilfahrzeug vor der Tür und beobachten den Eingang.«

»Kannst Du nicht etwas tun Johan?«, fragte Marie ängstlich. Der schüttelte den Kopf. »Was sollte ich denn tun? Nein, Willem muss selbst zu seinen Fehlern stehen und auch die Konsequenzen tragen.«

»Und wer hat dann Lotte, Robert und Luuk umgebracht?«, fragte sie weiter.

Willem hob die Schultern. »Ich habe wirklich keine Ahnung und bin selbst erschrocken, als ich davon hörte. Nur leider hatte ich den Fehler gemacht bei der Polizei auszusagen, dass ich Luuk de Groot nicht kannte, die aber den Schriftwechsel mit der Versicherung recherchieren konnten. Insgeheim hatte ich natürlich gehofft, dass die diesen Heinrich Kok als Täter verdächtigen, nachdem er sich erschossen und die Waffen bei ihm gefunden wurden. Dann wäre alles gut und die Akte geschlossen worden.«

»Das hast Du Dir ja schön ausgedacht«, sagte Johan

zähneknirschend. »Auf solche Ideen müsste ich erst einmal kommen.«

»Du musst unbedingt die Wahrheit sagen Willem«, beschwor ihn Marie. »Sonst machst Du alles nur noch schlimmer, als es ohnehin schon ist. Den wahren Mörder wird die Polizei schon finden, wenn Du es nicht warst.«

Willem sah sie erschrocken an. »Du glaubst mir doch, dass ich niemanden umgebracht habe?«

Sie nickte unsicher. »Ich hoffe es, denn Du bist unser einziger Sohn. Wir können und wollen uns einfach nicht vorstellen, dass Du einem anderen Menschen, aus welchem Grund auch immer, das Leben nehmen könntest.«

»Ich wüsste nicht, was mir jemand antun müsste, damit ich zu so etwas fähig wäre.«

»Eine Sache interessiert mich noch«, sagte Johan nachdenklich. »Wo hatte Luuk die Medikamente her?«

»Das kann ich nicht sagen. Er betonte nur, dass alles Originalprodukte aus Deutschland wären.«

»Sei froh Willem, dass es tatsächlich nie zu einer Lieferung gekommen ist, denn mit Leuten, die solche Dinge auf dem Schwarzmarkt handeln, ist nicht zu spaßen. Und wenn Du jetzt aussagst, kommst Du vielleicht noch mit einem blauen Auge davon.«

»So schlimm wäre es schon nicht geworden.«
Johan schüttelte ungläubig den Kopf. »Begreif es doch. Du wärst für den Rest Deines Lebens erpressbar gewesen. Diese Typen lassen Dich doch nicht mehr aus den Fängen. Wer weiß, was Du als Nächstes hättest tun müssen.«

Willem räusperte sich. »Also gut, morgen früh

mache ich mich mit den Polizisten, die sowieso schon draußen vor der Tür warten, auf den Weg.«

Johan klopfte ihm auf die Schulter. »Nur Mut. Es wird unangenehm, das will ich nicht bestreiten, aber anders geht es nicht. Mach reinen Tisch.«

Willem verbrachte eine schlaflose Nacht. Immer wieder war er aufgestanden und hatte aus dem Fenster gesehen. Die Limousine stand noch immer da.

Er ging schließlich in die Küche und schaltete den Espressokocher ein. »Wer weiß, wann ich so etwas Gutes wieder einmal bekomme«, murmelte er.

Als er sich mit dem Kaffee auf die Couch gesetzt hatte, schaltete er den Fernseher ein, aber er konnte sich auf nichts konzentrieren.

In Gedanken ging er jetzt sein Geständnis noch einmal durch. Doch wo sollte er anfangen und war es klug, wirklich alles zuzugeben? Sein Vater konnte leicht reden. Der hatte ja schließlich immer genügend Geld, das ihm vermeintlich ohne Probleme zuflog. Und er musste sich nie Gedanken über Bilanzen oder Miete machen. Und seine Mutter schon überhaupt nicht. Die war immer zu Hause, traf sich tagsüber mit Freundinnen und konnte tun und lassen, was sie wollte.

Natürlich wollte Willem sich nicht eingestehen, dass es klüger gewesen wäre, während der Schulzeit mehr zu lernen, um vielleicht doch studieren zu können. Arzt wäre er jedoch niemals geworden, soviel war klar. Egal wie es sein Vater drehte.

Verzweifelt und wütend auf sich selbst, trank er den Kaffee, setzte die Tasse klirrend ab und sah auf die Uhr. Jetzt war es kurz nach fünf. Er ging ins Bad, duschte ausgiebig und zog sich an. Schließlich nahm er sein

Mobiltelefon und scrollte durch die Adressliste.

Bei Leonie hielt er inne. ›Wenn sie davon erfährt, denkt sie bestimmt, dass ich doch ihre Eltern auf dem Gewissen habe. Nur was soll ich ihr jetzt schreiben? Dass ich so blöd war, mich des Geldes wegen auf krumme Geschäfte einzulassen, aber mit den Morden nichts zu tun habe? Sie würde es ganz sicher nicht glauben. Doch was spielt das jetzt noch für eine Rolle‹?

Resigniert schaltete er das Telefon aus und warf es auf den Tisch. Dann ging er ins Schlafzimmer, holte eine kleine Reisetasche aus dem Schrank, stopfte Kleidung hinein, schaltete das Licht wieder aus und verließ die Wohnung.

Gerade hatte es zu regnen begonnen. Er zog den Reißverschluss seiner Jacke nach oben und lief auf den Streifenwagen zu. Die Beamten schreckten auf, als er an die Scheibe klopfte.

»Guten Morgen«, sagte er scheinbar seelenruhig. »Ich nehme an, dass Sie meinetwegen hier stehen, aber Sie brauchen die Zeit nicht länger totzuschlagen. Bringen Sie mich bitte zu Tess Kuijpers. Ich möchte eine Aussage machen.«

Erstaunt öffneten sie ihm die Wagentür. »Soll uns recht sein«, sagte einer. »Allerdings müssen Sie sich nachher etwas gedulden. Brigadier Kuijpers kommt erst gegen sieben in die Dienststelle.«

Dort angekommen, wurde er in den Verhörraum geführt. Er gab dem Beamten eine Visitenkarte. »Bitte informieren Sie meinen Anwalt, dass ich hier bin und aussagen werde, aber falls sie ihn nicht erreichen, ist das auch kein Problem.«

Der Polizist nickte und schloss die Tür.

Währenddessen war Tess bereits auf dem Weg ins Büro. Auch sie hatte wenig geschlafen und ständig überlegt, wie sie jetzt die Ermittlungen vorantreiben konnte.

Auf alle Fälle wollte sie sich als Erstes in Ruhe die Zusammenfassung der Ermittlungen von Nils Janssen durchlesen, der vielleicht noch immer seiner Frau bei der Entbindung in der Klinik beistand.

Im Nachhinein musste sie lächeln, als sie daran dachte, wie der sie fast ängstlich gefragt hatte, gehen zu dürfen.

›Hielt er sie wirklich für einen Unmenschen‹? Sie hatte sich deshalb noch am Abend überlegt, ein Geschenk für das Baby zu kaufen und im Krankenhaus vorbeizubringen.

Doch da war ja auch noch diese unsägliche Schlägerei, die Finn Mulder angezettelt hatte. Vielleicht sollte sie sich, bevor sie mit dem Psychologen sprach erkundigen, wie es dem Opfer ging.

Sie bog auf dem Parkplatz ein und stellte den Wagen ab. Ein Polizist eilte auf sie zu. »Gut, dass Sie da sind Brigadier Kuijpers. Sie glauben nicht, wer im Verhörraum sitzt und eine Aussage machen will.«

Tess sah ihn erstaunt an. »Wer denn?«
»Willem de Jong. Wir haben seit gestern Abend das Haus observiert. Die Eltern von ihm kamen so gegen zehn und sind etwa eine Stunde geblieben. Und heute Morgen, kurz vor halb sechs stand er plötzlich neben unserem Wagen und bat uns, ihn hierher zu bringen, weil er mit Ihnen reden möchte.«

Tess blieb stehen. »Woher wussten Sie, dass es seine Eltern waren?«

Der Polizist lächelte. »Gestern standen er und seine Frau auf dem Firmengelände, als wir ihn mitgenommen hatten.«

»Ach ja. Versuchen Sie Thomas Boer zu erreichen, er soll sich beeilen.« Sie betraten das Gebäude.

Während sie in ihr Büro eilte, dachte sie: ›Vielleicht haben ihm seine Eltern ins Gewissen geredet, sich zu stellen. Anders kann es nicht sein, denn gestern Abend ist er mit seinem Anwalt so selbstsicher an uns vorbeigegangen, als wir ihn ziehen lassen mussten‹.

Plötzlich eilte Thomas auf dem Flur hinter ihr her. »Guten Morgen, ich habe gerade gehört, dass Willem de Jong hier ist.«

»Ja, aber lassen wir ihn noch ein wenig schmoren«, murmelte Tess. »Schließlich hat er es uns gestern auch nicht gerade leichtgemacht.«

»Was hat ihn nur dazu gebracht, jetzt plötzlich doch aussagen zu wollen?«

»Ich denke, dass ihm seine Eltern noch gestern Abend dazu überredet haben.« Sie sah ihn misstrauisch an. »Was ist mit Ihnen? Sie sehen sehr müde aus.«

Thomas winkte ab. »Nicht der Rede wert, aber ja, es ist spät geworden.« Er wollte ihr jetzt auf keinen Fall von seiner Begegnung mit Lieke und Jans Frau Maike erzählen.

Kurz darauf saßen sie Willem gegenüber, der mit gesenktem Kopf auf die Tischplatte starrte.

»Ein Wunder am frühen Morgen«, sagte Tess zynisch. »Nach Ihrem gestrigen Auftritt gemeinsam mit Ihrem Anwalt sind wir doch ziemlich überrascht, Sie jetzt hier zu treffen.«

»Ich ziehe meine letzte Aussage zurück und

schildere Ihnen den wahren Sachverhalt.«

Tess sah auf die Uhr. »Na gut. Beginnen wir mit dem Verhör. 17. Oktober 2016, Beginn, sieben Uhr.«

Plötzlich klopfte es an der Tür und der Anwalt betrat mit rotem Kopf den Raum. »Wieso findet die Vernehmung ohne mich statt?«, rief er schwer atmend.

»Wir haben gerade erst begonnen«, entgegnete Thomas.

»Mein Mandant verweigert die Aussage«, antwortete der. »Verschieben Sie das Ganze, denn vorher möchte ich mit ihm unter vier Augen sprechen.«

Willem schüttelte den Kopf. »Nein, wir beginnen jetzt. Sie können bleiben und zuhören, oder Ihr Mandat niederlegen und gehen.«

»Aber ...«, versuchte er es wieder. »Sie reden sich womöglich um Kopf und Kragen, wenn wir uns nicht vorher beraten.«

Willem sah zu ihm herüber. »Es bleibt dabei. Ich mache jetzt reinen Tisch.«

Der Anwalt verstummte und Willem schilderte nun lückenlos die Ereignisse. Tess und Thomas hörten genau zu und sahen sich immer wieder aus den Augenwinkeln an.

Zum Schluss sagte Willem: »Ich hätte nie gedacht, dass ich mal in eine solche Situation kommen könnte und werde auch dafür geradestehen, aber mit den Morden am Ehepaar de Wit, als auch an Luuk de Groot habe ich nichts zu tun. Das schwöre ich Ihnen.«

Tess überlegte. »Sie sagten vorhin, dass Sie von Dr. de Groot für jede Tour zwanzigtausend Euro bekommen sollten, zehn im Voraus und zehn, wenn sie zurück in den Niederlanden sind.«

»Ja, so war es vereinbart.«

»Dann müssten Sie ja die erste Anzahlung von ihm auch erhalten haben, oder etwa nicht?«

Willem schluckte. »Ja, er gab mir das Geld am Abend vor der Abreise.«

»Und hat Dr. de Groot die Anzahlung zurückverlangt, da sie ja nicht weit gekommen sind?« Jetzt konnte sie sehen, dass ihm die Röte ins Gesicht stieg.

»Na ja, nicht direkt.«

»Was bedeutet nicht direkt genau?«, fragte Thomas weiter.

»Er wollte einen Teil zurückhaben, was ich natürlich abgelehnt habe, denn schließlich lag das Risiko in erster Linie bei mir.«

»Und wie viel war das?«

»Es ging um siebentausend Euro, die er mir dann wieder auszahlen würde, wenn die Tour aufs Neue losging.«

»Haben Sie sich gestritten?«, fragte Tess lauernd.

Willem sah sie prüfend an. »Ich weiß genau, worum es Ihnen jetzt geht. Sie wollen mir unterstellen, dass wir uns wegen des Geldes in die Wolle bekommen und ich ihn dann umgebracht habe.«

»Und?«, fragte sie spitz. »War es nicht so?«

Willem lehnte sich wütend nach vorn. »Nein, so war es eben nicht. Ich habe Luuk das Geld zwar nicht zurückgegeben, aber umgebracht habe ich ihn auch nicht.«

»Wer denn dann?«

»Ich weiß es nicht, verdammt noch mal«, rief er ungehalten. »Ich habe Luuk de Groot am letzten Donnerstagabend zum letzten Mal gesehen, als wir die

Medikamente auf dem Beiboot verstauen mussten und als ich ging, war er noch sehr lebendig. Einen Tag später war er tot.«

»Wo sind Sie hingefahren, nachdem Sie sein Hausboot verlassen hatten?«

Willem lächelte müde. »Sie wollen ein hieb- und stichfestes Alibi?«

»In Ihrem Fall wäre das sehr hilfreich«, antwortete Tess und lehnte sich auch nach vorn. »Denn sonst hätten Sie nach unserem Ermessen ein ziemlich gutes Motiv für den Mord.«

Er rieb sich die Augen. »Da es schon spät am Abend war, bin ich natürlich nach Hause gefahren. Es war kurz nach Mitternacht und ich war müde. Gesehen hat mich wahrscheinlich niemand und zu Hause war ich allein.«

Resigniert ließ er sich mit dem Rücken gegen die Stuhllehne fallen. »Ich habe es geahnt, dass Sie mir jetzt alles anhängen werden, denn für Sie passt das wahrscheinlich wunderbar zusammen. Heinrich Kok lebt nicht mehr und ich bin der Einzige, den Sie jetzt noch packen können. Ich komme in den Knast und Sie können zufrieden Ihre Akten schließen.«

»Moment«, mischte sich jetzt sein Anwalt ein. »So wie jetzt von Ihnen ein hieb- und stichfestes Alibi verlangt wird, erwarte ich für die vagen Behauptungen der Polizei, eindeutige Beweise. Und bis dahin gilt, auch wenn ich mich wiederhole, die Unschuldsvermutung.«

Er sah zu Tess herüber. »Na, wie sieht`s damit aus? Haben Sie wirklich etwas gegen meinen Mandanten in der Hand? Und fangen Sie ja nicht mit irgendwelchen

Fingerabdrücken an, die Sie im Hausboot von Luuk de Groot gesichert haben. Schließlich kannten sich die beiden bereits vorher.«

»Auf jeden Fall muss sich Ihr Mandant wegen Behinderung polizeilicher Ermittlungen, Vernichtung von Beweisen, und versuchter Hehlerei verantworten«, antwortete sie. »Und da wir im Moment nur seine eigene Aussage haben, steht dessen Glaubwürdigkeit nach wie vor infrage. Was den Mord an Luuk de Groot und auch des Ehepaares de Wit angeht, werden wir sehen.«

»Dafür gibt es im Moment keinerlei Anhaltspunkte. Und mein Mandant ist nicht vorbestraft und hat sich heute selbst gestellt. Das sollten Sie bei Ihren Entscheidungen auf jeden Fall berücksichtigen.«

»Aber Ihrem Mandanten war auch die Autowerkstatt und das Grundstück von Tim Sanders bekannt, wo Luuk de Groot tot aufgefunden wurde«, entgegnete Thomas Boer. »Heinrich Kok wahrscheinlich nicht.«

»Na und wenn schon«, entgegnete der Anwalt. »Ich gehe davon aus, dass viele Leute Tim Sanders und auch sein Anwesen kennen. Das ist für mich kein Argument.«

Tess wandte sich erneut an Willem. »Sind Sie bereit, ab sofort mit uns zu kooperieren?«

»Ja.«

»Sind Sie auch einverstanden, dass Sie, solange die Ermittlungen laufen, Ihren Reisepass abgeben?«

»Selbstverständlich«, antwortete Willem und sah die Polizisten zweifelnd an. »Ich kann jetzt wirklich wieder gehen?«

»Moment«, sagte Thomas. »Hat Luuk de Groot Ihnen mal erzählt, dass er im sogenannten Darknet agiert?«

»Sie meinen, dass er dort die Medikamente herhatte?« Er schüttelte nachdenklich den Kopf. »Nein, dafür war er zu vorsichtig und soweit ich weiß, hat er nicht einmal einen privaten Mail-Account besessen. Auch andere Messenger-Dienste hat er, soweit ich weiß, nie benutzt, dafür war er zu vorsichtig. Ich denke eher, dass er jemanden direkt in Deutschland kannte.«

»Einen Namen hat er Ihnen nie genannt, oder?«
»Nein, wirklich nicht.«

»Dieser Logik kann ich nicht folgen«, sagte Tess misstrauisch. »Luuk de Groot besitzt keinen privaten Account und war andererseits so dumm, den Kleinbus für den Transport im Internet zu buchen? Das passt doch nicht zusammen.«

»Die Buchung lief ja über seine Praxis, das war also nicht das Thema. Unser Verhängnis war einfach dieser blöde Unfall und das Schreiben meiner Versicherung, das Sie natürlich gefunden hatten.«

Tess Kuijpers stand auf. »Wenn Sie das Protokoll unterzeichnet und Ihr Reisepass hinterlegt ist, können Sie gehen, aber enttäuschen Sie uns nicht noch einmal. Und lassen Sie Ihr Mobiltelefon an, denn Sie müssen ständig für uns erreichbar sein.«

Jan und Thomas waren kurz darauf auf dem Weg in die Kantine, während Tess grübelnd aus dem Fenster ihres Büros starrte. ›Wieso hatte Heinrich Kok einen Schlüssel von Luuk de Groot` s Boot, wenn der ihn angeblich wegen der Waffen erpresst hat? Aber dass er wirklich der Mörder sein soll, glaube ich auch nicht. Entweder bekommen wir durch die Ballistiker neue Erkenntnisse, oder wir haben jemanden komplett übersehen. Es sei denn, Willem de Jong hat uns ein perfektes Märchen aufgetischt und lacht sich jetzt ins Fäustchen, dass wir ihm ›auf den Leim‹ gegangen sind.‹

Als sie einen Blick auf die Uhr warf, stellte sie fest, dass Sie spät dran war. Sie nahm ihre Handtasche und machte sich auf den Weg in die Klinik, wo Finn Mulder untergebracht war.

Der Arzt wartete bereits ungeduldig, als sie sein Büro betrat. »Sie sind Brigadier Kuijpers?«, fragte er und stand auf. »Ich habe einen engen Terminplan und deshalb nicht viel Zeit, dennoch halte ich es für unerlässlich, mit Ihnen über Finn Mulder zu sprechen.«

»Tut mir leid, dass ich erst jetzt kommen konnte«, antwortete sie freundlich. »Und Sie sind?«

»Dr. Evers.«

Tess nickte. »Angenehm. Eigentlich wollte ich mich vor unserem Gespräch über den gesundheitlichen Zustand des Opfers erkundigen, nur leider blieb keine Zeit. Also, was können Sie mir über Finn Mulder sagen?«

»Ich habe mehrere Sitzungen mit ihm gemacht«, antwortete er ernst. »Und ich werde in meinem Bericht dringend empfehlen, dass er stationär behandelt werden muss. Egal wie ein Gericht die Schlägerei beurteilt, die er unzweifelhaft angezettelt hat und inzwischen auch zugibt, würde er im regulären Strafvollzug zugrunde gehen. Davon bin ich fest überzeugt, denn Finn ist psychisch sehr unstabil.«

»Und wer erklärt das den Angehörigen des Opfers? Denn ob der junge Mann je wieder ein halbwegs normales Leben führen kann, ist sehr fraglich. Deren Verständnis wird sich schwer in Grenzen halten.«

»Das habe ich bei der Beurteilung meines Patienten nicht zu berücksichtigen, sondern nur sein Krankheitsbild zu beurteilen. Finn Mulder ist einerseits ein intelligenter Mann mit einem IQ von etwa einhundertzwanzig, was wahrscheinlich nie erkannt worden ist. Vor allen Dingen nicht von seiner Mutter, der ich allerdings in dieser Hinsicht keinen Vorwurf machen möchte. Sie hat alles versucht, ihn glücklich zu machen, da bin ich sicher. Nur Finn hat eine ziemlich extreme Essstörung, die bestimmt unbewusst durch sie verursacht wurde. Mit gutem kalorienreichem Essen kompensierte er seinen Frust, den er offensichtlich vor allem wegen seines Vaters hatte. Andererseits wirkte er in den Gesprächen narzisstisch. Er hat eine seltsame Art sich nach außen zu präsentieren. Leute, die er nicht kennt, begegnet er mit Scheu, Unsicherheit und unterstellt Überheblichkeit und unverdientes Glück. Die wenigen Menschen, mit denen er bisher tatsächlich zu tun hatte, versucht er regelrecht zu beherrschen. Angefangen bei seiner Mutter und … .«

Er machte eine kurze Pause. »Es muss da eine junge Frau namens Leonie geben.«

Tess horchte auf. »Sie meinen Leonie de Wit?«

»Schon möglich, den Nachnamen sagte er nicht.«

»Was ist mit ihr?«

»Finn lässt keinen Zweifel daran, dass er mit ihr und sie mit ihm zusammengehört, aber ich glaube nicht, dass diese Frau das genauso sieht. Und soweit ich das einschätzen kann, muss man sie, zumindest im Moment, vor ihm beschützen.«

»Die Eltern von Leonie de Wit sind vor einer Woche ermordet worden. Am Tag danach, haben wir ihn während unseres ersten Gesprächs, zusammen mit ihrer Tante, kennengelernt. Er tauchte plötzlich auf und stellte sich als guter Freund von ihr vor, was die sofort vehement dementierte.«

»Kann ich mir sehr gut vorstellen«, antwortete Dr. Evers. »Wie gesagt, er darf auf keinen Fall auf freien Fuß kommen und gehört sofort in eine Therapie.«

Tess lächelte bitter. »Meinen Sie wirklich, dass Sie so einem Menschen effektiv helfen können?«

»Wir müssen es zumindest versuchen«, entgegnete er. »Allerdings habe ich im Moment den Eindruck, dass Sie wenig Vertrauen in unsere fachliche Kompetenz haben.«

Tess lehnte sich wütend nach vorn. »Mein Vater war selbst Alkoholiker. Er hat meine Mutter geschlagen und auch uns Kinder, meinen jüngeren Bruder und mich, schwer misshandelt. Was glauben Sie, wie oft wir von Ämtern und Ärzten um Verständnis und Nachsicht wegen seiner sogenannten Krankheit gebeten wurden. Und immer wieder bettelte er, nach Hause kommen zu dürfen. Wenn meine Mutter dann erneut nachgab, dauerte es höchstens einen Monat und alles ging von vorne los. Als er schließlich tot auf einer Parkbank gefunden worden war, weil er wieder einmal zu viel getrunken hatte, gab sich meine Mutter anfangs die Schuld, dass es so weit gekommen war. Und dieses Gefühl wurde von einem Therapeuten lange Zeit geschürt. Es brauchte Jahre, bis sie erkannte, dass nur er selbst die Ursache für die Familientragödie war.«

Dr. Evers sah sie ernst an. »Das tut mir sehr leid, aber meine Meinung nach muss man Finn Mulder trotzdem versuchen zu helfen, oder sollen wir ihn für den Rest seines Lebens in eine wattierte Zelle bei Wasser und Brot sperren?«

Tess schüttelte resigniert den Kopf. »Nein, natürlich nicht«, seufzte sie. »Dennoch fällt es mir schwer zu glauben, dass Gespräche und Sitzungen, Menschen wie ihn, nachhaltig zu einem normal Denkenden machen.«

Der Arzt schloss die Akte. »Egal, ob Sie es nun gutheißen. Finn Mulder muss therapiert werden.«

**

Leonie und Roos waren am Nachmittag in die ›Van Mourik Broetmannsstraat‹ gefahren und standen anfangs etwas unsicher vor der Haustür. Mit zittrigen Händen steckte Leonie schließlich den Schlüssel ins Schloss.

»Du musst jetzt noch nicht zurück«, sagte Roos leise. »Wie gesagt, Du kannst bei mir wohnen, solange Du willst.«

Leonie sah sie dankbar an. »Ich weiß das zu schätzen Tante Roos und habe auch nicht vor, heute hier alleine zu übernachten, aber ich muss nachsehen, ob Papa irgendwo Unterlagen über dieses syrische Kind und ihre Mutter liegen hat.«

»Wie Du meinst«, seufzte Roos. »Ich glaube allerdings nicht, dass wir etwas darüber finden. Schließlich hat ja die Polizei jeden Raum auf den Kopf gestellt und davon nichts erwähnt.«

Als sie das Haus betraten, schaltete Leonie schnell das Licht im Flur an, denn es war stockdunkel.

Anschließend ging sie ins Esszimmer und zog hastig den Rollladen nach oben. Die Sonne stand jetzt am frühen Nachmittag zwar schon tief, warf aber trotzdem noch ein paar lange Strahlen durch den Raum. Ein kleiner Strauß Rosen auf dem großen ovalen Tisch ließ die Köpfe hängen und eine dünne Staubschicht hatte sich auf dem dunkel glänzenden Furnier ausgebreitet. Auch die Luft roch abgestanden, denn seit der Tragödie hatte niemand mehr das Haus betreten.

Roos war inzwischen ins Wohnzimmer geeilt, hatte die Schiebetüren geöffnet und sah sich auf der Terrasse um. Buntes Laub zweier Kastanien hatte sich in der Sitzecke verfangen. Traurig sah sie zu einer feuerroten Kletterrose herüber, die immer Lottes ganzer Stolz gewesen war.

Auch das Kräuterbeet, in dem sonst immer üppig Rosmarin, Salbei und Pfefferminze wuchsen, vegetierte vor sich hin.

Roos ging wieder hinein. »Leonie wo steckst Du?«
Die war inzwischen nach oben geeilt und saß am Schreibtisch ihres Vaters. Noch einmal zog sie alle Schubladen auf, obwohl sie bereits von der Polizei wusste, dass alle darin befindlichen Unterlagen gestohlen worden waren.

Resigniert betrachtete sie die kleine gebogene Tischleuchte, die ihre Eltern vor vielen Jahren von einer Urlaubsreise aus Ägypten mitgebracht hatten.

Sie stand auf einem dicken rechteckigen messingfarbenen Fuß und hatte einen geschliffenen grünen Glaskörper, durch den der Raum am Abend in ein heimeliges Licht getaucht wurde.

Roos kam herein. »Na?«, fragte sie vorsichtig. »Hast Du etwas gefunden?«

»Ich glaube, dass Du Recht hattest, hier ist nichts.«
Sie wollte gerade wieder aufstehen, da stutzte sie und sah wie gebannt auf den Messingfuß der Lampe.

»Warte mal«, sagte sie und zog die an sich heran. Dann stellte sie die Lampe auf den Kopf und erkannte am Boden eine kleine Griffmuschel. Sie drehte daran.

Mit einem leisen ›Klack‹ öffnete sich der Deckel und ein Stapel Fotos und ein Briefumschlag fielen heraus.

Leonie schluckte, als sie die Porträtfotos einer Frau, die ein kleines Mädchen auf dem Arm hatte, betrachtete. ›Die Frau kann höchstens Mitte dreißig sein‹, schätzte sie. ›Aber warum hat sie so tiefe

Schatten unter den Augen und eingefallene Wangen. Doch dann fiel es ihr plötzlich ein. Sie musste krank sein und hatte wahrscheinlich Hepatitis B‹.

Sie drehte das Foto um. In krakeliger Schrift stand:
›In eternal Love Samira and Eleonore‹
Leonie wich die Farbe aus dem Gesicht.. Das waren also die Frau und das Kind, weswegen Papa sooft in dieses Camp gefahren war. Sie betrachtete jetzt genau das kleine hübsche Mädchen.

Sie hatte schulterlanges lockiges Haar und Ihre nussfarbenen Augen blickten traurig in die Kamera.

»Ich kann es kaum glauben«, murmelte Leonie. »Das ist also meine Halbschwester Eleonore.«

»Bist Du Dir sicher?«, fragte Roos leise.

Leonie legte das Foto beiseite. »Machen wir uns doch nichts vor Tante Roos. Allein die Widmung auf der Rückseite des Porträts spricht Bände und wenn Du Dir diese Samira ansiehst, gibt es keinen Zweifel, wo Papa sich mit Hepatitis infiziert hat. Anders kann es gar nicht sein.«

Roos sagte jetzt nichts mehr, denn auch ihr war klar, dass sie Recht haben musste. Sie nahm ein anderes Foto. »Seltsam«, sagte Roos plötzlich. »Ich gehe zwar davon aus, dass Robert selbst fotografiert hat, aber sieh Dir das mal an.«

Leonie betrachtete das Bild. Es war in einem Lazarettzelt aufgenommen worden, in dem diese Samira anscheinend gerade behandelt wurde. Neben ihrem Bett stand ein kleines weißes Tischchen, auf dem ein gerahmtes Foto eines Hochzeitspaares zu sehen war. Sie holte ihr Mobiltelefon und machte eine Aufnahme. »Was tust Du?«, fragte Roos gespannt.

»Ich möchte die Gesichter heranzoomen, auf dem Original erkennt man sie nicht, weil die zu weit entfernt sind.«

Erschrocken sah sie jetzt ihre Tante an und hielt ihr das Telefon hin. »Das muss diese Samira selbst sein. Demnach ist sie verheiratet.«

»Und wenn sie eine Schwester hat, die ihr sehr nahesteht?«, fragte Roos zweifelnd.

»Ach komm schon«, antwortete Leonie mit einem Anflug von Spott in der Stimme. »Wer stellt sich schon das Hochzeitsfoto seiner Schwester ans Krankenbett.«

Sie schüttelte den Kopf. »Nein, das ist bestimmt ihr eigener Ehemann und wer weiß, ob Papa wirklich der Vater dieses Kindes ist.«

»Ach darauf willst Du hinaus«, antwortete Roos. »Du meinst, dass diese Samira zwar eine Affäre mit Deinem Vater hatte, das Kind aber nicht seins sein könnte, sondern von diesem anderen Mann. Dann glaube ich allerdings nicht, dass Robert das Foto gemacht hat, denn wer fotografiert schon gerne seine Geliebte mit einem Bild des Ehemannes im Hintergrund.«

»Vielleicht ist er wirklich bei einem Kampf ums Leben gekommen, oder auf der Flucht vor dem IS«, antwortete Leonie. »Oder Papa tat die Frau und das Kind wirklich nur leid und wollte beiden etwas Gutes mit seinem Vermächtnis in diesem Testament tun.«

Roos grübelte: »Vor ein paar Minuten hattest Du keinen Zweifel, dass Robert mit dieser Frau ein

Verhältnis gehabt haben muss und das kleine Mädchen sein Kind ist und jetzt stellst Du Deine eigene These auf den Kopf. Abgesehen davon hatte ja Johan auch von dieser Beziehung gewusst.«

Leonie schob die Fotos zusammen. »Ich muss unbedingt Johan treffen. Er muss mir erzählen, was er weiß, damit ich Gewissheit habe.«

»Was ist mit diesem Brief?«, fragte Roos.
Leonie nahm den vergilbten Umschlag und sah sich die Vorderseite an. »Hm«, murmelte sie nachdenklich. »Ich bin zwar nicht sicher, aber das könnten arabische Buchstaben sein.«

»Öffne ihn doch«, flüsterte Roos, die vor Neugier schier zu platzen schien und holte aus ihrer Handtasche eine Nagelfeile hervor, die sie in einem kleinen Etui immer bei sich trug.

Leonie schlitzte vorsichtig das Kuvert auf und faltete ein sorgsam geknicktes Papier auseinander. Enttäuscht drehte sie es zu ihrer Tante herüber. »Auch Arabisch, oder was auch immer. Wir müssen es übersetzen lassen.« In diesem Moment klingelte ihr Mobiltelefon.

Sie sah auf das Display und hob ab. »Hallo Willem, was gibt es denn?«

Als sie wieder aufgelegt hatte, sagte sie: »Ich treffe mich heute Abend, zusammen mit ihm und seinem Vater in einer Pizzeria und Du bist auch eingeladen.«

»Ich?«, fragte Roos. »Leonie Du weißt doch, dass ich nur ungern mit Marie zusammentreffen möchte.«
»Keine Sorge, Willem sagte, dass sie mit einer Freundin unterwegs ist. Also nur er, Johan, Du und ich.«

»Ich weiß nicht«, antwortete Roos unbehaglich und stand auf. Leonie nahm sie in den Arm. »Komm, lass uns nach Hause fahren, damit wir uns umziehen können. In einer Stunde werden wir abgeholt.«

Roos wusste, dass Johan Unpünktlichkeit nicht mochte und so war es nicht verwunderlich, dass die Glocke genau zur vereinbarten Zeit läutete. Sie trug einen hellen Hosenanzug und hatte eilig passende Pumps aus dem Schuhschrank geholt.

»Tante Roos«, sagte Leonie staunend, als sie die Treppe herunterkam. »Ich dachte, wir gehen nur zum Essen und nicht in die Oper. Sehr schick.«

»Ich gehe nicht oft aus, aber wenn, dann mit Stil. Und jetzt komm, denn wir werden bereits erwartet.«

Als sie bald darauf in einem Lokal saßen, bestellte Johan Rotwein und Wasser und bat den Kellner um die Speisekarten. »Ihr seid natürlich eingeladen«, sagte er gutgelaunt. »Allerdings gebe ich zu, dass Willem und ich heute nicht grundlos um dieses Treffen gebeten haben, denn ich glaube, dass es einiges zu besprechen gibt.«

Lächelnd fügte er hinzu. »Natürlich ist mir dabei ausgerechnet Eure Gesellschaft sehr Recht.«

»Hör bitte auf uns einzuwickeln«, entgegnete Roos unbehaglich. »Aber danke für die Einladung und ich schlage vor, dass wir erst essen und anschließend über die Fragen und Antworten sprechen, die sicherlich vor allem Leonie interessieren.«

Willem lehnte sich entspannt zurück. »Gute Idee.«

Er hatte befürchtet, dass Leonie schon der erste Bissen im Hals stecken bleiben würde, wenn sie jetzt hörte, was er ihr zu sagen hatte.

Sie plauderten nun während des Essens über das spanische Wetter und die Gegend, in der sich Johan zur Ruhe gesetzt hatte.

Und Roos erzählte begeistert von ihrer letzten Reise mit Alida, die sie zu einer Tulpenschau, ganz in den Süden der Niederlande, nach Zeeland geführt hatte.
Leonie und Willem hatten lächelnd zugehört.

Als schließlich auch die Nachspeise-Teller abgeräumt waren, legte Johan die Serviette an die Seite und sah ernst zu Willem herüber. »Am besten Du erzählst jetzt, ohne Wesentliches auszulassen, was los ist.«

Anfangs begann der nun stockend von seinen Treffen mit Robert, Luuk und seinen geplanten Lieferungen der Medikamente zu berichten. Aber auch von der Vernehmung bei Tess Kuijpers und seinem Glück, heute nicht die Nacht in einer Gefängniszelle verbringen zu müssen.

Leonie saß wie zur Salzsäule erstarrt da und konnte nicht glauben, was sie da hörte. Auch Roos hatte sich fassungslos zurückgelehnt und fand als erste Worte.

»Was hast Du Dir denn dabei gedacht Willem? Bist Du von allen guten Geistern verlassen? So etwas kann doch nicht gutgehen.« Johan nahm ihre Hand. »Schon gut Roos. Diesbezüglich habe ich ihm schon reichlich den Kopf gewaschen, das kannst Du mir glauben.«

»Mich interessiert nur eine Frage Willem«, flüsterte Leonie. »Hast Du etwas mit dem Tod meiner Eltern zu tun?«

»Nein, das habe ich nicht. Es mag sein, dass mir die Aussicht auf schnelles Geld zu Kopf gestiegen ist, aber mit der Ermordung Deiner Eltern habe ich weder etwas zu tun, noch eine Ahnung, wer ihnen das angetan haben könnte. Wüsste ich es, würde ich auf der Stelle zur Polizei gehen und sagen, wer es war.«

Leonie sah zu Johan herüber. »Und Du? Wusstest Du von der Affäre meines Vaters in diesem Camp?«

»Ja Leonie. Du weißt, dass Robert mein bester Freund war. Wir haben uns gegenseitig so gut wie nichts verheimlicht, auch wenn das unseren Frauen gegenüber nicht immer fair war.«

»Unseren Frauen?«, fragte Willem erstaunt. »Warst Du Mutter etwa auch nicht immer treu?«

»Ich hatte weder eine Affäre in Syrien noch in einem Flüchtlingscamp«, erwiderte Johan.

»Und wo dann? Etwa hier in Amsterdam?«

»Ja Willem«, antwortete er zögernd. »Ich hatte eine jahrelange Beziehung hier in Amsterdam, aber das hatte weder mit Marie, noch mit Dir etwas zu tun.«

»Nichts mit Mutter und mir zu tun?«, rief der empört und sah ihn missbilligend an. »Ach so ist das. Uns hast Du Wasser gepredigt und selbst Wein getrunken. Wie oft hast Du beim Abendessen Moralpredigten über den Zusammenhalt einer Familie gehalten? Und jetzt wird mir auch klar, warum Du mich als Kind oft vertröstet hast, wenn ich mal mit Dir zum Fußball gehen, oder einen Gelenkdrachen bauen wollte. Fast nie hast Du Dir Zeit genommen und für Mutter oft auch nicht.«

Wütend warf er seine Serviette hin. »Nun komm schon Vater. Wenn wir schon dabei sind, alle die Karten auf den Tisch zu legen, sage es ruhig, bei wem Du Dich all die Jahre nach Deinem, ach so anstrengenden Dienst im Krankenhaus, herumgetrieben hast. Kenne ich die feine Dame?«

Johan stieg die Röte ins Gesicht. Hätte er es doch einfach gelassen, in der ›Wir-Form‹ zu sprechen, aber jetzt konnte er nicht mehr zurück.

Roos kam ihm zuvor. »Ich bin diese Dame«, sagte sie schroff. »Ich war der Grund, warum Dein Vater Dich oft vertröstet und wenig Zeit für Dich hatte. Und das tut mir sehr leid.«

Willem sah von einem zum anderen. »Ich fasse es nicht. Ich dachte, ich sitze heute Abend mit Recht vor einem Inquisitionsgericht und muss zugeben, dass ich ein schlechter Mensch bin, der für Geld fast alles tut. Und dann erzählt ihr mir jetzt zwischen Pizza, Tiramisu und Cappuccino, dass Ihr jahrelang meine Mutter und letztendlich auch mich betrogen habt.«

Er sah zu Leonie herüber. »Hast Du etwa auch davon gewusst?«

Sie nickte. »Allerdings erst seit ein paar Tagen. Tante Roos hat es mir selbst erzählt.«

»Entschuldige bitte, dass ich etwas lauter geworden bin und natürlich nehme ich Dir nichts übel. Und selbstverständlich kannst Du mich anrufen, falls Du etwas brauchst.« Er stand auf. »Ich werde aber jetzt gehen, denn für heute habe ich genug. Bitte nehmt Euch ein Taxi.« Er drehte sich noch einmal um und warf Johan einen Geldschein auf den Tisch. »Hier Vater, ich zahle mein Essen selbst. Und Mutter sage ich natürlich nichts davon, denn wie sagtest Du gestern Abend zu mir? Man muss selbst zu seinen Fehlern stehen und auch die Konsequenzen tragen.«

Johan, Roos und Leonie blieben ratlos zurück.
»Johan, ich hatte eigentlich auch noch Fragen an Dich, vor allen Dingen wegen Papa«, sagte Leonie vorsichtig. »Meinst Du, dass wir noch darüber sprechen können?«

»Ja, warum nicht«, seufzte der. »Auch wenn es mir etwas schwer fällt, mich jetzt darauf zu konzentrieren.«

Sie holte die Fotos aus ihrer Handtasche. »Die haben wir heute, versteckt im Fuß einer kleinen Lampe, in Papas Arbeitszimmer entdeckt. Seltsamerweise hatte die Polizei die Sachen nicht gefunden. Hatte Papa sie Dir mal gezeigt?«

Johan begann spöttisch zu lächeln. »Ihr habt die Fotos gefunden, die Polizei aber nicht, obwohl sie eine Hausdurchsuchung gemacht haben?« Er setzte seine Lesebrille auf und blätterte sie langsam durch. Schließlich legte er sie wieder weg. »Ja, die sind mir bekannt. Dein Vater hatte sie mir vor einiger Zeit per E-Mail geschickt.«

Leonie tippte auf das Hochzeitsbild im Hintergrund. »Ich denke, dass diese Samira verheiratet war. Könnte es nicht sein, dass das kleine Mädchen auch deren Kind und nicht Papas ist?«

»Gut beobachtet. Die gleiche Frage habe ich Robert auch gestellt, denn auch mich hat verwundert, dass sie es neben sich aufgestellt hatte.«

»Und weiter?«, fragte Leonie gespannt.

»Robert erzählte mir, dass er Samira Anfang 2012 in diesem Camp das erste Mal getroffen hat. Sie war bereits sehr krank dort angekommen und niemand aus ihrer Familie war zu diesem Zeitpunkt da. Kurz darauf erreichte ein Nachbar aus der Straße, wo sie gelebt hatten, das Lager und berichtete, dass er aus einer sicheren Quelle wüsste, dass ihr Mann bei einem Bombenangriff in Damaskus ums Leben gekommen sei, seine Leiche aber nie gefunden wurde. Bald darauf verließ er das Camp in Richtung Italien. Samira war anfangs untröstlich.«

»Ach und dann hat Papa sich um sie gekümmert?«, fragte Leonie verbittert.

»Robert schwärmte in einer Tour von ihr, er sagte, dass er sich noch nie in seinem Leben von einer Frau so angezogen gefühlt hat. Mitleid hätte keineswegs eine Rolle gespielt. Und schon ein reichliches Jahr später kam das Kind auf die Welt.«

»Und das diese Samira bereits Hepatitis hatte und er sich anstecken konnte, hat ihn überhaupt nicht interessiert?«

»Ich denke schon und gewarnt habe ich ihn auch, nur mit der Zeit ist er eben unvorsichtig geworden und dann hat es ihn erwischt.«

Leonie schüttelte ungläubig den Kopf. »Er hätte Mama auch anstecken können.«

Johan sah sie unbehaglich an. »Er hat mir erzählt, dass sie schon seit mehreren Jahren nichts mehr miteinander hatten, sie schliefen wohl auch getrennt.«

»Ich weiß«, antwortete Leonie. »Mir hat Mama mal gesagt, dass sie wegen des Schnarchens von Papa lieber im Gästezimmer übernachtet.«

»Robert sagte mir einmal, sie hätten sich arrangiert, allerdings würde es mich nicht wundern, wenn auch Lotte einen Liebhaber hatte. Zumindest deutete Robert mal so etwas an.«

Leonie sah ihn erschrocken an.

»Jetzt ist es genug Johan«, mischte sich Roos ein. »So etwas kann sich Robert entweder nur eingebildet haben, oder er hat diese Gedanken zur Beruhigung seines eigenen Gewissens benutzt.«

Sie wandte sich an Leonie. »Ich halte es für völlig überflüssig, auch nur eine Sekunde über seine letzten Worte nachzudenken.«

»Tue ich auch nicht, denn auf Mama lasse ich ganz bestimmt nichts kommen.« Sie holte jetzt den Umschlag hervor und legte ihn vor Johan hin. »Übrigens haben wir neben den Fotos diesen Brief gefunden. Nur ist alles auf Arabisch geschrieben, wir müssen ihn übersetzen lassen.«

»Damit kann ich leider nicht dienen, aber da fällt mir etwas ein. Im Hotel arbeitet schon seit vielen Jahren Kamal. Er ist zuständig für den Zimmerservice auf unserer Etage und liest uns, wenn wir dort wohnen, jeden Wunsch von den Augen ab. Und er ist sehr verschwiegen. Wenn Du willst, könnte ich ihn fragen, ob er Dir den Brief übersetzt.«

Leonie sah ihn hoffnungsvoll an. »Meinst Du, dass wir uns kurzfristig mit ihm treffen könnten?«

Er hob die Schultern. »Keine Ahnung, aber vielleicht sehe ich ihn noch heute Abend, denn Marie lässt sich meistens vor dem Zubettgehen einen Aperol Spritz bringen. Dann könnte ich ihn fragen. Sollte Kamal dazu bereit sein, schicke ich eine SMS an Roos.«

Die nickte. »Ja, gut. Und jetzt lasst uns bitte nach Hause fahren.«

**

Tess war am Abend mit Hendrik zusammengesessen, denn immer, wenn sie die Vergangenheit einholte, suchte sie ganz besonders seine Nähe. Er kannte fast jedes Detail ihrer Kindheitserinnerungen und wenn es wieder in ihr hochkochte, war es gut, bei ihr zu sein.

Es gab Zeiten, in denen sie sich zwar sicher war, das Schlimmste verarbeitet zu haben, doch so einfach war es eben nicht. Und heute, nach ihrem Termin bei Dr. Evers wusste sie, dass es nur den Hauch eines Anstoßes brauchte und alles war, als wäre es gestern gewesen.

Hendrik hatte eine CD eingelegt, den Ton der Stereoanlage ziemlich leise gedreht und eine Flasche Rotwein geöffnet.

»Es ist unglaublich«, flüsterte sie. »Noch immer schaffe ich es nicht, den ganzen Mist, den mein Vater angerichtet hat, hinter mir zu lassen. Und wie mein

Bruder Max damit umgeht, kann ich überhaupt nicht einschätzen.«

»Ich glaube, er ist da etwas robuster als Du«, entgegnete Hendrik, während er eingoss. »Und bei seinem umtriebigen Leben, kommt er wahrscheinlich gar nicht zum Nachdenken.«

Tess lehnte sich grübelnd zurück. »Es mag sein, dass ihn sein Bauleiter-Job in Dubai schwer in Anspruch nimmt, aber er wird dennoch Situationen erleben, wo ihn so manches daran erinnert. Ich wünschte, er wäre heute auch hier und könnte mit ihm darüber reden.«

»Ich bin da«, antwortete Hendrik liebevoll. »Mit mir kannst Du über alles reden.«

»Ja, darüber bin ich sehr froh.« Sie sah ihm direkt in die Augen. »Hendrik, Du warst immer ehrlich zu mir und deshalb möchte ich Dir heute etwas Wichtiges sagen.«

Überrascht setzte er sein Weinglas ab. »Du hast doch nicht etwa tatsächlich eine Stelle im Innendienst in Aussicht?«

Sie wurde ernst. »Nein«, antwortete sie leise. »Und ich werde auch keine annehmen, jedenfalls jetzt nicht.«

Enttäuscht lehnte er sich zurück.

»Verstehe mich doch«, flüsterte sie. »Ich käme mir vor, als würde ich mir selbst einen Arm oder ein Bein amputieren, ich wäre nicht mehr ich selbst.«

»Und was ist mit uns?«, fragte er resigniert. »Wenn ich nur an die letzte Woche denke, dann … .«

Sie unterbrach ihn. »Was dann? Immerhin waren wir zusammen in der Oper, oder hast Du das vergessen?«

Er lächelte müde. »Nein, vor allem nicht den Tag danach, als Du hier herumgezetert hast, weil Dich Deine Kollegen wegen des Einsatzes in der Prinsengracht nicht informiert hatten. Ich bin überzeugt davon, dass Du sofort alles stehen und liegengelassen hättest, nur um dort dabei zu sein. Es wäre mal wieder wichtiger gewesen. Und abgesehen davon hatte ich drei Tage frei und saß jeden Abend bis neun allein zu Hause.«

Tess schluckte. »Hendrik, hör bitte auf. Schließlich hast Du gewusst, was ich beruflich tue, bevor wir zusammengezogen sind. Ich kann mir nicht einfach, gemäß Deinen minutiös getakteten Dienstplänen, freinehmen. Und schon gar nicht jetzt, während dieser Mordserie.«

Er antwortete nicht mehr und starrte beleidigt geradeaus.

»Na gut«, antwortete sie. »Wir haben anscheinend grundsätzlich unterschiedliche Auffassungen von unserem gemeinsamen Leben.« Sie sah ihn von der Seite an. »Entweder, wir finden einen Kompromiss, mit dem wir beide zurechtkommen, oder eben nicht.«

Erschrocken sah er sie an. »Wie meinst Du das? Einen Kompromiss, dessen Regeln allein Du bestimmst, oder?«

»Natürlich nicht, sondern wir beide zusammen. Und ich verspreche Dir, dass ich einiges ändern werde, nur verlange nicht, dass ich diesen Job aufgebe.«

Er nahm sie in den Arm. »Schon gut Tess, aber bitte habe auch ein bisschen mehr Verständnis für mich.«

»Versprochen.« Sie sah ihn lächelnd an. »Ich liebe Dich.«

Am nächsten Morgen eilte sie zur Polizeistation, nachdem sie ausnahmsweise lange mit Hendrik gefrühstückt hatte, aber immer wieder sah sie auf die Küchenuhr.

Er hatte dies natürlich bemerkt. »Nun fahr schon los«, hatte er lächelnd gesagt. »Meinetwegen musst Du hier nicht wie auf Kohlen sitzen.« Etwas unbehaglich hatte sie sich daraufhin auf den Weg gemacht.

Als sie dort ankam und durch den Flur hastete, hörte sie lautes Gelächter, das aus der kleinen Cafeteria zu kommen schien. Sie blieb stehen.

Nils, Jan, Thomas und zwei weitere Polizisten standen zusammen und hielten Sektgläser in den Händen. »Was ist hier denn los? Um diese Zeit schon Alkohol?«

Nils ging strahlend auf sie zu und hielt ihr stolz ein Glas entgegen. »Erstens ist das alkoholfrei und zweitens habe ich einen gesunden Sohn bekommen. Ich bin Vater geworden.«

»Oh gratuliere, wie heißt denn der kleine Mann?« »Michael.«

»Na dann prost«, antwortete Tess und nahm das Glas. »Und richten Sie Ruth einen schönen Gruß von mir aus. Alles Gute.«

Er nickte. »Heute Abend wollen Jan, Thomas und ich ein wenig mit richtigem Sekt feiern. Natürlich sind Sie auch herzlich eingeladen.«

Tess grübelte kurz. Normalerweise hätte sie ohne zu zögern zugesagt, aber nach ihrem gestrigen Gespräch mit Hendrik war ihr klar, dass sie das so nicht mehr machen konnte. ›Man kann eben nicht alles haben‹, dachte sie und trank einen Schluck.

»Danke für die Einladung, aber ich kann leider nicht kommen, so gern ich das wollte. Hendrik und ich haben schon etwas vor.«

Sie sah fragend in die Runde. »Was gibt es Neues?«

»Lassen Sie uns ins Büro gehen«, antwortete Thomas und stellte sein Glas ab. »Das Ergebnis der ballistischen Untersuchung der Waffe von Raimund Peters ist da, außerdem haben sich die IT-Techniker gemeldet.«

»Moment«, sagte Tess an die beiden Polizisten gewandt. »Haben Sie bei der Observierung der Autowerkstatt von Tim Sanders noch etwas Interessantes mitbekommen? Sie waren doch die letzten vierundzwanzig Stunden dort?«

»Nichts Besonderes«, antwortete einer. »Hin und wieder Kundschaft, aber alles unauffällig. Nur am späten Nachmittag kam dieser rothaarige Typ von der Ausländerbehörde wieder vorbei. Hat im Hof kurz mit den beiden Syrern gesprochen und Sanders ist mit ihm um einige Autos herumgegangen, bei denen die Jungs Reifen gewechselt hatten.«

»Wie hieß der Mann von der Behörde noch?«, fragte sie.

»Hans Riekers«, entgegnete Thomas. »Seine Karte liegt bei uns im Büro. Nur glaube ich inzwischen, dass wir mit Tim Sanders und seiner Autowerkstatt nicht weiterkommen.«

Tess sah die Polizisten an. »Ja, das denke ich auch und deshalb brauchen Sie sich heute dort nicht mehr hinzustellen.«

Als sie im Büro waren, zeigte Thomas ihr den Bericht. »Die Opfer wurden alle mit derselben Pistole, einer ›Glock 17‹, Kaliber 9x19 mm umgebracht. Das haben die Techniker anhand der Untersuchungen der Patronenhülsen zweifelsfrei festgestellt.«

»Und das war die, bei Raimund Peters gefundene Waffe?«

»Ja. Und ich habe vorhin noch einmal mit den Kollegen in Bloemendaal telefoniert, die mir das Protokoll des Verhörs gemailt hatten. Seine Aussage deckt sich mit der seines Sohnes Finn, als er Heinrich Kok und ihn in der Stadt beobachtet hatte.«

»Hat er auch gesagt, woher und seit wann er Heinrich Kok kannte?«

»Er hat ausgesagt, dass sie zusammen zur Berufsschule gegangen waren und sich hin und wieder getroffen hatten, wenn Raimund Peters mit seiner Familie nach Amsterdam kam.«

Er legte den Bericht an die Seite. »Natürlich habe ich das sofort überprüft und tatsächlich sind die beiden in den sechziger Jahren zusammen in die Schule für Technologie Hengelo gegangen.«

»Auch die IT-Techniker haben keine guten Nachrichten für uns«, fügte Nils Janssen hinzu. »Luuk de Groot hat über seinen Praxis-Account zwar mehrmals

Spuren im Darknet hinterlassen, aber er hat weder auf diesen Seiten Anfragen gestellt, geschweige denn irgendwelche Bestellungen oder Verkäufe getätigt.«

»Es ist unglaublich«, antwortete Tess. »Sobald wir meinen, mit unseren Ermittlungen voranzukommen, endet jede Spur in einer Sackgasse.«

»Wir sollten auf die Beisetzung der Opfer gehen«, sagte Jan nachdenklich. »Es wäre nicht das erste Mal, dass Täter dort auftauchen.«

»Meinen Sie nicht, dass sich diese Ermittlungstaktik, unter denen inzwischen auch herumgesprochen hat?«, fragte sie mit einem Anflug von Spott. »Jetzt bleibt nur noch der Notar, der uns vielleicht sagen kann, wie er die Rohdiamanten und das Gold an dieses syrische Mädchen überstellen wird und ob Leonie überhaupt von dem Kind wusste. Mehr haben wir im Moment nicht.«

»Und Sie? Waren Sie gestern noch bei dem Arzt, der Finn Mulder behandelt?«, fragte Thomas. »Wie schätzt er ihn ein?«

»Dr. Evers hat ihn untersucht und rät dringend zu einer stationären Therapie. Er hat den Verdacht, dass er Leonie de Wit gestalkt haben könnte. Vielleicht hat sie bisher gar nichts davon bemerkt, dass er ihr nachgestellt hat, aber er ist sich sicher, dass er über kurz oder lang gefährlich werden könnte.«

»Das hat sich ja schon bewahrheitet«, entgegnete Jan. »Das Opfer liegt übrigens immer noch unverändert im Koma. Am besten Ihr fragt Leonie selbst. Ich lasse heute übrigens den Volvo der de Wit`s zurück in die

Autowerkstatt von Tim Sanders bringen. Die Untersuchungen sind abgeschlossen und keine brauchbaren Spuren gefunden worden.«

»Wieso zur Werkstatt und nicht zum Wohnhaus?«, fragte Tess.

»Die Lenkung hatte erheblich Spiel, was auf einen ausgeschlagenen Spurstangenkopf zurückzuführen ist. So kann sie den Wagen auf keinen Fall fahren. Bitte richten Sie es ihr aus, wenn sie mit ihr sprechen.«

»Dann schlage ich vor, dass Sie selbst den Wagen dort übernehmen und sehen Sie sich noch einmal auf dem Grundstück um. Vielleicht fällt Ihnen noch etwas auf.«

»Ja warum nicht. Ich mache mich gleich auf den Weg.« Er verließ das Büro.

Tess sah zu Thomas herüber. »Und wir fahren sofort zu Leonie.« An Nils gewandt, fragte sie: »Wann kommt denn Ruth mit dem Baby nach Hause?«

»Schon morgen«, antwortete er. »Heute findet noch eine Untersuchung statt und wenn alles passt, darf ich sie abholen.«

»Also, wenn Sie wollen, können Sie drei Tage Urlaub nehmen. Bestimmt gibt es einiges vorzubereiten, damit sich die beiden wohlfühlen.«

Nils blieb der Mund offen. »Wirklich?«, fragte er, nahm eilig seine Jacke und schob sein Mobiltelefon in die Innentasche. »Also, da sage ich nicht ›nein‹. Vielen Dank Brigadier Kuijpers.« Thomas gab er ein Zeichen. »Heute Abend um sieben bei mir.«

Der nickte ihm lächelnd zu. »Geht klar.«

»Nachdem jetzt alle scheinbar ihre Aufgabe haben, können wir auch losfahren«, sagte Tess.

An diesem Morgen kamen sie nur langsam voran, denn ein Auffahrunfall sorgte für ein regelrechtes Verkehrschaos. Mitten auf der Straße stand ein Reisebus. Ein Abschleppunternehmen war gerade dabei, den an den Fahrbahnrand zu ziehen und mehrere Notarztwagen standen kreuz und quer.

Sanitäter versorgten notdürftig einige Passagiere, die sich offensichtlich Blessuren durch den Aufprall zugezogen hatten. Die Verkehrspolizei regelte den Verkehr und endlich konnten sie weiterfahren.

Als sie das Zentrum von Osdorp erreichten, stöhnte Tess: »Jetzt haben wir durch den Stau fast eine Stunde verloren und meine Geduld ist ohnehin schon auf dem Nullpunkt.«

Sie stiegen aus und läuteten bei Roos am Haus. Niemand öffnete. »Auch das noch«, seufzte Tess.

»Wir hätten vorher anrufen sollen.«

»Ob sie in der ›van Mourik Broetmannsstraat‹ sind?«, fragte Thomas. »Leonie wird bestimmt nicht ewig bei Ihrer Tante wohnen.«

Er holte sein Mobiltelefon hervor und wählte ihre Nummer. »Nur die Mailbox«, sagte er leise. »Wo könnten die beiden denn sein?«

»Im Grunde überall«, antwortete Tess. »Im Haus der Eltern, bei der Bank, beim Notar, oder vielleicht auch nur beim Einkaufen oder beim Frühstück.«

Plötzlich kam ihnen eine Frau auf dem Fahrrad entgegen. Sie bremste und lehnte es gegen die

Hauswand. »Wollen Sie auch zu Roos de Wit?«, fragte Tess.

»Ja, warum?«

Tess hielt ihr die Dienstmarke entgegen. »Polizei Amsterdam. Mein Name ist Brigadier Kuijpers und das ist Hoofdagent Thomas Boer. Und Sie sind?«

»Ich bin Alida Mulder.«

Die Polizisten sahen sich erstaunt an. »Ich nehme an, dass demzufolge Finn Ihr Sohn ist«, sagte Tess.

Alida erschrak. »Ja. Verfolgen Sie mich etwa?«

»Wieso sollten wir Sie verfolgen? Zumindest haben wir keine Erkenntnisse, dass Sie mit seiner Tat etwas zu tun haben. Nein, wir sind hier wegen Leonie de Wit und müssen dringend mit ihr sprechen.«

»Sind sie etwa nicht da?«

»Offensichtlich nicht, aber wir werden noch eine Weile warten.« Alida drehte unsicher ihr Fahrrad um. »Na gut, ich werde einfach später wiederkommen.«

»Warten Sie bitte«, rief Thomas Boer. »Wenn wir nun schon mal hier zusammenstehen, könnten Sie uns doch die eine oder andere Frage beantworten.«

»Ich?«, fragte sie unbehaglich. »Worüber sollten wir denn reden?«

»Zum Beispiel über Ihren Exmann Raimund Peters«, antwortete der. »Haben Sie noch zu ihm Kontakt?«

»Ich habe Raimund fast fünfundzwanzig Jahre nicht mehr gesehen. Und wehe, er kommt mir jetzt unter.«

»Was wäre denn dann?«, fragte Tess lauernd.

»Nichts«, entgegnete Alida trocken. »Gar nichts.«

»Das hörte sich aber gerade ganz anders an.«

»Was wollen Sie wirklich wissen?«, fragte Alida sichtlich genervt.

»Hatten Sie Kenntnis von seinen Waffenkäufen und seiner Verbindung zu einem gewissen Heinrich Kok?«

»Sie meinen den aus der Zeitung?« Sie schüttelte den Kopf. »Nein, ich kannte ihn nicht und da ich ja schon sagte, dass ich zu Raimund ewig keinen Kontakt hatte, wusste ich natürlich auch darüber nichts. Nur Finn hatte es mir erzählt und bestimmt auch so ausgesagt.«

Beleidigt schob sie ihre Hände in die Manteltaschen. »Fragen Sie ihn doch selber, ich darf ja im Moment nicht zu ihm.«

»Ich habe gestern mit dem Arzt gesprochen, der jetzt ein Gutachten erstellt und ihn wahrscheinlich auch behandeln wird. Seien Sie froh, wenn ihm jemand helfen kann.«

»Finn ist ein guter Junge«, entgegnete Alida schroff. »Wieso muss er so rigoros weggesperrt werden?«

Tess sah sie durchdringend an. ›Jetzt verstehe ich Dr. Evers‹, dachte sie. ›Alida würde ihren Sohn bis auf den letzten Blutstropfen verteidigen und dann immer noch nicht einsehen, dass er Hilfe braucht.‹

Laut sagte sie: »Das haben wir nicht zu entscheiden und immerhin sitzt er im Moment nicht in einer Gefängniszelle, sondern ist in einem Krankenhaus untergebracht. Aber eins können wir ihm nicht ersparen. Ihr Sohn wird wegen vorsätzlicher schwerer Körperverletzung angeklagt und sollte das Opfer das nicht überleben, was wir nicht hoffen, wird daraus mindestens schwere Körperverletzung mit Todesfolge, oder sogar vorsätzlicher Mord.«

Alida schluckte und Tränen rannen ihr die Wangen herunter. »Finn bringt doch niemanden vorsätzlich um«, schluchzte sie. »So etwas tut er nicht, das müssen Sie mir glauben.«

»Und was ist mit Leonie de Wit?«, fragte Thomas Boer. »Ihr hat Finn doch auch immer wieder nachgestellt, oder etwa nicht? Ich habe es ja vor ein paar Tagen selbst erlebt, als er hier auftauchte.«

»Eine Schwärmerei aus Kindertagen«, entgegnete Alida. »Das ist aber lange vorbei. Finn und Leonie haben damals viel Zeit miteinander verbracht, sonst nichts.«

»Sonst nichts«, wiederholte Tess. »Ich kann ja verstehen, dass Sie nicht wahrhaben wollen, dass Ihr Sohn etwas Ungesetzliches getan hat, aber Sie sollten anfangen, sich der Realität zu stellen, denn so helfen Sie ihm ganz bestimmt nicht.«

»Ich werde mir das nicht länger anhören«, antwortete Alida beleidigt und setzte sich auf ihr Tourenrad. »Auf Wiedersehen.«

Tess und Thomas sahen ihr nach, als sie wiegend davon radelte.

»Es wird schwer für sie einzusehen, dass ihr Sohn wahrscheinlich sehr lange nicht mehr nach Hause kommt«, murmelte Thomas. »Und wir stehen hier auch nur noch sinnlos herum. Hinterlassen wir eine Nachricht im Briefkasten.«

**

Währenddessen saßen Leonie und Roos in der Lobby des Hotels und warteten ungeduldig auf Johan.

Der hatte Kamal am Abend tatsächlich noch fragen können, als er Marie ihr ›Betthupferl‹ brachte.

Es brauchte einige Überredungskünste und einen Fünfzig-Euro Schein, bis der sich schließlich bereit erklärte, den Brief vorzulesen.

Johan lief lächelnd mit ihm auf die beiden Frauen zu. Höflich verneigte sich Kamal vor Roos und Leonie.

Er war Mitte dreißig, hatte schwarzes welliges Haar, jedoch wirkte er durch seine sehr schmächtige Figur jungenhaft und ließ sich deshalb einen kräftigen Vollbart stehen. »Guten Morgen«, sagte er mit dunkler Stimme. »Sie wollten mich sprechen?«

»Ja«, antwortete Leonie. »Es ist sehr nett, dass Sie sich die Zeit nehmen, uns mit der Übersetzung des Briefes zu helfen.«

Kamal sah unsicher zur Rezeption. »Können wir bitte irgendwo anders hingehen?«, flüsterte er. »Die Geschäftsleitung sieht es nicht gerne, wenn Angestellte mit Gästen des Hauses in der Lobby zusammensitzen.«

»Kein Problem«, antwortete Johan stattdessen. »Wir können unsere Suite benutzen, Marie hat gerade einen Termin im Wellness-Bereich und kommt mit Sicherheit nicht vor zwei Stunden zurück.«

Roos sah ihn irritiert an. »Nein, das mache ich keinesfalls. Dann werde ich hier auf Euch warten.«

»Ich kann Dich verstehen«, entgegnete Leonie. »Aber wirst Du Dich hier nicht langweilen?«

Sie hob die Schultern. »Ist mir egal.« Ihre Reaktion wirkte fast ein wenig schnippisch.

»Wie wäre es, wenn Sie sich derweil an unserem Frühstücksbuffet bedienen?«, fragte Kamal.

Johan umfasste ihn. »Gute Idee. Wir haben das sowieso inklusive, nutzen es nur meistens nicht.«

Plötzlich starrte Leonie wortlos zur Rezeption. »Was hast Du denn?«, fragte Roos und sah in die gleiche Richtung. Erschrocken drehte sie sich wieder zu ihr um.

»Kennst Du die Dame, die da gerade mit Johannes eincheckt?« Leonie schüttelte wortlos den Kopf und stand auf. »Geht bitte«, wandte sich Roos an Johan.

Sie fuhren mit dem Aufzug nach oben und betraten die Suite. Leonie holte den Brief hervor, faltete ihn auseinander und hielt ihn Kamal hin.

»Es wäre sehr nett, wenn Sie ihn uns einfach vorlesen würden und hoffe, dass Sie nichts dagegen haben, wenn ich eine Sprachaufnahme mache, dann kann ich später den Text aufschreiben.«

»Wie Sie meinen.«

Er nahm den Brief und begann:

Meine liebe Samira,
Ich schreibe Dir heute zum letzten Mal, denn ich bin mit meinen Kräften am Ende. Ich weiß, dass ich nicht mehr lange leben werde, nachdem Deine Mutter letzte Nacht gestorben ist. Gerade wurde sie abgeholt und heute Abend beigesetzt. Oft haben wir um Dich und unser geliebtes Enkelkind Eleonore geweint, dass wir nie sehen durften, aber jetzt ist es zu spät. Alles, was wir

Euch für Euer weiteres Leben mitgeben können, findest Du in diesem Päckchen. Pass gut auf, dass Dir niemand die Diamanten und das Gold stehlen kann und sollte Dir etwas geschehen, so bitte Robert dafür zu sorgen, dass es Eleonore bekommt.

In Liebe Dein Vater

Damaskus, 08. Februar 2016

Kamal ließ den Brief sinken und sah zu Leonie herüber, die die Sprachaufnahme beendete und das Mobiltelefon in ihrer Handtasche verstaute. »Ich fahre nachher sofort zu diesem Notar und unterschreibe den Vollzug des Vermächtnisses.«

Auch Johan schluckte. »Ich rate Dir allerdings, den Brief unbedingt der Polizei zu zeigen, denn als ich mit ihnen gesprochen hatte, wurde ich gefragt, ob Dein Vater mal Diamanten und Gold gekauft hat.«

Er setzte sich neben Kamal. »Bitte erzähle niemanden davon.«

Der gab ihm lächelnd den Brief. »Nein, ich habe es schon wieder vergessen.«

Sie fuhren zurück in die Lobby.

Kamal verabschiedete sich und eilte in den Restaurantbereich, wo Roos allein an einem Tisch saß und noch immer gemütlich frühstückte. »Ich sollte hier hin und wieder ein Zimmer buchen«, sagte sie zufrieden und beträufelte sich ein knuspriges Croissant mit

Marmelade. Als sie Leonies Blick sah, legte sie den Löffel beiseite. »Also, was stand denn nun in dem Brief?«

»Dass die Diamanten und das Gold allein Eleonore gehören«, antwortete sie leise. »Papa hat es nur verwahrt und es würde mich auch nicht wundern, wenn ihre Mutter Samira nicht mehr lebt.«

»Wie kommst Du denn darauf?«

»Es war ein Abschiedsbrief ihrer Eltern. Darin hatten sie ihr die Diamanten und das Gold hinterlassen und sollte Samira etwas geschehen, baten sie Papa dafür zu sorgen, dass Eleonore die Sachen bekommt.«

»Samiras Eltern haben Robert persönlich gekannt?«, fragte Roos erstaunt.

»Nicht unbedingt«, entgegnete Johan. »Aber offensichtlich von ihm gewusst. Und ich habe Leonie geraten, mit dem Brief zur Polizei zu gehen.«

Die sah sich gerade um. »Suchst Du etwa Johannes?«, fragte Roos.

»Ist er noch hier?«

Roos setzte die Kaffeetasse ab. »Nein und ich kann Dir nur sagen: Vergiss ihn. Richtig erschrocken ist er, als er mich gesehen hat. Danach hat er, zusammen mit dieser Frau, das Hotel verlassen.«

Leonie ließ sich wortlos auf einen Stuhl fallen. »Das wird schon wieder«, sagte Johan mitfühlend. »Du solltest Dich aber im Moment auf den Brief konzentrieren. Soll ich Dich vielleicht zum Notar und auch zur Polizei begleiten?«

»Das wäre sehr nett.« Sie sah zu ihrer Tante herüber, die sofort abwinkte. »Mach Dir keine Sorgen, wie ich nach Hause komme. Ich lasse mich jetzt noch ein wenig von Kamal bedienen und dann nehme ich mir ein Taxi.«

Der lächelte freundlich und servierte einen Teller mit frischem Obst.

Auf dem Weg zum Auto, sagte Leonie: »Ich möchte zuerst zur Polizei und dann zum Notar fahren.«

»Ich bin wirklich gespannt, wie die reagieren«, antwortete Johan schadenfroh. »Vor allem, weil die Fotos und der Brief von denen nicht gefunden wurden. Aber um eins bitte ich Dich. Erwähne nicht, dass ich von dem Kind wusste. Ich hatte es verschwiegen, denn ich wollte nicht, dass Lottes und Roberts Leben bis aufs Letzte durchforstet werden.«

Sie machten sich mit Roos` Käfer auf den Weg.
Als sie auf dem Parkplatz der Polizeistation einbogen, stiegen Tess Kuijpers und Thomas Boer auch gerade aus dem Dienstwagen. Erstaunt blieben sie stehen.

»Na das ist ja eine Überraschung«, sagte Tess. »Wir kommen gerade vom Wohnhaus Ihrer Tante, weil wir mit Ihnen sprechen wollten.«

»Ich habe auch einiges herausgefunden, über dass ich mit Ihnen reden muss.«

»Und dafür haben Sie sich gleich eine Schützenhilfe engagiert?«, fragte Thomas und sah Johan kühl an.

»Ich begleite Leonie aus reiner Freundschaft zu ihren Eltern«, antwortete der bissig. »Sonst nichts.«

»Dann werden Sie bestimmt nichts dagegen haben, draußen zu warten.«

Sie betraten das Gebäude und gingen den Flur entlang. Johan blieb vor dem Büro stehen und nickte Leonie aufmunternd zu.

Als sie den Polizisten gegenüber saß, holte sie die Fotos den Brief und ihr Mobiltelefon hervor. »Ich war heute Morgen mit Tante Roos in unserem Haus, weil ich etwas über das syrische Mädchen herausfinden wollte.«

»Wir hatten doch alle Zimmer auf den Kopf gestellt«, entgegnete Tess erstaunt. »Außer den Unterlagen, die in dem Schließfach bei der Bank deponiert wurden, fanden wir nichts.«

»Dann haben Sie nicht richtig nachgesehen«, antwortete Leonie und schob ihr die Fotos und den Brief hin. »Ich habe die Sachen in Papas Arbeitszimmer im Fuß der Schreibtischlampe entdeckt.«

Skeptisch sah Tess sich die Fotos an. Dann nahm sie den Brief. »Ist das arabisch?«

»Ja«, antwortete Leonie. »Ein Angestellter aus dem Hotel, wo Johan und Marie wohnen, hat ihn vorhin übersetzt. Ich habe eine Sprachaufnahme gemacht. Wollen Sie es hören?«

»Natürlich«, antwortete Thomas gespannt.
In Tess hingegen begann es zu brodeln. Sie fand es ungeheuerlich, dass das Versteck unter einer Schreibtischlampe dem gesamten Polizeiteam entgangen war. Doch sie hatte im Moment keine Zeit darüber nachzudenken, denn Leonie drückte den Wiedergabeknopf.

Danach sahen sich die Polizisten ernst an. »Jetzt wissen wir also, woher die Steine und das Gold sind«, sagte Thomas. »Nur werden wir deren tatsächliche Herkunft nicht mehr klären können und müssen davon ausgehen, dass Samira el Raffei die rechtmäßige Besitzerin ist.«

»Ich vermute allerdings, dass sie nicht mehr lebt«, fügte Leonie hinzu. »Sonst hätte Papa die Sachen nicht für Eleonore verwahrt.«

»Irgendjemand muss davon gewusst haben und wenn wir den finden, haben wir auch den Mörder«, sagte Tess grübelnd. »Nur wer könnte das sein?«

»Als Erstes würde mir Luuk de Groot einfallen«, antwortete Thomas. »Ihm könnte Robert davon erzählt haben. Nur der ist selbst zum Opfer geworden.«

»Heinrich Kok?«, fragte Tess.

Thomas schüttelte den Kopf. »Daran glaube ich nach wie vor nicht.« Er sah zu Leonie. »Könnten Sie sich vorstellen, dass sich Ihr Vater Luuk de Groot anvertraut hat? Und der wiederum erzählte vielleicht Willem de Jong davon?«

»Willem?«, fragte Leonie erschrocken. »Wollen Sie ernsthaft behaupten, dass er erst meine Eltern und dann Luuk de Groot umgebracht hat, um die Diamanten und das Gold für sich behalten zu können?«

»Warum nicht?«, fragte Thomas ungerührt. »Wir wissen, dass er Geldprobleme hat und zusammen mit Luuk hinter dem Rücken Ihres Vaters Medikamente in Kriegsgebiete verkaufen wollte.«

Leonie schüttelte den Kopf. »Nein, einen Mord traue ich ihm nicht zu. Wir haben uns gestern Abend ausgesprochen. Er hat meiner Tante und mir von seinen geplanten Touren erzählt und das er das Ganze tief bereut. Deshalb denke ich, dass Sie ihm Unrecht tun.«

»Wir müssen vorerst die Fotos behalten«, sagte Tess. »Und natürlich auch den Brief. Wir werden einen Übersetzer beauftragen, auch wenn wir an dem Inhalt nicht zweifeln. Sobald Kopien angefertigt wurden, bekommen Sie die Sachen natürlich zurück.«

»Ich werde dennoch jetzt zum Notariat fahren und das Vermächtnis unterschreiben. Eleonore soll zu ihrem Recht kommen und braucht ganz bestimmt das Gold und die Diamanten dringender als ich.«

Sie sah etwas unsicher zu Tess herüber. »Was ist eigentlich mit Finn Mulder? Seine Mutter hat mir gestern auf dem Markt erzählt, dass er jemanden geschlagen haben soll?«

»Darüber wollten wir mit Ihnen sowieso noch reden. Er ist im Moment auf der psychiatrischen Station des Krankenhauses. Es wurde Haftbefehl erlassen, denn er hat bei der Schlägerei einen jungen Mann schwer verletzt. Ich habe mit seinem behandelnden Arzt gesprochen, der im Übrigen auch Ihren Namen erwähnte.«

»Meinen Namen?«, fragte Leonie erschrocken.
Tess nickte. »Ja, Finn Mulder ist nämlich der festen Überzeugung, dass Sie ihm gehören. Hat er Sie mal in der Vergangenheit gestalkt?«

»Nein, das hat er nie gewagt.«
»Sind sie wirklich sicher?«, hakte Thomas Boer ein. »Opfer von Stalkern merken dies oft anfangs gar nicht.

Wir hatten hier schon Fälle, wo mehrmals in deren Wohnungen eingebrochen und sogenannte Trophäen mitgenommen wurden. Haben sie vielleicht einmal einen Gegenstand, oder ein Kleidungsstück vermisst, von dem Sie sich sicher waren, dass es eigentlich da sein müsste?«

»Da fällt mir im Moment nichts ein.«

»Vielleicht denken Sie noch einmal in Ruhe darüber nach«, sagte Tess. »Und sagen Sie bitte im Moment Johan de Jong nichts von unserem Verdacht gegen seinen Sohn.«

»Schöne Pleite«, sagte Thomas, als Leonie das Büro verlassen hatte. »Was haben sich Jan und Nils denn dabei gedacht? Stellen das ganze Haus auf den Kopf, sitzen gefühlt ewig am Schreibtisch von Robert de Wit und kommen nicht auf das Naheliegenste.«

»Wir müssen diese Lampe sofort sicherstellen«, antwortete Tess. »Und Jan braucht eine gute Erklärung, warum er die nicht untersucht hatte.«

Der kam gerade zur Tür herein. »So, der Volvo ist wieder bei Tim Sanders in der Werkstatt. Er hat ihn gleich auf die Hebebühne genommen und seinen beiden syrischen Schützlingen mit Händen und Füßen erklärt, wie man einen Spurstangenkopf wechselt«, sagte er grinsend. »Aber ich muss schon sagen, dass die beiden sehr interessiert sind. Bestimmt werden die mal richtig gute Mechaniker, wenn sie so weitermachen.«

»Und wenn Sie so weitermachen, sind Sie auf dem besten Wege die Karriereleiter abwärts zu wandern«, antwortete Tess wütend.

»Wieso? Was ist denn passiert?«

Thomas schob ihm die Fotos und den Brief herüber. »Gerade eben war Leonie de Wit hier und hat uns das gezeigt. Angeblich fand sie die Fotos und den Brief im Fuß einer Lampe, die auf dem Schreibtisch ihres Vaters stand. Für uns ist das eine riesige Blamage.«

Jan sah ihn ungläubig an. »Was? Wir haben doch alles durchsucht. Seid Ihr sicher, dass sie nicht lügt? Ich meine, vielleicht hatte sie die ganz woanders her und Euch jetzt ihre Version aufgetischt.«

Tess und Thomas sahen ihn skeptisch an. »Leonie klang sehr glaubwürdig«, antwortete Thomas verblüfft. »Auf so eine Idee wäre ich nicht gekommen.«

»Ich auch nicht«, antwortete Tess und nahm ihre Handtasche. »Also los Jan, Sie holen sich den Wohnungsschlüssel aus dem Safe, fahren sofort zu dem Haus und beschlagnahmen diese Lampe. Thomas und ich werden jetzt Willem de Jong einen weiteren Besuch abstatten.«

»Willem de Jong? Was habe ich denn da gerade verpasst?«

»Ist im Moment nur eine vage Vermutung, aber wir müssen nach jedem Strohhalm greifen, der sich uns bietet. Genaueres erzählen wir Ihnen, wenn wir wieder zurück sind.«

»Moment«, rief Jan entrüstet. »Ihr könnt mich doch jetzt nicht im Dunkeln tappen lassen. Was sind das für Fotos und was ist das für ein Brief?«

Tess setzte ihre Tasche wieder ab. »Also gut, das sind Fotos von Samira el Raffei und ihrer kleinen Tochter

Eleonore, dessen Vater wahrscheinlich Robert de Wit ist. Der Brief wurde von Samiras Eltern auf Arabisch verfasst und darin steht, dass ihr die Rohdiamanten und das Gold gehören. Und deshalb ist Leonie jetzt auf dem Weg zum Notar, um die Formalitäten zur Überstellung nach Damaskus zu unterschreiben.«

»Und was hat Willem de Jong damit zu tun?«
»Es könnte doch sein, dass sich Robert de Wit Luuk de Groot anvertraut hat und der somit von den Diamanten, als auch von dem Gold wusste. Der wiederum erzählt es Willem de Jong und schlägt ihm vor, das Vermögen an sich zu bringen und später den Erlös zu teilen.«

»Und Willem kannte auch bestens den Fundort der Leiche von Dr. Luuk de Groot«, fügte Thomas hinzu.

Jan schluckte. »Durchaus plausibel. Ich hole jetzt diese Lampe und komme sofort zurück zur Polizeistation, denn ich nehme an, dass Willem de Jong jetzt wirklich in Haft genommen wird.«

»Ja, das glauben wir auch.«

**

Alida saß resigniert in Finns Zimmer auf seinem zerwühlten Bett und sah sich um. Achtlos hatte er seine Kleidung auf den Boden geworfen und alle elektronischen Geräte waren im Standby-Modus, denn Stromkosten interessierten ihn noch nie. Aber das war Alida im Moment egal. Was würde sie jetzt darum geben, wenn sie seine Tat ungeschehen machen könnte. Und seit sie mit den Polizisten gesprochen hatte, machte sie sich selbst noch mehr Vorwürfe. Warum hatte sie ihn nicht doch hin und wieder gefragt, was er empfand und wie es ihm ging? Aber er hatte jedes Mal gleich so aufbrausend reagiert und keine weiteren Fragen, geschweige denn, ein normales Gespräch zugelassen.

›Finn hat alles selbst mit sich ausgemacht‹, dachte sie betrübt. ›Aber es gab auch keinen Freund, mit dem er sprechen konnte, dann wäre vielleicht so manches anders gelaufen.‹

Sie ging zu einem Regal und zog ein Fotoalbum hervor. Sie hatte es vor vielen Jahren für ihn angelegt und die wenigen Bilder eingeklebt, die zusammen mit seinem Vater gemacht worden waren, als er noch ein Kleinkind war.

Erschrocken blätterte sie darin. Finn hatte diese Fotos, wahrscheinlich während eines Wutanfalls, mit einem Kugelschreiber zu Fratzen verunstaltet.

Jetzt hielt sie den Atem an. ›Was sind denn das für Bilder?‹, dachte sie entsetzt. Sie zeigten ihn, gemeinsam mit Leonie, bei einer Städtereise am Fuße des Eiffelturms in Paris, auf der Akropolis in Athen und am Nordseestrand. Aber das mussten Fotomontagen sein, denn Alida könnte schwören, dass er bisher nie in diesen Hauptstädten gewesen war und schon gar nicht zusammen mit Leonie.

Was sollte sie jetzt damit tun? Einfach alles ignorieren? Oder sollte sie das Album Roos zeigen, um Leonie vor ihrem eigenen Sohn zu warnen?

Vielleicht sollte sie aber auch mit seinem Arzt darüber sprechen, doch der würde es ganz sicher gegen ihn verwenden und seine Situation noch schlimmer machen, als sie ohnehin schon war. Sie hatte sowieso den Eindruck, dass er, zumindest für die Polizei, lediglich ein unberechenbarer Schläger war, der verurteilt und weggesperrt gehörte.

Sie klappte das Album wieder zu und ging grübelnd nach unten. Irgendetwas musste sie doch tun.

Plötzlich hatte sie eine Idee. Hastig zog sie sich die Jacke über, nahm das Album und stieg in ihren Lieferwagen.

Sie war auf dem Weg nach Bloemendaal, denn jetzt war es ihrer Meinung nach an der Zeit, mit Raimund reinen Tisch zu machen.

All die Jahre war sie mit ihren Sorgen und Nöten allein gewesen, während er sich abgewandt und ein neues Leben begonnen hatte.

›Wenn er sich wenigstens hin und wieder um seinen Sohn gekümmert hätte‹, dachte sie zornig. Seit der Scheidung hatte sie ihn nicht wiedergesehen, doch nun würde sie ihm die Leviten verlesen.

Als sie später vor seinem Haus stand und zur Eingangstür herübersah, wurde sie unsicher. ›Was, wenn seine Frau öffnete und er gar nicht da war?‹

Trotzdem stieg sie aus und drückte nach einigem Zögern den Klingelknopf.

Anfangs herrschte Stille, doch dann hörte sie schlurfende Schritte. Und Raimund stand tatsächlich vor ihr. Fast hätte sie ihn, nach all den Jahren nicht wiedererkannt.

Seine Haare waren völlig ergraut und er hatte eingefallene Wangen, denn die Verhöre auf der Polizei und die Anklage der Staatsanwaltschaft wegen unerlaubten Waffenbesitzes machten ihm noch immer schwer zu schaffen.

Am meisten litt er jedoch darunter, dass seine Frau, als sie davon erfuhr, panisch die Koffer gepackt hatte und mit David zu ihren Eltern gezogen war. Alles Bitten und Betteln hatten ihm nichts genützt.

Erschrocken sah er sie an. »Alida, was tust Du hier?« »Was glaubst Du wohl?«, rief sie wütend. »Ein Freundschaftsbesuch ist es nicht. Ich muss wegen Finn mit Dir reden.« Unsicher sah er sich um. Er wollte nicht, dass Nachbarn mitbekamen, dass während der Abwesenheit seiner Frau, eine Andere vor seiner Tür stand. Schließlich hoffte er, dass sie trotz allem bald wieder mit David bei ihm einzog, denn das Alleinsein war er nicht gewohnt. Er trat an die Seite.

»Dann komm rein und sag, was Du zu sagen hast.« Sie zögerte einen Moment.

»Keine Sorge, ich bin allein.«

Sie setzten sich in die Küche. »Kann ich Dir etwas anbieten? Ein Wasser, oder einen Kaffee?«

Sie schüttelte energisch den Kopf. »Nein danke. Und jetzt möchte ich wissen, was Du Dir bei allem gedacht hast. Über unsere verkorkste Ehe möchte ich nicht mehr sprechen, aber warum hast Du Finn so schäbig behandelt? Er ist doch Dein Sohn, verdammt noch mal.«

Raimund starrte betreten aus dem Küchenfenster. »Ich weiß es selber nicht. Als ich meine jetzige Frau kennengelernt hatte, habe ich ihr anfangs nichts von ihm erzählt. Sie erfuhr es schließlich erst, als Du über die Fürsorge wegen des Unterhalts geklagt hattest. Da war sie gerade schwanger. Getobt hat sie.«

»Und mit Recht«, rief Alida wütend. »Oder hast Du geglaubt, dass Du Dich umdrehen kannst und fröhlich in den Tag hineinlebst, wie es Dir gefällt? Dann darfst Du keine Kinder in die Welt setzen.«

Grimmig sah er zu ihr herüber. »Hast Du mich damals eigentlich gefragt, ob ich das wollte? Ihr Frauen entscheidet das doch, ohne uns Männer zu fragen.«

Alida lehnte sich zurück. »Ach so ist das. Deinen Spaß hattest Du aber schon, oder etwa nicht? Und soweit ich weiß, freuen sich die meisten Männer, wenn sie erfahren, dass sie Vater werden.«

»Na gut«, antwortete er ungehalten. »Ich bin der Schurke und kann das nicht mehr ändern. Worum geht es Dir jetzt konkret?«

»Finn ist im Krankenhaus.«

»Wieso? Als er neulich hier war, sah er gesund aus.«

»Er hat sich vor einem Lokal mit einem jungen Mann geschlagen und den schwer verletzt. Im Moment ist nicht einmal sicher, ob er durchkommt. Deshalb wird Finn gerade auf seine Zurechnungsfähigkeit untersucht und ein Haftbefehl ist erlassen worden. Es kann sein, dass er ins Gefängnis muss.«

Sie legte das Fotoalbum auf den Tisch. »Hier, sieh Dir das bitte an.« Zögernd schlug er die ersten Seiten auf.

Er schluckte, als er sich auf den verunstalteten Fotos erkannte. »Das nehme ich ihm nicht übel«, antwortete er trocken. »Aber wahrscheinlich hast Du ihn zu diesem Sensibelchen erzogen, dass er heute ist. Tausende Kinder sind mit der Scheidung ihrer Eltern konfrontiert und drehen deshalb nicht gleich durch.«

»Du hast immer noch nicht verstanden Raimund, oder willst es nicht. Sieh` Dir bitte die nächsten Seiten an.«

»Oh«, sagte er staunend. »Ist das seine Freundin? Hübsches Mädchen, das muss ich schon sagen.«

Er schob Alida das Album wieder zurück. »Wenn sie zu ihm hält, werden sie das gemeinsam überstehen.«

»Sie ist aber nicht seine Freundin«, antwortete Alida ernst. »Ganz im Gegenteil. Ich nehme an, dass er sich die Fotos irgendwo besorgt und dann so bearbeitet hat, wie wir die hier gerade sehen.« Sie machte eine kurze Pause. »Verstehst Du denn nicht? Finn ist verrückt. Er bildet sich das Ganze nur ein und hat völlig den Bezug zur Realität verloren.«

»Und wer ist das Mädchen?«
»Sie ist die Nichte von Roos. Schon seit er ein Teenager war, stellte er ihr nach, aber sie will nun mal nichts von ihm. Anfangs dachte ich, es wäre nur eine harmlose Schwärmerei, aber es wurde immer extremer. Und alles Reden von mir half nichts. Er ist besessen davon, mit ihr zusammen zu sein. Und das Schlimmste ist, dass die Polizei davon weiß, denn der Arzt, der ihn gerade untersucht, hat es ihm entlockt.«

Sie stützte verzweifelt die Arme auf den Tisch und vergrub ihre Hände im Gesicht. »Es ist hoffnungslos.«

»Ich kann aber leider nichts für ihn tun«, antwortete er heiser. »Ich habe gerade selbst genügend Probleme. Mich erwartet eine Anklage wegen unerlaubten Waffenbesitzes und wie Du siehst, bin ich im Moment allein. Meine Frau ist mit David ausgezogen und ob sie wiederkommt, weiß ich im Moment nicht.«

Sie sah ihn mit geröteten Augen an. »Was hat mich bloß geritten, von Dir Verständnis zu erwarten, geschweige denn, dass Du für Finn einmal im Leben etwas tun könntest? Du warst ja immer nur mit Dir beschäftigt.«

Sie stand auf, knöpfte ihre Jacke zu und schob das Album in die Tasche. Dann ging sie zur Tür und drehte sich noch einmal zu ihm um. »Lebe wohl Raimund«, flüsterte sie. »Für mich existierst Du nicht mehr.«

Er antwortete nicht.

Schnell verließ sie das Haus und eilte zu ihrem Auto. Auf dem Rückweg nach Amsterdam schalt sie sich eine Närrin. »Na gut«, murmelte sie. »Jetzt weiß ich wenigstens, was ich schon immer wusste. Er war es nicht wert, dass ich ihm fast mein ganzes Leben nachgeweint habe. Damit ist jetzt endgültig Schluss.«

Nur was sollte sie jetzt tun? Nach Hause fahren und sich unter einer Wolldecke auf der Couch vergraben?

Ihre einzige Hoffnung, etwas Trost, Verständnis und vielleicht auch einen gutgemeinten Rat zu bekommen, war eben doch nur Roos. Ihre beste und einzige verlässliche Freundin. Vielleicht konnte sie ihr das

Versprechen abringen, Leonie nichts von dem Album zu erzählen, wenn sie es ihr jetzt zeigte. Sie musste es zumindest versuchen.

Gleich war sie wieder etwas zuversichtlicher und bog nach Osdorp ab. Als sie von weitem sah, dass der Käfer wieder nicht an der Auffahrt stand, begann sie sich fast zu fürchten, denn wenn Roos gerade jetzt nicht zu Hause war, wusste sie nicht, was sie machen sollte. Doch sie öffnete ihr die Tür.

»Bist Du allein?«, fragte Alida vorsichtig.
»Ja«, antwortete Roos erstaunt. »Leonie ist in ein Möbelhaus gefahren, um sich ein wenig abzulenken. Sie sucht nach einer neuen Couch, denn sie möchte bald ins Haus zurück.«

»Hast Du einen Kaffee für mich?«, fragte Alida und zog sich die Jacke aus.

Roos sah auf die Uhr. »Ich mache Dir gerne einen, für mich ist es allerdings ein bisschen spät, sonst kann ich nachts nicht schlafen.«

»Egal, ich schlafe im Moment mit und ohne nicht.«
»Was ist denn los? Gibt es irgendwelche Neuigkeiten wegen Finn? Na los, raus mit der Sprache«, rief sie aufmunternd.

Alida sah sie unsicher an. »Ja schon, aber ich erzähle es Dir nur, wenn Du es für Dich behältst. Vor allem Leonie darf es nicht erfahren.«

Roos sah sie lächelnd an. »Also bisher warst Du eigentlich immer diejenige, die Geheimnisse schlecht für sich behalten konnte. Nun komm schon und schütte mir Dein Herz aus, dann geht es Dir gleich besser.«

Wortlos legte Alida das Fotoalbum auf den Tisch. »Sieh` selbst und dann weißt Du, warum es niemand erfahren darf.«

Die Fotos von Finn und Raimund kommentierte Roos lediglich mit dem Satz: »Wen wundert es, dass er sauer auf ihn war.« Als sie jedoch die Fotomontagen betrachtete, wurde sie ernst. »Was soll denn das? Leonie war doch nie mit ihm in Paris und Athen?«

Alida nickte. »So ist es. Er hat sich seine eigene Realität zusammen gesponnen. Und wo er die Fotos her hat, weiß ich auch nicht.«

Roos fasste sich an den Kopf. »Ja natürlich. Leonie war mit Johannes dort«, rief sie. »Sie hatte mir alles am Laptop gezeigt.«

Alida sah sie resigniert an. »Vielleicht hatte sie die Fotos auch Finn per E-Mail geschickt und sich nichts dabei gedacht, oder um ihm zu zeigen, dass er sich wirklich keine Hoffnung zu machen braucht.«

»Schon möglich. Nur falls Leonie von diesem Album erfährt, wird sie aus der Haut fahren.«

»Muss sie ja nicht«, antwortete Alida. Plötzlich erschrak sie. »Sag mal Roos, weißt Du, ob Leonie im sozialen Netzwerk Fotos postet?«

»Ich gestehe, dass ich mich mit so etwas noch nie beschäftigt habe. Ich bin froh, wenn ich eine SMS ohne Rechtschreibfehler absenden kann.«

»Finn allerdings schon. Ich weiß es aber nur deshalb, weil er tagsüber auf dem Markt immer wieder sein Mobiltelefon in der Hand hatte, um Mitteilungen abzurufen. Das war manchmal richtig nervig, vor allem wenn wir Kundschaft hatten. Und es sollte mich nicht wundern, wenn er sich dort mit seiner imaginären Freundin gebrüstet hat.«

»Du meinst mit Leonie?«, fragte Roos erschrocken. »Ich hoffe es nicht für ihn, denn dann bräuchte er sich bestimmt nicht mehr bei ihr blicken lassen.«

»Das befürchte ich auch, aber vielleicht höre ich im Moment einfach nur das Gras wachsen. Heute Abend setze ich mich an seinen Computer, denn ich weiß, dass er sich seine Passwörter in einem kleinen Notizbuch notiert hat, dass in seinem Schreibtisch liegt.«

»Willst Du ihn etwa ausspionieren?«, fragte Roos. »Das kannst Du nicht machen.«

»Ich fühle mich dabei auch nicht wohl, aber lieber sage ich es Leonie selbst, bevor sie es durch jemand anderen, oder sogar von der Polizei erfährt. Heute Morgen habe ich übrigens Tees Kuijpers und Thomas Boer hier vor Deinem Haus getroffen, aber Ihr wart nicht da. Und glaube mir, dass die es Leonie bestimmt nicht sonderlich schonend beibringen werden.«

»Dann rufe mich heute Abend an, egal was Du herausgefunden hast.«

Alida lehnte sich zurück. »Ich war heute bei Raimund. Nachdem ich das Album entdeckt hatte und nach allem, was in den letzten Tagen passierte, musste ich ihn sprechen. Allerdings war es das Benzingeld nicht wert. Er ist ausschließlich mit sich selbst beschäftigt. Als ich wieder gegangen bin, habe ich ihm gesagt, dass er für mich nicht mehr existiert.«

»Vielleicht musste es so kommen«, sagte Roos mitfühlend. »Denn wirklich gelöst hattest Du Dich nie von ihm.«

»Ja, ich muss nicht ganz bei Trost gewesen sein und verschwende ab sofort keinen Gedanken mehr an ihn. Aber egal, was Finn getan hat, er ist und bleibt mein Sohn.« Sie sah ihre Freundin kämpferisch an. »Ich werde ihn gerade jetzt nicht im Stich lassen.«

»Das sollst Du doch auch nicht«, antwortete Roos. »Nur Du musst versuchen, seine Situation realistisch zu sehen. Anscheinend hat er wirklich ein Problem und wir können nur hoffen, dass er sich helfen lässt.«

Alida nickte und stand auf. »Ich werde jetzt gehen, bevor Leonie wieder nach Hause kommt. Ich rufe Dich nachher an.«

Roos sah ihr mit sorgenvoller Miene nach. Sie konnte nur hoffen, dass alles nicht zu schlimm wurde.

Jetzt hörte sie den knatternden Käfer und Leonie stieg mit zwei großen Tüten aus.

»Und? Hast Du eine passende Couch gefunden?«, fragte Roos und schloss die Tür.

»Eigentlich schon, aber ich muss das Wohnzimmer erst genau ausmessen. Dafür habe ich etwas Dekoration, zwei bunte Kissen und eine große Wolldecke gekauft.«

Erstaunt sah Leonie auf die Tasse. »Seit wann trinkst Du um diese Zeit Kaffee?«

»Alida war hier«, antwortete sie unbehaglich.

Am liebsten hätte sie jetzt sofort alles über Finn erzählt, aber eine innere Stimme hielt sie doch davon ab. Nicht auszudenken, wenn Leonie sich ins Auto setzte und Alida zur Rede stellen würde.

»Sie war heute bei Raimund in Bloemendaal«, sagte sie hastig. »Und jetzt glaube ich wirklich, dass sie für sich einen Schlussstrich gezogen hat.«

»Na endlich. Schließlich predigst Du mir ja auch, dass ich Johannes vergessen soll.«

Roos setzte sich neben sie. »Du hast mir noch gar nicht erzählt, wie es heute bei der Polizei und im Notariat war.«

»Ich bin zusammen mit Johan zur Polizeistation gefahren, der sich von dort ein Taxi genommen hat. Die Fotos und der Brief waren natürlich eine ziemliche Überraschung und wurden vorerst beschlagnahmt.«

Leonie dachte jetzt an Willem. ›Nein, sie würde jetzt ihrer Tante nichts von dem erneuten Verdacht der Polizei erzählen, denn sie war sich nicht ganz sicher, ob die dann nicht doch mit Johan darüber sprechen würde.‹

»Und wie war es im Notariat?«

»Eigentlich unspektakulär. Das Vermächtnis wurde mir von Ulf Voss noch einmal vorgelesen und ich habe es unterschrieben. Jetzt werden die Diamanten und das Gold durch ein Security-Unternehmen an eine Kanzlei in Damaskus übergeben.«

»Das ist alles?«

»Nein, nicht ganz. Ich habe an Samira und Eleonore einen kurzen Brief geschrieben, der ebenfalls mit überstellt wird.«

»Darf ich fragen, was drinsteht?«

»Das mir alles sehr leid tut und sollten sie irgendwann nach Amsterdam kommen, würde ich sie gerne treffen.«

»Aber Du kennst sie doch gar nicht und ob Samira überhaupt noch lebt, ist auch ungewiss«, sagte Roos erstaunt.

»Nein, das weiß ich nicht, aber Eleonore ist nun mal meine Halbschwester und offensichtlich hat Papa sie sehr geliebt. Außerdem habe ich außer Dir keine Familie mehr.«

Roos schluckte. »Darüber habe ich noch gar nicht nachgedacht.« Leonie stand auf. »Ich werde jetzt ein Bad nehmen und etwas essen.«

Kurz darauf hörte Roos das Wasser rauschen und ein angenehmer Duft von Rosenblüten durchzog das Haus.

›Wie schnell man sich daran gewöhnt, dass jemand da ist.‹, dachte sie. ›Leonie wird mir sehr fehlen, wenn sie nicht mehr hier wohnt.‹

Plötzlich läutete das Telefon. ›Das muss Alida sein.‹ Schnell ging sie ins Wohnzimmer, schloss die Tür und hob ab. »Hallo?«

»Gott sei Dank«, seufzte die. »Finn hat nicht ein einziges Foto ins Netzwerk gestellt, jedenfalls habe ich nichts gefunden. Mir ist ein Stein vom Herzen gefallen.«

Roos atmete durch. »Mir gerade auch und weißt Du was? Wenn das hier alles vorbei ist, machen wir wirklich unsere Kreuzfahrt, von der wir nun schon so viele Jahre reden.«

»Ich muss mich aber um Finn … .«

Roos unterbrach sie: »Hör endlich auf Alida. Auch Du musst Dich endlich ein Stück weit von ihm lösen. Egal wie es weitergeht, aber sieh` es bitte auch als Chance. Finn ist viel zu alt, um weiterhin von Dir noch so bemuttert zu werden. Und ich glaube, er erwartet das auch nicht.«

Alida murmelte etwas vor sich hin und legte wieder auf. Roos schüttelte den Kopf. Gleich morgen früh würde sie zu ihr fahren, denn ihr war klar, dass es Alida noch immer schwer fiel, dies wirklich in die Tat umzusetzen.

Leonie kam, in einen Bademantel gehüllt und mit einem dicken Handtuch-Turban auf dem Kopf ins Wohnzimmer. »Ich habe das Telefon gehört. Wer war denn dran?«

Roos lächelte. »Sei nicht so neugierig.«

**

Abends saß Tess Kuijpers, zusammen mit Thomas Boer und Jan Smits noch immer im Büro, nachdem gegen Willem de Jong Haftbefehl erlassen worden. Auch sein Rechtsanwalt konnte dieses Mal nichts dagegen ausrichten, obwohl der unter massiven Protest erneut alle Anschuldigungen gegen seinen Mandanten zurückgewiesen und für haltlos erklärt hatte.

»Wir müssen bis zum Haftprüfungstermin, der sicher nicht lange auf sich warten lässt, unbedingt handfeste Beweise finden«, sagte Tess. »Denn sein Anwalt wird alle Register ziehen, um uns als Idioten dastehen zu lassen.«

»Ich hatte das Gefühl, dass Willem im Moment schwer unter Druck steht«, sagte Thomas. »Und abgesehen davon, dass er alle Opfer kannte, ein Alibi hat er auch nicht. Wir sollten ihn gleich morgen früh noch einmal verhören. Eine Nacht in U-Haft hat schon oft Wunder bewirkt.«

»Dennoch glaube ich, dass wir etwas übersehen haben«, antwortete Tess grübelnd. »Ich kann mir nicht helfen.« Sie sah zu Jan herüber, der die in Folie verpackte Schreibtischlampe von Robert de Wit vor sich stehen hatte. »Habt ihr sie untersucht?«

»Ja und es gibt darauf teilweise überlagerte Fingerabdrücke, die aber alle der Familie zugeordnet werden konnten.«

Er schüttelte den Kopf. »Was für eine Blamage. Ich kann noch immer nicht glauben, dass bei der Hausdurchsuchung niemand von uns auf die Idee gekommen ist, darunter zu schauen. Aber ein geschickt eingebauter Doppelboden, das muss man schon sagen.«

»In Kürze bekommen wir die Übersetzung des arabischen Briefes«, sagte Thomas. »Wenn die mit der Sprachaufnahme von Leonie de Wit übereinstimmt, rufe ich den Notar wegen der Übergabe der Diamanten und des Goldes an, denn sicher ist dieses Vermächtnis von Leonie bereits unterzeichnet worden.«

Tess schien nicht zuzuhören. »Ich werde bei der Staatsanwaltschaft eine Durchsuchung der Wohn- und Geschäftsräume von Willem de Jong beantragen.«

Sie drehte sich zu Thomas und Jan um. »Und die werden noch heute stattfinden.« Mit energischen Schritten verließ sie das Büro.

»Ihre Geduld ist erschöpft«, sagte Thomas leise. »Ab sofort können wir uns warm anziehen, wenn etwas nicht nach ihrem Kopf geht.«

Als Tess kurz darauf zurückkam, sagte sie zu Jan: »Rufen sie bitte Nils aus dem Urlaub zurück, denn wir brauchen für die Durchsuchung alle verfügbaren Leute. Es werden zwei Teams gebildet und parallel die Firma und seine Wohnung durchsucht.«

»Ich trommle sofort alle zusammen. Und eins steht fest. So eine Schlappe wie bei den de Wit`s passiert nicht noch einmal.«

»Das können wir uns auch nicht leisten.«
Sie nahm ihr Mobiltelefon, ging nebenan in den Konferenzraum und wählte eilig die Nummer von Hendrik. ›Gut, dass er selbst Spätdienst hat‹, dachte sie.

Er hob ab: »Hallo Schatz«, sagte sie. »Ich weiß noch nicht, wann ich heute nach Hause komme, denn wir haben noch zwei Hausdurchsuchungen zu machen.«
Als sie jetzt hörte, dass auch sein Feierabend wegen einer Gleisstörung ungewiss war, atmete sie auf.

»Na gut, dann bis später.« Schnell legte sie wieder auf und eilte zu ihren Kollegen. Auch Nils war inzwischen eingetroffen. Jan klopfte ihm auf die Schulter. »Na wie geht's dem jungen Vater?«

»Ganz gut«, antwortete er stolz. »Nur ob ich je wieder ausschlafen darf, steht im Moment in den Sternen.«

Kurz darauf waren die Teams auf dem Weg.

Tess fuhr mit nach Haarlem, denn sie vermutete eher in Willems Geschäftsräumen, als in seiner Privatwohnung einen Beweis. Gespannt sah sie den Beamten zu, die akribisch alles durchsuchten. Nach etwa zwei Stunden kam ihr Jan mit hängenden Armen entgegen. »Seine Computer haben wir natürlich sichergestellt, aber ansonsten wirklich nichts.«

Enttäuscht nahm sie ihr Mobiltelefon und wählte die Nummer von Thomas, der den Einsatz in der Wohnung leitete. »Habt Ihr etwas gefunden?«

»Bis jetzt nicht«, antwortete der. »Allerdings haben wir gerade erst erfahren, dass sich hinter dem Haus eine Garage befindet. Nils ist schon mit ein paar Leuten dort. Ich melde mich, sobald es etwas Neues gibt.«

Tess` Laune sank auf den Nullpunkt. »Ich sehe schon kommen, dass wir ihn laufen lassen müssen und dann die Ermittlungen eingestellt werden.«

»Noch ist nicht alle Tage Abend«, entgegnete Jan. Er versuchte zuversichtlich zu klingen, merkte aber, dass ihm das nicht wirklich gelang.

Ihr Mobiltelefon läutete. »Ja«, sagte sie zu Thomas, nachdem sie auf dem Display seine Nummer gesehen hatte. »Leider auch nichts«, antwortete der. »Sein Volvo stand zwar darin, aber sonst alles wie leergefegt.«

Als sie wieder aufgelegt hatte, sagte sie: »Wir hätten ihn beim letzten Mal nicht laufen lassen dürfen. Natürlich hatte er genügend Zeit, belastendes Material, wenn es das gab, an die Seite zu schaffen, oder zu vernichten.«

Ernst sah sie zu Jan. »Wir beenden den Einsatz. Die Schließanlagenfirma soll neue Zylinder einsetzen und dann können Sie Feierabend machen.«

Frustriert ging sie zu ihrem Wagen und fuhr davon. Ihre letzte Hoffnung war das Verhör von Willem am nächsten Morgen, doch im Moment konnte sie sich nicht vorstellen, dass er ein Geständnis ablegte.

Und warum sollte er auch, denn bestimmt war er sich sicher, dass man bei ihm jetzt nichts mehr finden würde. Sie hatte schon das selbstgefällige Grinsen von seinem Anwalt vor sich, wenn der mangels Beweise seinen Mandanten aus der Untersuchungshaft holte.

Grübelnd stand sie an einer Ampel: ›Heinrich Kok war es bestimmt nicht und der Vater von Finn Mulder, der ihm eine Waffe abgekauft hatte, ist sicher auch nicht unser Mann.‹

Ihr fiel noch Lieke van Beek ein. Doch die hatte ihre Abschlussberichte bereits überstellt und bald würden die Beerdigungen sein. ›Vielleicht war das noch eine Möglichkeit, dorthin zu gehen und einen Hinweis, oder sogar dem Täter auf die Spur zu kommen.‹ Nein, aufgeben kam für sie jetzt nicht infrage, dazu war sie zu ehrgeizig.

Sie sah auf die Uhr am Armaturenbrett. Jetzt war es schon nach zehn. Bestimmt war Hendrik inzwischen zu Hause. Vielleicht ergab es einen Sinn, ihm von den Ermittlungen zu erzählen, denn er war schon immer ein guter Zuhörer.

In einem Fall, der schon einige Jahre zurücklag, hatte er sie auf eine Idee gebracht, auf die keiner seiner Kollegen gekommen war. Damals ging es um einen Raubüberfall mit schwerer Körperverletzung in einem Einkaufszentrum. Die Ermittlungen landeten schließlich in einer Sackgasse, doch letztendlich konnte der Täter durch seinen Tipp überführt werden.

Die Ampel schaltete auf Grün und sie gab Gas.

Als sie die Wohnung betrat, hörte sie den Fernseher leise quasseln und sah, dass Hendrik auf der Couch eingeschlafen war. Leise zog sie sich im Flur die Jacke aus und setzte sich neben ihn. Jetzt wurde er wach und blinzelte.

»Hallo Schatz«, murmelte er. »Wie spät ist es denn?«

»Gleich halb elf«, flüsterte sie und gab ihm einen Kuss. »Bist Du schon lange zu Hause?«

»Seit einer Stunde«, antwortete er gähnend. »Die Gleisstörung war ein Softwarefehler, der schnell behoben werden konnte, sonst würde ich jetzt noch in der Leitstelle sitzen.«

»Können wir reden?«, fragte sie leise. Hendrik setzte sich auf. »Was ist los? Ist Dir etwas passiert?«

Sie umfasste ihn. »Mir ist nichts passiert, aber ich komme mit meinen Mordfällen nicht weiter.«

Er begann zu lächeln. »Und jetzt soll ich wieder Sherlock Holmes spielen?«

»Dr. Watson würde genügen«, antwortete sie ernst. Hendrik rieb sich die Augen. »Na gut, aber nur unter einer Bedingung. Bevor ich alle Einzelheiten über mich ergehen lasse, holst Du einen gut temperierten Riesling aus dem Keller.«

Sie nickte zufrieden. »Und natürlich zünde ich eine Duftkerze an.«

»Oh«, antwortete er gedehnt und nahm sie in den Arm. »Dann kann ich leider nicht dafür garantieren, dass ich mich auf Deine Schilderungen der Mordfälle konzentriere.«

»Bitte Hendrik«, seufzte sie. »Nicht heute. Morgen früh findet die Vernehmung unseres einzigen Verdächtigen im Beisein seines Anwaltes statt und wir haben trotz der Hausdurchsuchungen keine Beweise.«

Er ließ sie los und schaltete den Fernseher aus. »Also gut Tess, hol den Wein und dann erzählst Du mir, was los ist.«

Kurz darauf saßen sie zusammen und sie begann, ihm von den Morden und den Ermittlungen zu erzählen. Sie war dabei sehr konzentriert, denn vielleicht kam es nur auf eine Kleinigkeit, einen Zufall oder einen Wink an, der übersehen worden war.

Hendrik hatte die Arme vor sich verschränkt und hörte ihr mit geschlossenen Augen zu. Zum Schluss sagte Tess: »Es ist zum Verzweifeln. Jede Spur endete bisher im Nichts und jetzt weiß ich nicht mehr weiter.«

Hendrik öffnete wieder die Augen. »Ich glaube aber nicht, dass es Willem war.«

»Bist Du Dir da wirklich sicher?«

»Ich denke einfach, dass Euch ein entscheidendes Puzzleteil fehlt. Sucht danach und dann klären sich die Morde auf. Da bin ich sicher.«

»Du redest wie ein Hohepriester«, antwortete sie und nahm ihr Weinglas. »Ein Puzzleteil, sucht danach«, wiederholte sie. »Was glaubst Du, was wir die ganze Zeit tun?« Ihre Stimme klang ein wenig vorwurfsvoll.

Er sah ihr direkt in die Augen. »Denk mal an den Raubüberfall im Einkaufszentrum. Wer war denn die entscheidende Person, die im Übrigen anfangs auch übersehen wurde?« Er begann zu lächeln. »Richtig, die Frisörin aus dem gegenüberliegenden Salon. Niemand hätte ihr zugetraut, dass die sich mit einem solchen Typen einlassen könnte und gemeinsame Sache mit ihm macht. Zierlich und unscheinbar, mit Lidaufschlag Blink-Blink, als könnte sie kein Wässerchen trüben, hatte sie als Zeugin Deine männlichen Kollegen sofort um den Finger gewickelt. Selbst als Du sie daraufhin noch einmal verhört hattest, warst Du der Meinung, dass sie damit nichts zu tun hat. Mir kam diese Frau gleich seltsam vor und ich habe ihr von Anfang an misstraut. Allerdings wäre auch ich nicht auf die Idee gekommen, dass sie in einem Safe zu Hause mehrere tausend Euro horten könnte. Es wurde erst für sie zum Problem, als sie ein großes Stück von der Beute im Einkaufszentrum abhaben wollte. Ich nenne so etwas reine Selbstüberschätzung.«

Jetzt begann Hendrik zu lachen. »Er gibt ihr einen Stapel Geldscheine und sie ahnt nicht, dass er sich kurz darauf die doppelte Menge, nämlich alles, aus ihrem Safe im Schlafzimmer holt. Und was tut sie daraufhin? Läuft zur Polizei und zeigt ihn an, obwohl ihr eigentlich klar sein musste, dass die Kripo und der Fiskus eine Erklärung über die Herkunft des Geldes haben wollte.«

»Jetzt hör aber auf«, entgegnete Tess mürrisch. »Du klingst ja richtig schadenfroh.«

Hendrik ging nicht darauf ein und wurde wieder ernst. »Zurück zu Deinem Fall. Geh` einfach alle Orte Eurer Ermittlungen noch einmal genau durch. Und denk bei der Suche nach dem Täter daran: Wer im Glashaus sitzt, sollte nicht mit Steinen werfen.« Grübelnd lehnte er sich zurück. »Vielleicht gibt es aber auch eine Person, die Ihr nicht im Fokus habt, weil sie einfach unscheinbar ist.«

Tess sah ihn ratlos an.
Er nahm sie ihn den Arm und fragte lächelnd: »Hast Du etwa erwartet, dass ich Dir jetzt den Täter präsentieren kann?«

»Ich gestehe, dass mir das am liebsten gewesen wäre.«

Er stand auf und schaltete die Stereoanlage ein. »So und jetzt reden wir bitte nicht mehr über die Arbeit.«

Später lag Tess noch immer wach im Bett, während Hendrik tief und fest neben ihr schlief.

›Alle Orte unserer Ermittlungen noch einmal durchgehen‹, dachte sie. ›Wer im Glashaus sitzt, sollte nicht mit Steinen werfen. Eine unscheinbare Person. Auf wen könnte das nur zutreffen?‹

Doch jetzt übermannte sie doch die Müdigkeit und langsam fielen ihr die Augen zu.
Am nächsten Morgen regnete es in Strömen. Tess und Hendrik saßen am Küchentisch, als ihr Mobiltelefon

läutete. Erstaunt sah sie, dass Lieke van Beek sie erreichen wollte. »Guten Morgen«, sagte die leise. »Entschuldigung, dass ich Sie schon um diese Zeit stören muss, aber wir haben gerade einen Zugang bekommen. Der Name müsste ihnen eigentlich etwas sagen. Philip Drewes. Er ist vor ein paar Tagen bei einer Schlägerei schwer verletzt worden und letzte Nacht verstorben.«

Tess schluckte. »Auch das noch, aber warum ist er bei Ihnen? Ist die Todesursache etwa nicht geklärt?«

»Der Stationsarzt des Krankenhauses hatte mich mitten in der Nacht angerufen und um eine schnellstmögliche Obduktion gebeten, obwohl er sich sicher ist, dass durch die Faustschläge an den Kopf des Opfers massive Hirnblutungen aufgetreten sind, die trotz Notoperation nicht zu stoppen waren. Nur seine Angehörigen wollen hundertprozentige Gewissheit, weil sie glauben, dass nicht alles Menschenmögliche im Krankenhaus für ihn getan wurde. Deshalb fürchtet die Geschäftsleitung eine Klage.«

»Und was meinen Sie, wann Sie das Ergebnis haben werden?«

»Genau kann ich Ihnen das nicht sagen, aber ich denke, so gegen elf könnte ich sie wieder anrufen.«

»Danke, dass Sie mich gleich informiert haben«, antwortete Tess. »Bis später.«

Sie legte auf und sah resigniert zu Hendrik herüber. »Was ist passiert?«, fragte er gespannt.

»Wir haben noch einen zweiten Fall, gewissermaßen einen Nebenkriegsschauplatz. Leonies Tante hat eine

Freundin namens Alida Mulder. Ihr Sohn Finn hat einen Mann durch Schläge so schwer verletzt, dass der letzte Nacht verstorben ist. Wegen Finn war ich neulich im Krankenhaus und hatte mit Dr. Evers gesprochen.«

»Ja, ich erinnere mich natürlich.«

»Jetzt wird das Opfer obduziert, denn darauf bestehen seine Angehörigen, weil sie glauben, dass vielleicht im Krankenhaus nicht alles für ihn getan wurde.«

»Es muss unglaublich schwer sein, wenn ein naher Verwandter wegen einer Schlägerei stirbt«, antwortete Hendrik. »Vielleicht würde ich so eine Untersuchung auch verlangen.«

Er stand auf und gab ihr einen Kuss. »Du solltest Dir diesen Finn als Erstes noch einmal genauer ansehen, ok? Aber jetzt muss ich zur Arbeit. Bis heute Abend.«

Tess sah ihm grübelnd nach.

**

Leonie lag am Morgen weinend im Bett, während der Regen unaufhörlich gegen das Fenster prasselte. Sie fühlte sich einsam und verlassen, obwohl sie hörte, dass ihre Tante schon seit einer Weile geschäftig den Staubsauger durch den Flur schob.

›Was mache ich bloß ganz allein in meinem Elternhaus, wenn ich wieder dort wohne?‹, dachte sie resigniert und streichelte ihre Katze, die sich schlafend an sie kuschelte.

Plötzlich hatte sie eine vage Idee. ›Vielleicht sollte ich eine Wohngemeinschaft gründen.‹

Ihr fielen Sonja und Chris ein, mit denen sie während ihrer Schulzeit eng befreundet war. Die hatten sie in den letzten Jahren immer wieder zu Partys eingeladen, wollten mit ihr im Sommer zum Baden und im Winter zum Eislaufen gehen, doch sie hatte die beiden nie zurückgerufen, was sie jetzt bereute.

›Ob sie mich abweisen und sagen, dass sie keine Lückenbüßer sind, wenn ich mich gerade jetzt melde?‹

Doch nur mit ihrer Tante ein privates Verhältnis zu haben, war eben auch keine Lösung.

»Ich muss es wenigstens versuchen«, flüsterte sie und nahm ihr Mobiltelefon. Doch dann verließ sie der Mut. Jetzt sah sie sich noch einmal die Fotos von Samira und Eleonore an, die sie gemacht hatte, bevor sie die Originale den Polizisten überlassen musste.

Plötzlich hörte sie im Flur das Telefon läuten.
Kurz darauf eilte Roos die Treppe nach oben und klopfte an. »Guten Morgen Leonie«, sagte sie aufgeregt. »Johan hat gerade angerufen. Stell dir vor, Willem wurde verhaftet und angeblich beschuldigen sie ihn nun doch, der Mörder zu sein.«

»Auch das noch«, seufzte sie. »Aber ich glaube es trotzdem nicht.«

»Wusstest Du etwa, dass sie ihn verdächtigen?«
»Was heißt, ich wusste es«, sagte sie genervt. »Als ich gestern auf der Polizeistation war, haben die mir so seltsame Fragen über Willem gestellt. Und mich gebeten, Stillschweigen zu bewahren. Was sollte ich also machen? Es Dir erzählen, damit Du bei Johan anrufst, der dann Willem warnt?«

Roos schloss wortlos die Tür und ging nach unten. Sie wusste, dass Leonie Recht hatte. Bestimmt hätte sie es sich nicht verkneifen können, ihm zumindest einen Tipp zu geben, nur ob das wirklich klug gewesen wäre, konnte sie nicht sagen. Andererseits ging es hier um ihren ermordeten Bruder und seine Frau. Irgendjemand musste es schließlich gewesen sein.

Sie räumte den Staubsauger weg, zog sich die Jacke über und verließ das Haus, denn sie brauchte jetzt frische Luft. Ohnehin wollte sie noch einmal mit Alida über Finn sprechen und machte sich auf den Weg zum Marktplatz.

Nur wenige Kunden waren bei diesem schlechten Wetter unterwegs. Alida hatte alle Schirme aufgezogen, die mit dem Regen und den Windböen gefährlich hin und her schwankten.

»Guten Morgen«, sagte Roos und lehnte ihr Fahrrad an einen Stapel Obstkisten. »Wie geht es Dir heute?«

Alida sah sie gleichgültig an. »Wie soll es mir schon gehen? Finn wird so schnell nicht freigelassen, denn ich habe vorhin einen Anruf bekommen, dass der junge Mann, den er geschlagen hat, nicht mehr lebt.«

Roos schluckte. »Das tut mir sehr leid. Kann ich etwas für Dich tun?« Alida sah sie traurig an. »Ich hoffe, dass wir auch weiterhin Freundinnen bleiben, denn alle Welt wird jetzt Finn und auch mich zu Monstern stempeln.« Sie hielt ihr eine Tageszeitung hin. »Vorhin kam eine Frau an meinen Stand, sah mich verächtlich an und hat mir die auf die Ablage geworfen. Lies bitte selbst.« Roos nahm die Zeitung und überflog den

Artikel. Dann sah sie sich um. Nicht ein Kunde steuerte an diesem Morgen Alidas Marktstand an. Auch die Händler um sie herum beachteten sie scheinbar nicht, schielten aber immer wieder argwöhnisch herüber.

»Mach für heute dicht«, sagte Roos mitfühlend. »Bei dem Wetter gewinnst Du doch keinen Blumentopf.«

Alida nickte wortlos. Gemeinsam schleppten sie jetzt die Obstkisten zum Lieferwagen, bauten die Schirme ab und klappten die Tische zusammen. »Komm nachher zum Kaffee«, sagte Roos, bevor sie auf ihr Fahrrad stieg. »Ich möchte im Moment auch nicht allein sein.«

Als sie wieder nach Hause kam, saß Leonie in der Küche und hatte gerade ihr Telefon an die Seite gelegt.

»Alida kommt nachher vorbei«, sagte Roos, während sie sich die Jacke auszog. »Ich habe ihr gerade beim Abbau des Marktstandes geholfen.«

»Um diese Zeit? Es ist doch noch nicht einmal Mittag.« »Na ja, der Regen und dieser widerliche Wind halten viele Leute davon ab, im Freien einzukaufen. Und Alida fühlt sich im Moment dort nicht sonderlich wohl, denn andere Händler und die Kunden meiden sie.«

»Warum denn?«, fragte Leonie. »Doch nicht etwa wegen Finn?«

Roos nickte. »Ja, ich denke schon. Der junge Mann, denn er verletzt hatte, ist tot und zu allem Übel stand das auch noch in der Zeitung.«

Leonie saß fassungslos auf der Eckbank. »Uns allen bleibt scheinbar im Moment gar nichts erspart.«

Roos antwortete nicht und konnte nur hoffen, dass Alida nachher nicht auch noch Finns Fotoalbum thematisierte, aber für so naiv hielt sie ihre Freundin auch wieder nicht.

»Ich treffe mich nachher mit zwei Freunden«, sagte Leonie und stand auf. »Grüß Alida von mir.«

Jetzt war sie doch ganz froh, Chris angerufen zu haben, der sich wahnsinnig gefreut hatte, von ihr zu hören. Er war noch immer mit Sonja, seiner Sandkastenliebe zusammen, aber geheiratet hatten die beiden bisher nicht. Natürlich hatten auch sie inzwischen vom Drama um Leonies Eltern gehört, sich aber bisher nicht getraut, sich bei ihr zu melden.

Als Leonie schließlich das kleine Café betrat und die beiden mit gespannten Gesichtern an einem Bistrotisch sitzen sah, wurde ihr warm ums Herz. Warum war sie nur so dumm und ignorant gewesen, nach dem Schulabschluss ihre besten Freunde aufzugeben?

Sie begrüßten sich herzlich und dann lachten und plauderten sie, als wären sie gerade aus dem Unterricht gekommen.

Doch irgendwann lenkte Leonie das Thema ganz bewusst auf ihren Schicksalsschlag.

»Ihr könnt Euch gar nicht vorstellen, wie schrecklich das alles ist«, sagte sie leise. »Wenn meine Tante nicht wäre, wüsste ich nicht, was ich tun soll, aber ewig bei ihr wohnen kann ich natürlich auch nicht. Ich habe sogar schon überlegt, eine Wohngemeinschaft zu gründen. Vielleicht anfangs für ein Jahr und dann sehe ich weiter, nur allein sein, kann und möchte ich im Moment nicht.«

Etwas unsicher sah sie zu Sonja und Chris herüber. »Wie ist denn Eure Wohnsituation jetzt?«

Chris drehte unbehaglich einen Kaffeelöffel in der Hand. »Nicht besonders rosig. Sonja jobbt immer noch an der Tankstelle und ich bin vorgestern wegen Auftragsmangel in der Schreinerei entlassen worden. Das Geld fehlt natürlich vorn und hinten und der Vermieter die Kündigung angedroht, wenn wir nicht bis Ende des Monats bezahlen.«

»Wenn ihr wollt, dann zieht doch erst einmal mit zu mir ins Haus. Es ist im Moment viel zu groß für mich und ich wäre nicht allein. Wollt Ihr Euch das überlegen?«

»Und was würde uns das kosten?«, fragte Sonja vorsichtig.

»Nichts, nur den Strom- und Wasserverbrauch müsstet ihr anteilig bezahlen.«

Chris begann zu strahlen. »Wir könnten Dir auch in und am Haus helfen, wenn etwas zu reparieren wäre«, sagte er. »Und Sonja macht die besten Poffertjes der Welt. Das weißt Du hoffentlich noch.«

Leonie lächelte. »Ja natürlich.«
Sie drehte sich zur Bedienung um. »Bringen sie uns bitte drei Gläser Prosecco.« Dann wurde sie wieder ernst. »Bald ist die Beisetzung meiner Eltern. Ich könnte ein wenig Beistand brauchen.«

Sonja nahm ihre Hand. »Natürlich lassen wir Dich nicht allein und kommen, auch wenn uns das natürlich nicht leicht fällt.«

Als Leonie später mit dem Fahrrad zurück nach Osdorp radelte, dachte sie: ›Ich war kurz vor einer Depression, aber jetzt sehe ich wenigstens ein kleines Licht am Ende des Tunnels.‹

Sie bog in die kleine Seitenstraße am Overleg ein und sah, dass Alidas Lieferwagen noch immer in der Zufahrt stand. Doch plötzlich wurde die Haustür geöffnet.

Leonie atmete auf, denn sie hatte im Moment keine Lust über Finn zu sprechen und winkte Alida nur zu, als die an ihr vorbeifuhr.

Begeistert schilderte sie kurz darauf Roos ihre Zukunftspläne. Die begann zu schmunzeln, denn sie erinnerte sich gern an Sonja und Chris. Schließlich sagte sie: »Es hat mich eigentlich gewundert, dass Du so lange keinen Kontakt zu den beiden hattest.«

»Das tut mir im Nachhinein auch sehr leid.«

»Und Du bist Dir wirklich sicher, dass Ihr miteinander klarkommt, wenn Ihr gemeinsam in Deinem Haus wohnt?«, fragte Roos skeptisch. »Schließlich seid Ihr jetzt zehn Jahre älter und habt Euch verändert.«

»Mit Sonja und Chris war ich schon zusammen im Kindergarten«, entgegnete Leonie. »Und heute haben wir miteinander geredet, als wären wir niemals voneinander getrennt gewesen.«

»Und wann willst Du zurück?«

Leonie hob die Schultern. »Ich weiß es noch nicht genau, aber schließlich kann ich Dir nicht ewig zur Last fallen.«

Roos zog sie fest an sich. »Du fällst mir nicht zur Last, ganz im Gegenteil. Ich habe mich daran gewöhnt, dass das Licht im Flur nie ausgeschaltet wird, dass das Radio in der Küche immer läuft und im Badezimmer ständig Handtücher am Boden liegen.«

Leonie sah sie erschrocken an. »Bin ich wirklich so schrecklich?«

»Schrecklich unordentlich und in dieser Hinsicht auch ein wenig gedankenlos, was wahrscheinlich daran liegt, dass Du bisher nie auf solche Dinge achten musstest«, antwortete sie lächelnd. »Aber das wird sich bald von selbst erledigen, denn Du wirst in Deinem Haus feststellen, dass, wenn Du es nicht selber tust, auch kein anderer für Dich macht. Es sei denn, Du kannst Dir eine Putzfrau leisten.«

Roos stand auf, ging zur Garderobe und nahm ihre Jacke vom Bügel.

»Wo gehst Du denn jetzt hin?«

»Nach dem anstrengenden Gespräch mit Alida würde ich jetzt, falls Du nichts dagegen hast, gerne mit Dir essen gehen. Zum Kochen habe ich nämlich heute keine Lust.«

»Chinesisch?«, fragte Leonie lächelnd.

»Ja, warum nicht.«

Leonie füllte schnell der Katze etwas Futter in den Napf und stellte frisches Wasser dazu. »So, jetzt können wir los und danach fahren wir noch einmal in die ›Van Mourik Broetmannsstraat‹.«

»Was machen wir denn da?«

»Ich möchte mit Sonja und Chris einige Zimmer farbig streichen und wollte dazu Deinen Rat.«

**

Das erneute Verhör von Willem de Jong am nächsten Vormittag war soeben durch den Staatsanwalt beendet worden. Wie erwartet hatte sein Anwalt das Vorgehen der Polizei erneut massiv kritisiert und rechtliche Schritte mangels Beweisen angekündigt.

Tess war erstaunlich ruhig geblieben und hatte nicht einmal widersprochen, als schließlich der Haftbefehl wieder aufgehoben wurde.

Willem verließ mit blasser Miene, aber erleichtert erneut die Polizeistation und man konnte ihm ansehen, dass er wahrscheinlich letzte Nacht schlaflos in seiner Zelle auf- und abgegangen war.

Der Staatsanwalt stand mit verschränkten Armen vor den Polizisten und sah mit zusammengekniffenen Lippen von einem zum anderen. »Ich hatte mich auf Ihren Spürsinn und Ihre Argumente verlassen«, polterte er. »Wenn Sie das nächste Mal mit einem solchen Antrag kommen, überlegen Sie bitte vorher ganz genau. Noch einmal passiert mir so eine Blamage nicht.«

Ohne zu grüßen, drehte er sich um und warf wütend die Tür hinter sich zu.

»Und was machen wir jetzt?«, fragte Thomas. »Wir haben doch im Grunde nichts.«

In diesem Moment läutete das Telefon von Tess. Lieke van Beek war am anderen Ende und bestätigte ihr die durch das Krankenhaus festgestellte Todesursache von Philip Drewes. Auch Ihrer Meinung nach war ein schwerer Faustschlag von Finn Mulder Schuld an der schweren Hirnblutung.

»Dann machen Sie bitte den Bericht fertig«, antwortete Tess. »Nach dem psychiatrischen Gutachten des Täters durch Dr. Evers wird ein Gericht über seine weitere Zukunft entscheiden.«

»Übrigens habe ich heute auch die Freigabe von Lotte van Hoebeeck und Robert de Wit, sowie Luuk de Groot unterschrieben«, sagte Lieke. »Teilen Sie das den Angehörigen bitte mit?«

»Ja selbstverständlich.« Sie legte wieder auf.

»Das war Lieke van Beek«, sagte sie an Jan und Thomas gewandt. »Der Stationsarzt des Krankenhauses hatte sie in der Nacht angerufen, dass Philip Drewes tot ist und hat ihn gleich heute Morgen untersucht. Gestorben ist er an einer schweren Hirnblutung. Finn Mulder muss auf jeden Fall bis zum Gerichtstermin auf der geschlossenen Station des Krankenhauses bleiben. In diesem Fall lasse ich mich auf keinen Kompromiss ein, egal wer versucht, das Gegenteil zu bewirken.«

Jan sah sie mit blitzenden Augen an.

»Was haben Sie denn?«, fragte Tess. »Ist Ihnen nicht gut?«

»Lieke van Beek«, antwortete er gedehnt. »Frau Doktor geht mitten in der Nacht ans Telefon.«

»Ja, natürlich tut sie das«, antwortete Tess irritiert. »Haben Sie damit etwa ein Problem, oder habe ich etwas verpasst?«

Jan ging abrupt zur Tür und drehte sich dort noch einmal um. »Ich mache jetzt erst einmal Mittagspause. Thomas, kommst Du mit?«

»Nein, jetzt nicht.«

Wortlos verließ er das Büro.

Thomas ließ sich auf seinen Schreibtischstuhl fallen. »Ich möchte nicht darüber reden.«

Sie setzte sich gegenüber: »Na gut, reden wir also weiter über den Fall. Im Prinzip stehen wir wieder am Anfang, aber bald finden die Beisetzungen statt. Natürlich gehen wir hin und vielleicht gibt es auch ein Kondolenzbuch. Falls ja, müssen wir es uns aushändigen lassen.«

Nachdenklich lehnte sie sich zurück. »Ich habe gestern Abend mit Hendrik über unsere Ermittlungen gesprochen. Er meint, dass Willem de Jong nicht der Täter ist.«

»Deswegen waren sie heute während des Verhörs so zurückhaltend. Ich hatte mich schon gewundert.«

»Ja, mag sein. Hendrik sagte, wir sollen noch einmal genau alle Orte unserer Ermittlungen durchgehen und daran denken, dass es jemand sein könnte, der selbst im Glashaus sitzt und mit Steinen wirft, oder sehr unscheinbar wäre. Fällt Ihnen dazu jemand ein?«

»Was das Glashaus angeht, fällt mir spontan sofort wieder Heinrich Kok und sein Auftritt vor der Praxis ein, aber an den Gedanken, dass er der Mörder ist, kann ich mich einfach nicht gewöhnen.« Er grübelte einen Moment. »Unscheinbar? Keine Ahnung, wer das sein könnte.«

Das Telefon von Thomas läutete. »Das ist Leonie de Wit«, sagte er erstaunt und hob ab.

»Hallo«, flüsterte die ängstlich. »Ich bin gerade zusammen mit meiner Tante in der ›Van Mourik

Broetmannsstraat‹ angekommen und die Haustür stand sperrangelweit offen. Das Schloss ist völlig zerstört, also ist hier eingebrochen worden.«

Thomas sprang auf. »Fassen Sie auf keinen Fall etwas an und warten Sie dort, wir kommen so schnell wie möglich.«

»Und wenn der Einbrecher hier noch irgendwo ist?« Thomas überlegte kurz. »Falls Sie mit dem Auto da sind, setzen Sie sich hinein, verriegeln die Türen und öffnen Sie niemanden, verstanden?«

»Na gut, aber beeilen Sie sich.« Sie legte auf.

»Was ist denn los?«, fragte Tess ungeduldig.

»Leonie und ihre Tante sind im Wohnhaus. Sie sagt, dass dort eingebrochen worden ist. Los, wir fahren sofort hin.«

»Informieren Sie alle Streifenwagen, vielleicht ist einer in der Nähe des Hauses und sagen Sie Jan, dass er nachkommen soll.«

Der ließ in der Kantine alles stehen und liegen und saß nun auf dem Rücksitz. Während der Fahrt, fragte Tess:

»Was war denn vorhin mit Ihnen los? Der Name Lieke van Beek hat Sie ja schlagartig von null auf hundert katapultiert.«

Mit finsterer Miene sah er aus dem Fenster. »Sie ist anscheinend der Grund, warum sich Maike von mir getrennt hat. Als Thomas und ich neulich in einer Bar waren, haben wir zufällig die beiden Turteltäubchen getroffen.« Tess drehte sich erstaunt zu ihm um.

»Wirklich?« Dann sah sie zu Thomas, der ebenfalls wortlos nickte.

Sie bogen in die ›Van Mourik Broetmannsstraat‹ ein. Von weitem war der weiße Käfer vor der Haustür zu sehen, an dessen Beifahrertür gerade ein Polizist stand und Leonie beschwichtigte.

Tess sprang aus dem Auto und lief zu ihnen hin. »Sie bleiben beide im Wagen, wir sehen uns im Haus und auf dem Grundstück um.« An den Polizisten gewandt, sagte sie: »Lassen Sie sie nicht aus den Augen.«

Mit gezogenen Waffen verschwanden sie im Haus, kamen aber bald wieder vor die Tür. »Sie können aussteigen, da ist niemand mehr«, sagte Thomas. »Wann sind Sie genau hierhergekommen?«

»Kurz bevor wir Sie angerufen hatten«, antwortete Leonie und sah zur Haustür. »Meinen Sie, dass ich hier noch meines Lebens sicher sein kann, wenn ich wieder einziehe?«

»Der Einbruch muss nicht unbedingt mit dem Mord an Ihren Eltern etwas zu tun haben«, antwortete er beschwichtigend. »Vielleicht hat nur zufällig ein Gauner bemerkt, dass hier mehrere Tage niemand mehr war und ist eingestiegen.«

Roos stand ratlos daneben. »Leonie, bleib lieber noch bei mir, bis das aufgeklärt ist, sonst sterbe ich vor Angst um Dich.«

»Es ist vielleicht keine schlechte Idee, wenn Sie noch eine Weile bei Ihrer Tante bleiben«, entgegnete Tess. »Was haben Sie beide gestern und heute gemacht?«

»Tante Roos ist mit im Hotel gewesen, wo Johan und seine Frau immer wohnen. Sie hat dort gefrühstückt und ist später mit dem Taxi nach Hause gefahren. Und nachdem ich bei Ihnen auf der Polizeistation war, bin ich direkt in das Notariat zu Ulf Voss gefahren, um das Vermächtnis zu unterzeichnen. Warum fragen Sie?«

»Na ja«, antwortete Tess nachdenklich. »Vielleicht ist Ihnen jemand aufgefallen, oder hat Sie verfolgt?«

»Uns verfolgt?«, fragte Roos entsetzt. »Wer sollte uns denn verfolgen? Außer Johannes, der plötzlich an der Hotelrezeption stand, ist mir niemand aufgefallen.«

»Johannes?«, fragte Tess interessiert und sah Leonie an. »Ja, mein ehemaliger Freund aus München«, murmelte sie. »Ich dachte, der Boden wird mir unter den Füßen weggezogen, als ich ihn plötzlich erkannte.«

»Und dann?«

»Dann bin ich mit Kamal und Johan nach oben gefahren, um den Brief zu übersetzen. Ich habe ihn danach nicht mehr gesehen, nur meine Tante.«

»Genau«, sagte Roos. »Ich stand gerade am Frühstücksbuffet, da kam plötzlich Johannes mit dieser Frau in den Restaurantbereich. Sie glauben nicht, wie er erschrocken ist, als er mich dort sah. Auf dem Absatz ist er umgekehrt und war weg.«

»Kannten Sie die Frau?«

»Nein, woher auch? Ich nehme an, sie ist seine aktuelle Freundin.«

»Müssen wir das wirklich in allen Einzelheiten besprechen?«, seufzte Leonie. »Dazu habe ich wirklich keine Lust.«

»Es tut mir leid, aber das muss sein«, antwortete Tess leise und sah zu Roos herüber. »Wie sah die Frau aus?«

Die hob die Schultern. »Groß, blond, schlank und schätzungsweise Mitte dreißig.«

»Haben Sie ein Foto von Johannes?«, fragte Thomas an Leonie gewandt.

»Ja, oben in meinem Zimmer liegt noch eins.« Er nickte und ging ins Haus.

»Wissen Sie was er, bevor er Ihretwegen nach Amsterdam kam, hier gemacht hat?«, fragte Tess.

»Sein Vater hat in München ein kleines, aber feines Mode-Label und Johannes war deshalb hier hin und wieder auf Messen. Kennengelernt hatten wir uns dann auf einer Vernissage, wo ich für eine Catering-Firma gejobbt habe.«

»Und Ihre Eltern kannten ihn?«

»Ja natürlich, auch wenn die von unserer Beziehung nicht sonderlich begeistert waren. Vor allem meine Mutter hatte etwas dagegen, weil er bereits Kinder hat. Sie war der Meinung, dass ich hier einen ledigen Mann kennenlernen sollte.«

»Und Ihr Vater?«

»Papa war in dieser Hinsicht auch nicht gerade entspannt.«

»Finanziell geht es Johannes gut, nehme ich an?«, fragte Tess weiter.

Leonie lächelte. »Johannes war und ist in erster Linie von Beruf Sohn. Seine Eltern lassen ihm alle Freiheiten.« Thomas kam mit dem Foto zurück. »Das ist er doch, oder?« Leonie nickte traurig. »Ja und Sie können es behalten. Ich habe keine Verwendung mehr.«

»Wir brauchen seinen kompletten Namen«, sagte er und holte einen Notizblock hervor.

»Johannes Thalhammer.«

»Wir gehen jetzt mit Ihnen zusammen noch einmal durch alle Räume«, sagte Tess. »Und sollte Ihnen nichts Ungewöhnliches auffallen und auch nichts gestohlen worden sein, lassen wir die aufgebrochene Tür durch einen Tischler verschließen. Wir empfehlen Ihnen aber, besser noch ein paar Tage bei Ihrer Tante zu bleiben.«

Sie wandte sich an Roos. »Wollen Sie auch mit hineinkommen?«

»Nein, ich werde hier warten, würde mich aber gerne einen Moment setzen.« Ein Polizist nahm sie am Arm und öffnete eine Wagentür.

Als Leonie wieder bei Roos stand, fragte die: »Ist Dir etwas aufgefallen?«

»Nein, eigentlich nicht. Nur die Getränkevorräte im Keller sind verschwunden. Und wie Du weißt, hatte Papa ja immer eine ganze Menge Wein da unten.«

»Lieke van Beek hat uns übrigens heute Morgen angerufen«, sagte Tess. »Ihre Eltern können beigesetzt werden.«

Leonie nickte, während ihr die Tränen in die Augen stiegen. »Ich möchte jetzt hier weg, oder haben Sie sonst noch irgendwelche Fragen?«

»Nein, natürlich können Sie nach Hause fahren.«

Die Polizisten halfen Roos aus dem Polizeiwagen.

»Ich denke, dass hier wirklich nur ein Gelegenheitsdieb am Werke war«, sagte Tess nachdenklich. »Aber dieser Johannes Thalhammer könnte noch interessant für uns werden. Er ist Deutscher und kannte die de Wit`s. Und vielleicht auch unseren Medikamentenhändler Luuk de Groot.«

»Ja vielleicht«, entgegnete Thomas gedehnt.
Inzwischen kam Jan aus dem Haus. »Hier gibt es vorläufig nichts mehr für uns zu tun. Ich schreibe nachher gleich das Protokoll.«

»Und wir fahren in dieses Hotel«, antwortete Tess.
»In welches Hotel?«, fragte Jan erstaunt.

»Wo die Eltern von Willem de Jong derzeit wohnen und vielleicht auch dieser Johannes Thalhammer. Er ist Deutscher und plötzlich in Amsterdam aufgetaucht.«

»Er ist für uns interessant, weil er die de Wit`s und vielleicht auch Luuk de Groot kannte«, fügte Thomas hinzu.

»Dann komme ich aber mit, das Protokoll kann ruhig noch ein bisschen warten.«

Tess lächelte. »Ja meinetwegen und sollte er unser Mann sein, was den Medikamentenhandel angeht, lade ich Euch beide morgen zum Essen ein.«

Thomas und Jan sahen sich erstaunt an.
Im Hotel angekommen, saßen Marie und Johan in der Lobby. Sie hatten ihre Koffer bei sich und warteten auf ein Taxi, dass sie zum Flughafen bringen sollte. Als er die Polizisten erkannte, warf er seine Zeitung achtlos auf den Tisch und lief wütend auf sie zu.

»Warum hatten Sie meinen Sohn grundlos in eine Zelle gesperrt?«, rief er. »Ist Ihnen eigentlich klar, was Sie ihm damit angetan haben? Vom Image seiner Firma möchte ich gar nicht reden.«

»Grundlos sperren wir niemanden in eine Zelle«, erwiderte Tess scharf. »Abgesehen davon hat er sich durch seinen geplanten Medikamentenhandel selbst in den Fokus unserer Ermittlungen gebracht. Und jetzt gehen Sie bitte an die Seite, wir haben zu tun.«

Johan sah ihr zähneknirschend nach, als sie mit schnellen Schritten zur Rezeption ging und am Empfang ihren Ausweis entgegenhielt. Jan und Thomas folgten ihr.

»Herr Thalhammer ist mit seiner Begleitung zurzeit außer Haus«, sagte ein freundlicher älterer Herr. »Wann sie zurückkommen, wissen wir natürlich nicht.«

»Und wer ist die Dame, die mit ihm zusammen hier ist?«, fragte Tess weiter.

»Unser Hotel legt sehr großen Wert auf Diskretion. Sie müssten schon einen guten Grund haben, wenn wir Ihnen so ohne weiteres Namen unserer Gäste nennen.«

Tess lehnte sich auf den Tresen. »Wir ermitteln in drei Mordfällen. Und Herr Thalhammer kannte möglicherweise die Opfer und jetzt hoffe ich, dass Ihnen diese Gründe genügen, uns den Namen dieser Frau zu nennen. Oder wollen Sie, dass wir in der Lobby die Gäste Ihres Hauses befragen? Davon wird uns nämlich niemand abhalten.«

Der Concierge lief rot an und räusperte sich. Dann sah er auf das Display der Buchungen. »Eva Bauer.«

»Dem Namen nach kommt sie aus Deutschland, oder?«

»Sie hat sich mit einem deutschen Pass legitimiert und wenn sie in Amsterdam ist, bucht sie meistens hier ein Zimmer.«

Tess nickte ihm zu. »Na also, diese Information haben Sie mir ja tatsächlich freiwillig gegeben.« Der Sarkasmus in Ihrer Stimme war nicht zu überhören.

»Wissen Sie denn zufällig auch, auf welche Fachmessen die beiden gehen?«

»Herr Thalhammer hat mir mal selbst erzählt, dass Stoffmessen hier am interessantesten für ihn sind. Frau Bauer hingegen arbeitet für ein Pharmaunternehmen aus Frankfurt/Main.«

»Waren die beiden schon einmal zusammen hier?«, fragte Thomas weiter.

»Ja«, antwortete der Concierge und sah wieder auf das Display. »Mitte März hat Frau Bauer ein Doppelzimmer gebucht und Herr Thalhammer kam dann zusammen mit ihr an.«

Tess ging mit Thomas etwas zur Seite. »Sagte Leonie nicht, dass Johannes Thalhammer die Beziehung bei ihrem letzten Besuch in München beendet hatte?«

»Ja, so habe ich das auch in Erinnerung«, flüsterte er. »Demnach war er schon längere Zeit nicht ehrlich zu ihr.«

Tess nickte und ging wieder zum Empfang. »Danke vorerst. Wir werden jetzt auf die beiden warten, denn irgendwann kommen sie hoffentlich zurück. Und keine Sorge, wir werden sehr diskret sein.«

Jan fragte: »Könnte ich bitte das Passwort für Ihr hausinternes WLAN haben?«

»Selbstverständlich«, antwortete der Concierge und gab ihm eine Karte mit den Zugangsdaten. Dann deutete er auf eine Sitzgruppe in der Nähe des Haupteinganges. »Wenn Sie wollen, können Sie dort Platz nehmen.«

Tess bedankte sich und sah Jan fragend an.

»Ich habe mein Laptop dabei«, sagte der. »Ich nehme es fast überall mit hin und werde mir, bis die beiden eintreffen, die Zeit mit Recherchen über diese Eva Bauer und das Unternehmen, für das sie arbeitet, vertreiben. Vielleicht werde ich ja fündig.«

»Gute Idee«, sagte Thomas. »Wenn sie hier für ihre Firma auf Messen geht, finden wir sie mit Sicherheit auch im Internet.«

Jan startete seinen PC und tippte schnell in einer Suchmaschine des Internets ihren Namen und das Wort ›Pharmazie‹ ein. Sorgsam scrollte er durch die angegebenen Seiten. Schließlich begann er zu lächeln.

»Da haben wir unsere hübsche Maus«, sagte er zufrieden. »Eva Bauer, sie arbeitet im Vertrieb eines relativ kleinen Pharmazieunternehmens. Und laut dem Impressum ist sie gelernte Pharmazeutisch-Technische Assistentin, spricht mehrere Fremdsprachen und ist die rechte Hand der Geschäftsleitung.«

»Gute Voraussetzung für eine Karriere, oder?«, fragte Thomas. Jan ging nicht darauf ein, sondern sagte: »Moment, mal sehen, was wir sonst so über sie finden.«

Wieder klickte er weitere Internetseiten an und las die Inhalte. Plötzlich sah er mit blasser Miene zu Tess herüber. »Was haben sie gefunden?«, fragte die.

Jan drehte den Laptop zu ihr herüber. »Lesen sie selbst, sonst glauben Sie es nicht.«

Er hatte über die Suchmaschine zufällig einen Model-Event aus dem Jahr 2002 angeklickt und Eva auf einem der Fotos entdeckt.

»Kein Zweifel«, flüsterte Tess, als sie dies mit dem Porträt des Pharmaunternehmens verglich. »Sie ist es.« Auch Thomas starrte ungläubig auf das Foto und den Namen, der darunter stand. »Eva de Groot.«

Tess überlegte kurz und lief schnell zur Rezeption, wo der Concierge gerade dabei war, Feierabend zu machen. »Entschuldigen sie bitte«, sagte sie freundlich. »Alle Gäste des Hauses füllen doch normalerweise ein Formular mit Name, Anschrift, Wohnsitz und so weiter aus, oder?«

»Ja natürlich«, antwortete er. »Das ist Vorschrift, vor allem wegen der Bezahlung.«

»Können Sie mir bitte das Letzte von Eva Bauer zeigen? Selbstverständlich mache ich keine Kopie. Ich möchte es nur sehen.«

Etwas unschlüssig holte er einen Ordner aus dem Regal und begann darin zu blättern. »Hier bitte«, sagte er. »Allerdings ist mir das gar nicht Recht.«

»Sie haben keine Konsequenzen zu fürchten«, entgegnete Tess beschwichtigend und sah sich das Formular jetzt genau an.

Eva Bauer, Geburtsname: de Groot, geboren am dritten März 1981 in Amsterdam, Familienstand: geschieden, Wohnort: Hammersteinstraße 44 in Frankfurt/Main.

Sie bedankte sich, ging hoffnungsvoll zur Sitzecke und ließ sich in die Polster fallen. »In den Buchungsunterlagen steht, dass Sie geschieden ist und in Frankfurt/Main lebt. Sie wurde 1981 geboren und könnte Luuk de Groot`s Schwester sein.«

Thomas sah auf die Uhr. »Ich bin mal gespannt, wie sie reagiert, wenn wir Sie und Johannes Thalhammer zur Rede stellen.«

Tess sah sich um. »Ich auch und damit sie uns nicht entkommen, teilen wir uns jetzt in der Lobby auf. Thomas, Sie bleiben hier sitzen. Jan, Sie stellen Dich da drüben neben den Ständer mit den Flyern und ich … .«

Thomas unterbrach sie. »Nein, bleiben Sie hier und ich gehe zur Eingangstür.« Er zog grinsend sein Zigarettenpäckchen hervor. »Und dort werde ich jetzt eine Zigarette rauchen.«

Ohne auf ihre Antwort zu warten, stand er auf, schlenderte gelassen über den glänzenden Granitboden und drückte die schwere Pendeltür auf.

»Na toll«, sagte Jan genervt, der schon eine Weile sein Tabakpäckchen und das Zigarettenpapier in der Tasche hin und her gedreht hatte. »Gegen diesen Beobachtungsposten hätte ich jetzt auch nichts einzuwenden.«

Er stand auf und nahm sich einen Werbeflyer des Hotels. Tess blickte unentwegt zum Eingang und hoffte, dass sie nicht ewig warten mussten.

Irgendwann holte sie ihr Mobiltelefon aus der Handtasche und wollte nachsehen, ob sie selbst eine Nachricht erhalten hatte.

Plötzlich rief Thomas von der Tür: »Sie kommen.« Erschrocken schob Tess das Telefon in den Mantel und sah zu Jan herüber, der weiterhin scheinbar gleichgültig einen Flyer betrachtete.

Eva Bauer und Johannes Thalhammer betraten Arm in Arm das Hotel. Gutgelaunt gingen sie zur Rezeption und verlangten ihre Schlüsselkarte. Der Concierge sah sich unsicher um, während die Polizisten bereits hinter den beiden standen und ihre Dienstausweise nach oben hielten.

»Polizei Amsterdam, mein Name ist Brigadier Tess Kuijpers und das sind die Hoofdagenten Thomas Boer und Jan Smits. Wir haben einige Fragen an Sie.«
Plötzlich riss sich Eva los und rannte quer durch die Lobby zur Tür. Sie zog daran, blieb aber für einen Moment mit ihrer Tasche am Griff hängen.

Thomas, der ihr sofort nachgeeilt waren, bekam sie am Arm zu fassen und zog hastig seine Handschellen vom Gürtel. »Ihr Fluchtversuch ist hiermit beendet.«
»Schatz, warum tust Du das?« rief Johannes verblüfft und ging auf sie zu. Dann drehte er sich um. »Was wollen Sie denn von uns?«

»Ihre Freundin scheint bereits zu wissen, was wir von ihr wollen«, entgegnete Tess scharf. »Abführen.«

Jan hatte einen Streifenwagen angefordert, der kurz darauf vor dem Eingang hielt. »Bringen Sie die beiden zur Polizeistation, wir kommen gleich nach.«

»Sind wir etwa verhaftet?«, fragte Johannes verdattert.

»Eva Bauer auf jeden Fall. Über Ihre Rolle können Sie uns gerne aufklären.«

»Ich verlange sofort einen Anwalt«, antwortete er zähneknirschend. »Ich habe nicht die geringste Ahnung, was Sie uns vorwerfen.«

Tess sah ihn emotionslos an. »Natürlich können Sie einen Anwalt hinzuziehen Herr Thalhammer. Und je schneller Sie das tun, desto besser.«

Sie deutete mit der Hand zur Tür. »Gehen wir.«

**

Der Staatsanwalt war sofort zur Polizeistation geeilt und hatte die Verhöre von Tess und Thomas durch die verspiegelte Wand mitverfolgt. Er wollte keinesfalls in Erscheinung treten, bevor er sich nicht sicher war, dass es jetzt bei den Ermittlungen in diesem verzwickten Fall tatsächlich Fortschritte gab und sie keinem weiteren haltlosen Irrtum aufsaßen.

Eva Bauer hatte schnippisch ihre schlanken Beine übereinandergeschlagen und behauptet, dass sie nur wegen der anstehenden Beerdigung ihres Bruders nach Amsterdam gekommen war und wolle sich um den Nachlass kümmern, da sie die einzige Hinterbliebene sei.

Jan Smits hatte inzwischen mit dem Geschäftsführer des Pharmazieunternehmens in Frankfurt telefoniert, ihm die Sachlage erklärt und erfahren, dass es bereits seit längerem unerklärliche Differenzen in der Abrechnung der ausgelieferten Margen gab.

Und als klar war, dass es sich sowohl um die gleichen Medikamente und Mengen handelte, die bei Luuk de Groot auf dem Beiboot gefunden worden waren, hatte er zufrieden aufgelegt.

Anfangs hatte Eva Bauer scheinbar reglos die Anschuldigungen zur Kenntnis genommen, doch unter der Last der Beweise brach sie ihr Schweigen.

Schluchzend schilderte sie, dass sie ihr Bruder eines Tages angerufen hatte und von dem Geschäft seines Lebens sprach. Er hätte einen Weg gefunden, gefragte Medikamente an die syrische Grenze zu bringen und für ein Vielfaches der herkömmlichen Preise zu verkaufen.

Mehrmals war sie nachts mit ihrem Auto zum Auslieferungslager gefahren, hatte das Tor mit dem Zugangscode geöffnet und die Kartons in ihrer Garage deponiert. Danach war sie zurück in die Firma geeilt und hatte mit einem Reset wieder alle Zutrittsdaten der Schließanlage gelöscht.

»Und wie sind diese Kartons zu Ihrem Bruder nach Amsterdam gelangt?«, fragte Tess.

»Mit einer ganz normalen Spedition«, antwortete sie leise. »Natürlich saß ich jedes Mal wie auf glühenden Kohlen, wenn eine Lieferung unterwegs war, aber es ging immer gut. Nie gab es einen Zwischenfall und keine Kontrollen, dank des europäischen Schengener Abkommens.«

»Was für eine Niedertracht«, rief Tess erbost. »Menschen wie Sie missbrauchen die Not Anderer und nutzen Vereinbarungen, um sich selbst zu bereichern.«

»Ich habe hohe Schulden, obwohl ich immer gut verdient hatte«, entgegnete Eva kleinlaut. »Mein Exmann in Deutschland hatte mich mit Spekulationen an der Börse reingeritten, windige Geldanlagen, die hohe Renditen versprachen, nur irgendwann standen wir vor dem totalen Bankrott. Ich habe mich natürlich sofort von ihm getrennt, aber das änderte nichts an meiner desolaten finanziellen Lage. Also rief ich Luuk an, der mich vor einer Privatinsolvenz bewahrte, allerdings musste ich ihm versprechen, das geliehene Geld irgendwann zurückzuzahlen.«

Sie lehnte sich resigniert zurück. »Wie ich das je schaffen sollte, wusste ich damals nicht, schließlich ging es um etwa zweihunderttausend Euro. Und dann kam er eben mit seiner Idee, Medikamente in Syrien zu verkaufen, dessen Erlös mich irgendwann wieder schuldenfrei machen würden.«

»Dann hätten Sie aber das Lager noch einige Male öffnen müssen«, sagte Thomas. »Die gefundenen Medikamente haben, sofern wir das ermitteln konnten, einen Marktwert von etwa einem Drittel ihrer Schulden und der Lieferant, der die Ware letztendlich dorthin bringen sollte, hätte ja auch noch einen stattlichen Anteil erhalten, der Ihnen mit Sicherheit, zumindest anteilig, von Ihrem Gewinn abgezogen worden wäre.«

Sie nickte. »Luuk sagte, dass ich auch das Risiko des Transportes an den Zielort zur Hälfte mittragen muss. Zwanzigtausend Euro sollte jede Lieferung nach Syrien kosten, mir blieb also danach nur ein Bruchteil des tatsächlichen Medikamentenwertes.«

»Haben Sie je Geld bekommen?«

»Nein, denn soweit ich weiß ist der erste Transportversuch wegen eines Unfalls gescheitert, aber selbst, wenn die Medikamente dort angekommen und verkauft worden wären, hätte Luuk meinen Anteil sowieso auf mein Darlehen bei ihm angerechnet.«

»Wie haben Sie eigentlich vom Tod Ihres Bruders erfahren?«

»Durch die Bank. Dr. Maas sprach zu Hause auf meinen AB und bat mich, zurückzurufen. Er wusste, dass es eine Vorsorgevollmacht gibt, die es mir erlaubt, Luuk`s Nachlass zu regeln, falls ihm etwas passiert.«
»Vielleicht hat er damit gerechnet, dass dieser Fall in absehbarer Zeit eintritt.«

»Ich glaube nicht«, antwortete sie leise. »Wieso fragen Sie danach?«
»Ihr Bruder war nicht gesund«, antwortete Tess. »Obwohl es für Sie möglicherweise den Anschein hatte. Laut Gutachten der Gerichtsmedizin litt er an einer Fettleber, was auf erheblichen Alkoholgenuss zurückzuführen ist.«

»Luuk?«, fragte Eva entsetzt. »Soweit ich weiß, hat er immer viel Sport getrieben, nicht geraucht, und vegetarisch gegessen.«

»Das mag sein, allerdings sagt das nichts über seine Trinkgewohnheiten aus, doch das haben wir nicht zu bewerten. Wie war denn Ihr Verhältnis zueinander? Haben Sie sich gut verstanden?«

»Unsere Eltern sind schon früh verstorben, wir hatten also nur uns.« Sie überlegte kurz. »Im Grunde war es eine Art Hassliebe. Wir konnten nicht wirklich miteinander, aber auch nicht ohne einander. Und bevor der andere zugrunde ging, halfen wir uns gegenseitig. Meistens aber auch nie ohne einen Hintergedanken, das gebe ich offen zu.«

»Wissen Sie, ob Ihr Bruder Feinde hatte?«

»Ich habe Luuk in der letzten Zeit nicht oft gesehen und bin deshalb nicht darüber informiert, mit wem er zu tun hatte. Allerdings habe ich ihn auch nie danach gefragt.«

»Sagt Ihnen der Name Willem de Jong etwas?«

»Wer soll denn das sein? Ich habe noch nie von ihm gehört.«

»Das ist der Spediteur, mit dessen Hilfe ihre Hehlerware nach Syrien geschafft werden sollte.«

Eva schluckte. »Natürlich hatte ich meinen Bruder gefragt, wie er denn die Sachen dorthin bringen würde, aber er verriet es mir nicht. Er meinte, je weniger ich wüsste, desto besser. Einmal sind wir deswegen sogar in Streit geraten, weil ich ihm unterstellt hatte, dass der Transport nicht so teuer sein kann, wie er sagte und er sicher einen Teil meines Geldes für sich behielt.«

»Da können wir Sie beruhigen. Exakt die gleiche Summe hatte Willem de Jong auch uns genannt.«

Tess sah sie grübelnd an. »Sie sind also mit Ihrem Bruder in Streit geraten. Wie dürfen wir uns das denn vorstellen? Nur verbal, oder gab es eine, na sagen wir mal handfeste Auseinandersetzung?«

Eva erschrak. »Sie wollen doch nicht etwa andeuten, dass womöglich ich Luuk umgebracht haben könnte?«

»Warum nicht?«

»Sie mögen mir Hehlerei, Diebstahl und was weiß ich nicht alles vorwerfen, aber Mord? Niemals und schon gar nicht Luuk.«

»Und was sagen Ihnen die Namen Robert de Wit und Lotte van Hoebeeck?«

»Wenn ich mich recht erinnere, hat Luuk denen die Orthopädiepraxis abgekauft. Ich weiß noch, wie glücklich er war, als der Kaufvertrag endlich unter Dach und Fach war und er nicht mehr diese ewigen Schichtdienste im Krankenhaus machen musste.«

»Sonst nichts?«

»Ich weiß nicht, was Sie meinen«, antwortete Eva sichtlich erstaunt.

»Dass Ihr Bruder mit dem Ehepaar de Wit zu tun hatte, ist Ihnen ja bekannt«, sagte Tess. »Wissen Sie auch, dass die beiden einen Tag vor Ihrem Bruder ermordet wurden und deren Tochter die Freundin von Johannes Thalhammer war?«

Eva schüttelte ungläubig den Kopf. »Nein, das wusste ich nicht.«

»Dann kommen wir jetzt zu Ihrem Freund«, sagte Thomas. »Seit wann kennen Sie sich?«

»Wir lernten uns im Frühjahr auf einer Messe in Frankfurt kennen. Ich war natürlich beruflich dort und da stand er plötzlich da und begann mit mir zu flirten.«

»Und Sie wussten wirklich nicht, dass er eigentlich eine Freundin in Amsterdam hatte?«

»Ich habe mal Fotos bei ihm entdeckt und stellte ihn natürlich zur Rede. Er beschwor mich aber, dass es nichts Ernstes sei.«

»Wusste er von den Medikamenten?«

»Natürlich nicht«, antwortete Eva. »Johannes hatte nicht den Hauch einer Ahnung.« Sie stützte verzweifelt die Hände ins Gesicht. »Ich kann nicht mehr.«

»Wir machen eine Pause«, antwortete Tess und stand auf. Zusammen mit Thomas verließ sie den Verhörraum. Draußen im Flur stand noch immer der Staatsanwalt, zusammen mit Jan. »Gut gemacht«, sagte er zufrieden. »Jetzt wissen wir wenigstens, was es mit den Medikamenten auf sich hat. Können Sie sich vorstellen, dass sie auch mit den Morden etwas zu tun hat?«

Tess hob die Schultern. »Ich glaube nicht«, antwortete sie schließlich. »Sie hätte irgendwie anders während des Verhörs reagiert.«

»Dann lassen wir sie jetzt allein und beobachten sie eine Weile. Oft führen Beschuldigte in dieser Situation Selbstgespräche, wenn sie sich unbeobachtet fühlen.«

Doch Eva saß nur noch schluchzend am Tisch. Ihr Makeup war verschmiert und man konnte ihr die Verzweiflung ansehen.

»Abbruch«, sagte der Staatsanwalt. »Lassen Sie sie abführen, der Haftbefehl wird nachher von mir unterzeichnet.«

»Wo ist Johannes Thalhammer jetzt?«, fragte Thomas.

»Der wartet zusammen mit seinem Anwalt, oben im Konferenzraum«, antwortete Jan. »Nur nach dem Verhör mit Eva Bauer können wir das meiner Meinung nach auf eine normale Befragung reduzieren. Ich glaube nämlich auch nicht, dass er mit den Medikamenten und den Morden etwas zu tun hat.«

Er deutete mit dem Kopf auf Eva, die noch immer schluchzend am Tisch saß. »Er hat sich einfach nur die falsche Frau ausgesucht und ist darin verwickelt worden.«

»Das liegt zwar nahe, aber wir sollten erst mit ihm sprechen«, sagte der Staatsanwalt an Tess gewandt. »Übrigens werden Sie es kaum glauben, sein Anwalt ist Gerrit Koning. Sie erinnern sich?«

»Der Tim Sanders vertritt?«, fragte sie erstaunt. »Ja«, antwortete er lächelnd. »Der scheint sich auf diesen Fall eingeschossen zu haben. Gehen wir.«

Johannes saß sichtlich mitgenommen neben seinem Anwalt, als sie den Raum betraten. Doch bevor Gerrit Koning mit seinen üblichen Zurückweisungen beginnen konnte, sagte der Staatsanwalt: »Ihr Mandant ist aus unserer Sicht im Moment nur ein Zeuge, kein Beschuldigter. Brigadier Tess Kuijpers wird ihm ein paar Fragen stellen und dann können Sie aller Voraussicht nach wieder gehen.«

»Eva etwa nicht?«, fragte Johannes kleinlaut. »Nein, gegen Ihre Freundin wird Haftbefehl erlassen, dessen Gründe ich im Moment noch nicht nennen will.«

Tess begann: »Seit wann sind Sie jetzt in Amsterdam und was haben Sie hier gemacht?«

»Eva rief mich an und erzählte mir, dass ihr Bruder verstorben ist. Sie sagte, dass sie einige Dinge bei den Banken zu regeln hätte und wollte sich um den Verkauf seines Hausbootes kümmern. Und da ich sehr gerne in

Amsterdam bin, habe ich spontan zugesagt, sie zu begleiten.«

»Sie hatten keine Bedenken, dass Sie zufällig Ihrer Exfreundin Leonie de Wit begegnen könnten?«

»Amsterdam ist groß und die Wahrscheinlichkeit sie dennoch zu treffen, relativ gering. Natürlich war es mir nicht recht, als ich ihre Tante plötzlich in unserem Hotel sah. Ich dachte mir, bloß gut nur sie und nicht Leonies Eltern.«

»Wie kommen Sie darauf, Leonies Eltern dort u sehen?«

»Hätte doch sein können«, antwortete Johannes. »Diese Familie hockt doch ständig zusammen.«

Tess lehnte sich nach vorn. »Robert de Wit und Lotte van Hoebeeck sind von ihrer Tochter Leonie an dem Abend, als sie von Ihnen aus München zurückkam, tot in ihrem Haus aufgefunden worden. Erschossen. Einen Tag vor der Ermordung von Luuk de Groot.«

Johannes starrte sie fassungslos an. »Was?«, fragte er heiser. »Warum hat sie mich denn nicht benachrichtigt? Ich wäre sofort hergekommen.«

»Wie kommen Sie denn auf diese Idee?«, fragte Tess spöttisch. »Ich denke, Ihre Beziehung war beendet.«

Johannes schluckte. »Es tut mir trotzdem sehr leid für Leonie und ich wäre ihr zur Seite gestanden.«

»Was wollen Sie jetzt konkret von meinem Mandanten wissen?«, fragte Gerrit Koning. »Er hat doch offensichtlich mit all dem nichts zu tun.«

»Kannten Sie Luuk de Groot persönlich?«

»Ich wusste bis vor ein paar Tagen nicht einmal, dass Eva einen Bruder hat«, antwortete er mürrisch. »Nur warum haben Sie sie jetzt verhaftet?«

»Im Moment stellen wir hier die Fragen. Wir hörten, dass Sie mit Eva Bauer seit etwa einem halben Jahr liiert sind. Hat sie Ihnen je von einem ungewöhnlichen Medikamententransfer erzählt?«

»Eva erzählte immer wieder einmal von ihrem Job in Frankfurt. Was soll daran ungewöhnlich sein?«

»Wir meinen außerhalb des Jobs?«

»Ich verstehe Ihre Frage nicht.«

Der Staatsanwalt stand auf. »Sie können gehen Herr Thalhammer.«

Sichtlich irritiert nahmen er und auch Gerrit Koning ihre Sachen und verließen den Raum.

Der Staatsanwalt seufzte: »Dieser ahnungslose Mensch und sein Anwalt hätten uns in ein paar Minuten unsere eigenen Ermittlungsergebnisse entlockt. Ich habe es daher vorgezogen, die Befragung zu beenden.«

Als die Polizisten wieder allein waren, sagte Tess: »Einen Teil dieses Falls haben wir damit gelöst und Eva Bauer hat nebenbei Willem de Jongs Aussage hinsichtlich des Geldes für die Transporte bestätigt.«

»Dann sind wir also heute von Ihnen zum Essen eingeladen?«, fragte Thomas grinsend.

Tess winkte ab. »Heute reicht es nur für den Pizzaservice. Ins Restaurant gehen wir erst, wenn auch die Morde aufgeklärt sind.«

**

Zwei Wochen später.

Ein paar Tage nach der Beisetzung ihrer Eltern war Leonie mit Sonja und Chris zum Wohnhaus gefahren und hatten mit ersten Renovierungsarbeiten begonnen.

Sie musste sich ablenken, denn innerlich verspürte sie noch immer eine unbeschreibliche Unruhe, wenn sie an die Trauerzeremonie dachte.

Die Anteilnahme vieler Menschen war zwar groß, allerdings auch die Polizeipräsenz. Besonders ihrer Tante Roos hatte es schwer zu schaffen gemacht, dass alle Ein- und Ausgänge der Kirche bewacht waren und sie regelrecht eskortiert zum Grab gehen mussten.

Alida lief mit gesenktem Blick direkt hinter ihnen her und hatte das Gefühl, dass sie von den Anwesenden als Mutter eines Schlägers und Mörders betrachtet wurde, aber sie hatte es auch nicht fertiggebracht, ihre Freundin Roos und Leonie bei diesem schweren Gang im Stich zu lassen.

Auch Willem war gekommen. Mit dunklen Schatten unter den Augen war er in der letzten Reihe gesessen und bald wieder gegangen. Er hatte inzwischen die Firma zum Verkauf angeboten, denn die Umsätze gingen weiter rapide zurück. So schnell wie möglich, wollte er Amsterdam verlassen und in einer anderen Stadt ein neues Leben beginnen.

Tess Kuijpers hatte sofort das Kondolenzbuch beschlagnahmen lassen, nachdem sich die Trauergäste eingetragen hatten, Leonie aber versprochen, es ihr so bald wie möglich wieder auszuhändigen.

»Sonja«, rief Chris plötzlich laut im Treppenhaus und schreckte Leonie aus ihren trüben Gedanken.

»Bring bitte noch ein paar leere Kartons nach oben.« Schwitzend ging er zu ihr ins Esszimmer und fragte: »Wir müssen einige Sachen entsorgen, wie machen wir denn das? Ich habe leider im Moment kein Auto.«

»Aber ich habe zwei«, antwortete sie lächelnd. »Mamas Kleinwagen steht in der Garage, nur da bringen wir nicht viel unter. Papas Kombi steht in einer kleinen Werkstatt an der Sophialaan und wurde gerade repariert. Wollen wir den holen?«

»Das ist eine gute Idee, denn dann könnten wir auf dem Rückweg im Baumarkt noch Farbroller und Kreppband besorgen. Außerdem habe ich hier kein brauchbares Werkzeug gefunden, nur meins steht noch in unserer alten Wohnung.«

Leonie lächelte. »Papa war Arzt, aber kein Handwerker. Er ließ immer alles von Firmen erledigen.«

»Dann machen wir uns gleich auf den Weg und sind zurück, wenn Sonja das Essen fertig hat.«

»Aber beeilt Euch bitte«, rief die gutgelaunt aus der Küche. »Ich habe jetzt schon Hunger.«

»Das müssen wir auch«, antwortete Leonie. »Denn es ist schon kurz vor fünf. Tim Sanders wird seine Werkstatt nicht ewig offen haben.« Sie holten schnell den Fiat aus der Garage und fuhren los.

Dort angekommen, standen sie vor einem verschlossenen Tor. »Mist«, sagte Leonie enttäuscht. »Ich hätte ihn anrufen sollen, jetzt sind wir umsonst hierher gefahren.«

Plötzlich kamen Tarek und Ilias aus der Werkstatt. Sie hatten sich gerade umgezogen, um mit dem Stadtbus zurück zu ihrer Asylunterkunft zu fahren.

Leonie öffnete die Wagentür. »Hallo«, sagte sie freundlich. »Ist Tim Sanders auch da? Ich wollte mein Auto bei ihm abholen.«

Tarek deutete mit dem Finger nach oben zu seinem Appartement. »Er schon Schluss gemacht und wollen gleich gehen zum Trinken«, antwortete er gebrochen.

»Können Sie ihn fragen, ob er bitte nach unten kommen kann?«

Etwas unschlüssig sahen sich die Männer an. Ilias hob die Schultern. »Ich kann versuchen.«

Schnell rannte er die kleine Außentreppe nach oben und klopfte an die Tür. Tim Sanders stand kurz darauf in einen alten Bademantel gehüllt, mit nassen Haaren an der Tür. »Was ist denn noch?«, rief er ungehalten.

Als er Leonie am Tor erkannte, entspannten sich seine Gesichtszüge und kam nach unten.

»Hallo«, sagte er leise, als er vor ihr stand. »Wolltest Du den Volvo abholen?«

Sie nickte. »Ja und es ist mir jetzt etwas peinlich, dass ich ohne Anmeldung komme, aber ich brauche ihn dringend. Die Polizei sagte, dass er freigegeben wurde, aber etwas kaputt war. Ist er repariert?«

Tim sah sie versöhnlich an. »Natürlich, warte einen Moment, dann gebe ich Dir die Schlüssel und die Papiere.«

Kurz darauf kam er zurück. »Hier bitte. Die Rechnung schicke ich wie immer an Eure Adresse. Jetzt mache ich noch das Tor auf.«

Leonie sah ihn dankbar an. »Du warst ein Schulfreund von Papa, oder?«

»Ja, aber mal abgesehen von den Autos hatten wir nicht mehr oft Kontakt. Nur hin und wieder hat er mir Fotos von Dir gezeigt, sonst hätte ich Dich jetzt gar nicht erkannt.« Er steckte den Schlüssel ins Schloss und zog die Torflügel auf. »Da hinten steht der Wagen.«

Leonie gab Chris die Schlüssel. »Fahr Du ihn.« Sie wandte sich erneut an Tim. »Danke, dass Du Dir jetzt Zeit genommen hast und wenn ich mal ein Problem mit den Autos habe, würde ich auch weiterhin gerne hierherkommen.«

»Ja, warum nicht«, antwortete er lächelnd und sah zu Tarek und Ilias herüber, die unentwegt Leonie anstarrten. »Warum steht Ihr hier noch herum? Ihr könnt nach Hause gehen.«

Hastig nahmen die ihre Taschen und gingen. Inzwischen war Chris mit dem Volvo da, während Leonie wieder in den Fiat stieg. »Danke noch mal.«

Tim Sanders sah ihr einen Moment grübelnd nach. ›In ihrer Haut möchte ich nicht stecken.‹

Als Leonie, Sonja und Chris am Abend ziemlich erschöpft zusammensaßen, läutete es plötzlich an der Haustür. »Erwartest Du noch jemanden?«, fragte Sonja.

»Nein«, antwortete Leonie und stand auf. »Ich wüsste nicht, wer jetzt noch kommen sollte.«

Sie öffnete.

»Hallo Leonie«, sagte eine dunkle Stimme. »Entschuldige bitte, dass ich unangemeldet hierhergekommen bin. Ich hoffe, ich störe nicht.«

»Johannes«, sagte sie erstaunt. »Was machst Du hier?«

»Ich wollte kurz mit Dir reden und mich vor allem bei Dir entschuldigen. Und hätte ich gewusst, was mit Deinen Eltern passiert ist, dann hätte ich … .«

Sie unterbrach ihn. »Was hättest Du?«, rief sie wütend. »Hätte das etwa irgendetwas daran geändert, dass Du eine Andere hast?«

»Nein, aber es tut mir wirklich alles sehr leid«, antwortete er mit hängenden Armen. »Was wirst Du jetzt tun?«

»Was soll ich schon tun«, sagte sie leise. »Ich werde ohne meine Familie weiterleben, eine andere Wahl habe ich nicht.«

»Und Tante Roos?«, fragte er weiter. »Wie geht es ihr jetzt?«

»Natürlich ist es für sie genauso schwer.«

Er nickte und ging zur Gartentür. Dort drehte er sich noch einmal zu ihr um. »Verzeih mir.«

Schnell stieg er in sein Auto und fuhr davon.

Sonja stand inzwischen hinter ihr. »Wer war denn das?«

»Das war Johannes«, antwortete sie heiser. »Es ist schon seltsam«, sagte sie grübelnd. »Ich habe mich immer nach ihm gesehnt, aber heute war er mir so fremd, als hätte ich ihn das erste Mal in meinem Leben gesehen.«

Sie schloss die Tür und sah ihre Freundin traurig an. »Ich liebe ihn nicht mehr.«

Sonja umfasste ihre Schulter. »Chris hat eine Flasche Rotwein aufgemacht. Lass uns ein Glas trinken und dann schlafen wir uns erst einmal alle aus.«

**

Tess Kuijpers saß am Abend allein im Büro, nachdem sie mit Thomas und Jan immer wieder die Trauergästeliste und das Kondolenzbuch durchgegangen war.

Doch auch jetzt schien es niemanden zu geben, der mit den Morden etwas zu tun haben könnte.

Genervt warf sie das Buch an die Seite und nahm ihr Mobiltelefon, auf der eine Nachricht eingegangen war.

Hendrik schrieb, dass er gerade die Dienststelle verlassen hatte und in einer kleinen Bar an der Prinsengracht auf sie warten würde.

›Ja, warum eigentlich nicht‹, dachte sie, nahm ihre Sachen und verließ das Büro.

Dort angekommen, entdeckte sie ihn an der Bar. Er hatte sich ein großes Bier bestellt und wippte mit den Füßen im Takt der Livemusik.

»Hallo mein Schatz«, sagte er gutgelaunt und deutete auf die Band. »So etwas sollten wir spontan öfters machen. Ist die Musik nicht Klasse?«

»Ja, nicht schlecht«, antwortete sie lächelnd und setzte sich auf einen Barhocker. Er bestellte ihr einen Gin Tonic und hielt ihr sein Glas entgegen. »Cheers.«

Tess stieß dagegen.

»Was hast Du?«, fragte er. »Seid Ihr mit Euren Ermittlungen immer noch nicht weitergekommen?«

Sie schüttelte den Kopf. »Nein und es ist zum Verzweifeln. Auch dieses Kondolenzbuch hat uns nicht weitergeholfen. Da gibt es niemanden, den wir uns als Täter vorstellen könnten.«

»Hast Du meinen Rat beherzigt und alle noch einmal überprüft, die mit dem Fall zu tun hatten, angefangen bei Finn Mulder?«

Tess winkte ab. »Finn ist zwar von Leonie besessen, nur dass er vorsätzlich solche Morde mit Schusswaffen begeht, kann auch sein Arzt sich beim besten Willen nicht vorstellen. Er handelt im Affekt, aber auch nur dann, wenn es um ihn selbst geht.«

Sie nahm ihn am Arm. »Es ist besser, wenn wir jetzt aufhören, über meine Arbeit zu reden. Lass uns einfach den Abend und die Musik genießen.«

»Gute Idee.«

Tess drehte sich um und beobachtete die Gäste um sich herum. Viele sangen einen Song von Eric Clapton mit und klatschten im Takt.

Plötzlich stutzte sie, als sie gleich neben der kleinen Musikbühne, einen Mann und eine Frau entdeckte. Er hatte seinen Arm um sie gelegt und zog sie fest an sich.

Tess überlegte und dann fiel es ihr ein. ›Natürlich. Hans Riekers, der Mann von der Ausländerbehörde. Nur wer ist die Frau neben ihm? Irgendwo habe ich die doch schon einmal gesehen?‹ Grübelnd trank sie einen Schluck und dann erinnerte sie sich. ›Das ist doch die weinende Sprechstundenhilfe aus der Praxis von Luuk de Groot. Wie war doch gleich ihr Name?‹

»Was hast Du?«, fragte Hendrik neben ihr.

»Jetzt weiß ich es wieder. Emma Vink«, murmelte sie.

»Wer ist Emma Vink? Ist das eine Polizistin bei Euch?«

»Nein, ganz und gar nicht«, antwortete sie und sah wie gebannt zu den beiden herüber.

Plötzlich hallte ihr Hendriks Satz im Ohr. ›Unscheinbar.‹

Hastig stand sie auf, holte das Mobiltelefon aus der Handtasche und sah zu ihm herüber. »Jetzt habe ich eine Vermutung, wer die de Wit`s und auch Luuk de Groot umgebracht haben könnte.«

»Wer?«, fragte Hendrik erstaunt.

»Warte einem Moment.« Sie wählte eine Nummer.

»Thomas«, sagte sie aufgeregt. »Kommen Sie sofort mit einem Streifenwagen zur Bar ›Tulip‹ in der Prinsengracht. Es könnte sein, dass unsere Täter auch gerade hier sind. Und beeilen Sie sich.«

»Jetzt sag doch endlich, wen Du hier entdeckt hast«, flüsterte Hendrik ungeduldig.

»Also gut. Da drüben sitzen ein Mitarbeiter der Ausländerbehörde und seine Freundin. Er hat dort die Aufgabe Asylbewerbern, die gute Chancen haben hier bleiben zu dürfen, Arbeitsstellen zu vermitteln und sie bestmöglich zu integrieren. Zwei davon hat er in der Autowerkstatt von Tim Sanders untergebracht, wo der Wagen von den de Wit`s repariert wurde und Luuk de

Groot tot aufgefunden wurde. Sie wiederum war seine Sprechstundenhilfe.«

Sie grübelte einen Moment. »Und vielleicht ist genau sie der Schlüssel zur Lösung unseres Falls.« Sie sah zur Tür. »Hoffentlich kommt Thomas bald.« Der betrat jetzt, zusammen mit Jan die Bar.

Als sie Tess entdeckten, gingen sie zur ihr hin, die ihnen jetzt hastig ihren Verdacht schilderte.

»Und wenn wir uns wieder irren?«, fragte Jan vorsichtig. »Der Staatsanwalt degradiert uns in die untersten Dienstränge.«

»Wir müssen es wenigstens versuchen.«
»Moment«, sagte Thomas. »Ich schlage vor, dass wir warten, bis die beiden gehen und folgen ihnen zu ihrer Wohnung. Wenn etwas an Ihrem Verdacht dran ist, haben sie vielleicht auch dort die Beweise.«

»Woher wissen wir, ob die beiden in ein und derselben Wohnung leben?«, fragte Jan.

Thomas verdrehte die Augen. »Wenn nicht, teilen wir uns eben auf. Ich folge ihm und Du folgst ihr, zusammen mit Brigadier Kuijpers.«

Die nickte. »Gute Idee. Und jetzt zieht ihr erst einmal den Streifenwagen ab. Schließlich dürfen Sie keinen Verdacht schöpfen.«

Jan ging wieder nach draußen, während Tess und Thomas die beiden weiter beobachteten. Hendrik trank sein Glas aus. »Ich werde mit Thomas fahren«, sagte er entschlossen.

»Das ist ein Polizeieinsatz«, sagte Tess. »Du darfst Dich keinesfalls in Gefahr bringen.«

»Thomas fährt doch mit seinem Privatauto dorthin, oder?«

Der nickte. »Allerdings nur, wenn die beiden auch selbst mit dem Auto hier sind.«

»Na also«, sagte Hendrik grinsend. »Jetzt werdet ihr mich nicht los.«

Plötzlich standen Emma Vink und Hans Riekers auf. »Sie scheinen zu gehen«, sagte Tess aufgeregt. »Wir müssen aufpassen, dass sie uns jetzt nicht sehen, denn sie kennen uns.«

Inzwischen standen aber viele Leute an der Bar, hinter denen sie jetzt nicht entdeckt werden konnten.

Hans Riekers holte sein Telefon aus der Hosentasche und lief mit ihr zur Tür.

»Er hat sich ein Taxi bestellt«, sagte Thomas. »Los, sonst sind die beiden weg.«
Hendrik warf einen Geldschein auf den Tresen und eilte zusammen mit Tess nach draußen, die schnell noch ihre Sonnenbrille aufsetzte. Dann sprang sie zu Jan auf den Beifahrersitz.

Etwa zwanzig Minuten folgten sie nun nacheinander dem Taxifahrer, der es nicht eilig zu haben schien. In einer kleinen Seitenstraße bremste er schließlich. Emma Vink stieg aus und ging zur Haustür. Jan fuhr in eine Parklücke und schaltete sofort die Scheinwerfer aus. Auch Thomas und Hendrik waren stehengeblieben.

»Aha«, sagte Jan. »Riekers hat sie zu ihrer Wohnung gebracht und fährt dann weiter.«

»Bevor wir läuten, hole ich aber Verstärkung zu beiden Zielobjekten«, sagte Tess. »Und hoffentlich hält

Hendrik sich an sein Versprechen, im Wagen zu warten.«

Schnell gab sie die Telefonnummer von Thomas, der inzwischen wieder dem Taxi folgte und ihren eigenen Standort der Dienststelle durch und sah nach oben. »Also los Jan. Im zweiten Stock ist gerade das Licht angegangen. Versuchen wir unser Glück.« An der Haustür sah sie auf das beleuchtete Klingeltableau.

»Ja bitte?«, fragte eine ängstliche Stimme.
»Polizei Amsterdam«, antwortete Tess forsch. »Öffnen Sie sofort die Tür.«

Der Summer ertönte. Jan drückte dagegen und sie rannten nach oben. Emma stand vor ihnen. »Was wollen sie denn um diese Zeit von mir?«

»Das werden Sie gleich erfahren. Können wir hereinkommen?« Emma trat an die Seite.
Tess und Jan trauten ihren Augen nicht. Im Flur waren Pappkartons und Zeitschriften bis zur Decke gestapelt.

Langsam drängten sie sich durch einen schmalen Gang. Aus der Küche strömte ihnen ein Geruch von verschimmelten Lebensmitteln entgegen und auf der Arbeitsplatte türmte sich massenhaft verschmutztes Geschirr.

Tess wurde übel. »Oh mein Gott«, sagte sie leise. »Ein Messie-Haushalt schlimmster Art. So etwas habe ich noch nie gesehen.«

»Ich auch nicht«, antwortete Jan und drehte sich zu Emma Vink um, die die Hände in ihrer Jeans vergraben hatte. »Ich habe leider immer wenig Zeit zum

Aufräumen, aber gleich, wenn Sie wieder weg sind, werde ich damit beginnen. Versprochen.«

»Sie werden hier im Moment gar nichts tun«, sagte er streng. »Sondern uns einige Fragen beantworten.«

Tess stieß mit dem Fuß die Wohnzimmertür auf, denn anfassen wollte sie hier nichts mehr. Kopfschüttelnd betrachtete sie einen Stapel übereinander geworfene Kleidung, worunter sich eine Couch zu verbergen schien.

Auf einem Bestelltisch standen unzählige verklebte Tassen, Gläser und mehrere Aschenbecher quollen über mit Zigarettenkippen.

Plötzlich erschrak sie fürchterlich, als zwei struppige Katzen ängstlich an ihr vorbeihuschten. »Auch das noch«, rief sie wütend. »In diesem Dreck und Schmutz halten sie Haustiere? Haben sie denn überhaupt keine Skrupel?«

Emma schluckte und lief rot an. »Entschuldigen Sie bitte. Tina und Jerry sind keinen Besuch gewöhnt.«

»Hören Sie auf«, rief Tess. »Ich werde noch heute Abend das Veterinäramt informieren und die Katzen abholen lassen, denn das, was Sie hier tun, ist Tierquälerei.« Sie zeigte auf eine Zimmerecke. »Ihre Katzen urinieren dort.«

»Sind Sie etwa deswegen hier, um sie mir jetzt wegzunehmen?«

»Nein«, antwortete Jan. »Deswegen sind wir eigentlich nicht hier.«

Tess begann: »Seit wann kennen sie Hans Riekers?« »Seit einem Jahr, aber wir leben nicht zusammen.«

›Was nachvollziehbar ist‹, dachte sie und fragte weiter: »Und wie haben Sie sich kennengelernt?«

»Er kam als Patient in die Orthopädiepraxis von Dr. de Groot. Er hatte mehrere Termine und sollte auf eine Knieoperation vorbereitet werden.«

»Und wann kamen Sie sich, na sagen wir mal, näher?«

»Seit zwei Monaten gehen wir hin und wieder miteinander aus.« Plötzlich läutete Jans Mobiltelefon. Thomas war dran, der ihm hastig etwas erklärte. Als er wieder aufgelegt hatte, sagte er: »Emma Vink, wir nehmen Sie jetzt mit zur Polizeistation. Und sofern Ihnen das möglich ist, packen Sie bitte ein paar Sachen ein, denn heute Abend werden Sie nicht mehr nach Hause können.«

Sie ging nach nebenan und begann, in einem vollgestopften Schrank umher zu kramen.

»Was hat Thomas gesagt?«
»Stell Dir vor, er hat zufällig auf einer kleinen Ablage im Wohnzimmer den Reisepass von Robert de Wit entdeckt. Lag angeblich einfach so rum. Er muss sich vollkommen sicher gewesen sein, dass ihm niemand auf die Schliche kommt. Und im Keller waren mehrere Computer gestapelt. Natürlich verweigert er im Moment jede Aussage über die Herkunft, aber das wird Nils schon herausfinden. Er ist ja wieder im Dienst.«

Tess begann zu lächeln. »Volltreffer.«

Inzwischen kam Emma mit einer kleinen Tasche zurück.
»Bitte sorgen Sie dafür, dass es meine Katzen woanders guthaben. Versprechen Sie mir das?«

»Kein Problem«, antwortete Jan und nahm noch einmal sein Mobiltelefon. »Ihre Katzen werden es überall besser haben als hier.« Dann wählte er die Nummer eines Tierheimes und schilderte den Notfall.

»Ich gehe mit Ihnen nach unten und dann bringen wir Sie auf die Polizeistation«, sagte Tess. »Kommen Sie bitte.« Draußen wartete bereits ein Streifenwagen.

Auf der Dienststelle angekommen, wurde sie in einen Verhörraum geführt. Bald waren auch Thomas und Hendrik da. Der ging zu Tess und sagte: »Ich fahre jetzt nach Hause, werde noch ein bisschen Fernsehen schauen und auf Dich warten. Bin gespannt, was Riekers jetzt aussagt.« Er begann zu lächeln. »Respekt vor Deinem Spürsinn Brigadier Kuijpers.«

»Ohne unser Gespräch vor zwei Wochen wäre ich wahrscheinlich nicht darauf gekommen.«

»Wirklich?«, fragte er erstaunt.

»Dein Satz mit dem Glashaus und den Steinen hat mir die Augen geöffnet. Dieser Hans Riekers arbeitet in der Ausländerbehörde. Er ist dort zuständig für die Integration und Eingliederung von Flüchtlingen und steht aufgrund seiner Position in der Öffentlichkeit.«

Sie begann zu lächeln. »Dein Tipp mit der Unscheinbaren, die wir noch nicht im Visier hatten. Und vielleicht hatte sich Hans Riekers nur anfangs ohne Hintergedanken an sie herangemacht.«

»Sondern?«

»Das weiß ich noch nicht. Möglicherweise hat sie ihm unverfänglich von den Gesprächen zwischen den Ärzten erzählt und er sie dann nur für seinen perfiden Plan missbraucht, an weitere Informationen zu kommen.«

»Du meinst, er ist daraufhin zu den de Wit`s gefahren, um von denen die Sachen zu stehlen?«

Er schüttelte ungläubig den Kopf. »Und bist Du auch der Meinung, dass er sie erschossen hat, als er nichts fand?«

Tess hob die Schultern. »Eine Möglichkeit wäre es, denn das würde zusammenpassen. Warten wir das Verhör ab.«

In diesem Moment eilte der Staatsanwalt auf sie zu. »Brigadier Kuijpers«, rief er ihr schon von weitem zu. »Wenn das wieder ein Irrtum ist, ziehe ich Konsequenzen, von denen Sie und Ihre Kollegen noch lange träumen werden.«

Sie sah ihn ernst an. »Glauben Sie etwa, dass ich zum Spaß hier stehe, unbegründet jemanden verhaften lasse und um diese Zeit nicht vielleicht auch lieber zu Hause in meiner Wohnung die Füße hochlegen würde?«

Abrupt drehte sie sich um und ging, ohne ihn zu beachten, davon. Jetzt reichte es ihr und sie musste aufpassen, dass sie sich nicht auch noch im Ton vergriff.

Der Staatsanwalt sah Hendrik an. »Und wer sind Sie?«

»Ich bin nur ihr Ehemann«, antwortete er freundlich. »Wir waren zusammen in einer Bar, als sie eigentlich schon Feierabend hatte und dort sah sie plötzlich dieses Pärchen. Also, ich gehe jetzt und warte zu Hause auf meine Frau.«

Währenddessen saß Hans Riekers zusammengekauert auf dem Stuhl.

Tess und Jan saßen mit verschränkten Armen vor ihm und konfrontierten ihn bereits mit den Fundsachen in seinem Haus und dem Mordvorwurf. Er antwortete bisher auf keine Frage.

»Wo waren Sie am 12. Oktober 2016? Was haben Sie an diesem Tag gemacht?«, fragte Tess gespannt.

Hans Riekers hob plötzlich den Kopf. »An diesem Tag bin ich, zusammen mit einem Kollegen, morgens um acht zu einer Tagung ins Konferenzcenter gefahren. Es ging um zwei neue Standorte für weitere Flüchtlinge, die inzwischen auch beantragt wurden.«

»Sie wollen also tatsächlich behaupten, dass Sie für den Tag des Mordes an Robert de Wit und Lotte Hoebeeck ein wasserdichtes Alibi haben?«

»So ist es. Meine Kollegen im Amt können Ihnen das ohne weiteres bestätigen und gesehen wurde ich im Konferenzcenter von mindestens fünfzig Personen. Fragen Sie die doch, sie werden alle das Gleiche sagen.«

Tess schluckte. ›Das geht ja schon wieder gut los. Er scheint sich aber ziemlich sicher zu sein und antwortet seelenruhig.‹

»Dann erklären Sie uns bitte, wie der Reisepass und die Computer von Robert de Wit in Ihr Haus gelangt sind?«

»Ich besuche regelmäßig Flohmärkte. In einer Lagerhalle habe ich die PCs schließlich entdeckt und da sie ziemlich neu wirkten und günstig waren, habe ich sie auch gekauft. In einem der Gehäuse lag dann der

Reisepass. Ich habe mir nichts dabei gedacht und ihn eben in der Schrankwand in die Ablage gelegt.«

»Und wie der Verkäufer hieß, wissen Sie natürlich nicht, oder?«, fragte Thomas sarkastisch. »Es hat Sie nicht im Geringsten interessiert.«

»Genau.«

»Eine dümmere Geschichte habe ich während meiner gesamten Laufbahn noch nicht gehört«, rief Tess erbost.

Hans Riekers sah sie mit kalten Augen an. »Sie haben keine Beweise gegen mich Brigadier Kuijpers.«

Tess grübelte, dann sah sie zum Staatsanwalt herüber. »Lassen Sie uns bitte eine kurze Pause machen.« Draußen im Flur sagte sie zu ihm: »Ich bin sicher, dass wir dieses Mal den Richtigen haben.«

»Aber wie es aussieht, hat er ein wasserdichtes Alibi für den Mordtag«, entgegnete der Staatsanwalt. »Oder er hatte Helfer.«

Plötzlich fasste sich Thomas an den Kopf: »Na klar, wir haben diese beiden syrischen Jungen vergessen, vor allem, wenn ich an die Brutalität denke, unter der vor allem Robert de Wit zu leiden hatte.«

»Sofort mehrere Streifenwagen und ein Spezialkommando zu diesem Asylbewerberheim«, sagte der Staatsanwalt. »Die beiden müssen sofort verhört werden. Hans Riekers wandert erst einmal in eine Zelle und wir reden jetzt mit Emma Vink.«

**

Völlig übermüdet saß Tess am nächsten Morgen in der Küche und rührte grübelnd in ihrem Kaffee.

Kurz vor Mitternacht waren die Zwillingsbrüder Ilias und Tarek zur Polizeistation gebracht worden. Sie lagen bereits in ihren Betten, als plötzlich Beamte in ihrem Zimmer standen. Glücklicherweise hatten sie keinen Widerstand geleistet und wurden noch vor Ort, im Beisein eines Dolmetschers, verhört.

Sie schilderten, wie Hans Riekers ihnen vorschlug, in das Haus der de Wit`s zu fahren und ihm die Diamanten und das Gold zu bringen, von dem er durch Emma Vink erfahren hatte.

Die sagte aus, dass sie eines Tages in einem Behandlungsraum gerade Medikamente einsortierte, während nebenan bei angelehnter Tür Robert de Wit saß und ihrem Chef davon erzählte.

Luuk de Groot hatte ihm daraufhin dringend geraten, für diese sündhaft teuren Dinge einen anderen Platz, als sein eigenes Haus zu finden.

Als sie dies am selben Abend Hans Riekers erzählte, machte der sich sofort mit einer Pistole auf den Weg zu Ilias und Tarek. Woher er die hatte, konnte noch nicht geklärt werden, allerdings waren die Polizeibeamten in Bloemendaal bereits informiert.

Riekers wusste, dass die beiden in den vergangenen Jahren viele Gräueltaten erlebt hatten und deshalb eine Therapie machten, denn ihre Hemmschwelle, mit roher Gewalt auf Anfeindungen anderer Flüchtlinge zu antworten, war sehr gering.

Er erklärte ihnen, worum es ging und versprach im Gegenzug dafür zu sorgen, dass sie bald in den Niederlanden eingebürgert würden.

Und er war sich sicher, dass die beiden schon herausfinden würden, wo die Diamanten und das Gold im Haus versteckt waren, wenn sie denn da waren. Nur er durfte keine Zeit verlieren, denn bestimmt würden die Sachen bald nicht mehr dort sein.

Aber alles ging schief. Die de Wit`s waren tot und das Gold und die Diamanten nicht da. Bestimmt hatte Robert de Wit alles an Luuk de Groot übergeben, denn nur der wusste davon.

Seine Adresse hatte er unter einem Vorwand Emma entlockt, die ihm sagte, dass Luuk die Mittagspause oft schlafend auf der Couch seines Hausbootes verbrachte.

Eigentlich verstand sie nicht, warum er das wissen wollte.

Er fuhr noch am selben Abend in die Prinsengracht, sah sich dort um und stellte fest, dass dieser Nachbar Heinrich Kok laufend am Ufer entlang schlich und sein Hund ständig bellte.

Plötzlich fiel ihm das Werkstattgelände von Tim Sanders ein, den er zwei Tage zuvor erstmals besucht hatte, um für Tarek und Ilias die Modalitäten des Praktikums zu besprechen.

Und jetzt erinnerte er sich an diesen verstaubten Volvo. ›Perfekt‹, hatte er gedacht. ›Wer weiß, wie lange dieses Auto dort schon herumsteht und niemand eine Tür, oder die Heckklappe geöffnet hat. Aber selbst, wenn dies doch geschieht, fällt der Verdacht sofort auf Tim Sanders.‹

Also schickte er Tarek und Ilias am nächsten Tag in der Mittagszeit zu Luuk`s Hausboot. Ohne zu zögern, erschossen sie ihn, als sie merkten, dass auch hier nichts zu finden war und quetschten ihn in einen Reisekoffer. Dann riefen sie ein Taxi und fuhren in die Sophialaan.

Niemand war auf dem zugestellten Gelände zu sehen. So schnell Ilias konnte, rannte er mit dem Koffer über den Hof. Tarek spähte derweil in die Werkstatt und sah einen Volvo-Schlüssel an einem kleinen Bord hängen. Das musste er sein.

Als sie wieder zurück in der Unterkunft waren, atmeten sie auf, denn in einer halben Stunde begann die nächste Therapiestunde. Niemand hatte die beiden vermisst. Und Hans Riekers saß nach wie vor auf der Tagung zur Klärung neuer Standorte für Asylbewerber. Als er jedoch hörte, dass auch bei Luuk de Groot nichts zu holen war, tobte er und drohte den beiden, dafür zu sorgen, kein Bleiberecht in den Niederlanden zu befürworten. Er wollte sie so schnell wie möglich loswerden.

Unter der Last der Beweise und nach der Aussage der syrischen Männer, gab auch er schließlich auf und seine Schuld zu.

Tess nahm sich jetzt einem Cracker und tauchte ihn in den Kaffee. »Guten Morgen«, sagte Hendrik leise und legte ihr eine Zeitung hin. »Da, sieh Dir mal die Titelseite an.«

Tess faltete sie auseinander und sah sich auf dem Foto, zusammen mit dem Staatsanwalt mehreren Mikrofonen gegenüber. Noch am späten Abend waren Journalisten zur Polizeistation geeilt und hatten um ein Interview gebeten, nachdem bekannt geworden war, dass in einem Asylbewerberheim ein großer Einsatz stattgefunden hatte.

Sie legte die Zeitung an die Seite. »Ich kann es noch gar nicht fassen, dass wir endlich diesen Fall lösen konnten. Und heute Nachmittag werde ich in Ruhe mit Leonie de Wit sprechen. Sie soll es nicht nur von der Presse erfahren, warum ihre Eltern sterben mussten.«

»Ja mach das, aber eins muss ich Dir wirklich lassen. Du bist eine exzellente Polizistin.«

»Ach wirklich? Und ich habe gerade darüber nachgedacht, doch einen Job im Innendienst anzunehmen.«

Er sah sie zweifelnd an. »Du machst einen Scherz.«

»Ja«, antwortete sie lächelnd. »Das war ein Scherz. Übrigens wurden die Katzen von Emma Vink gestern Abend noch in ein Tierheim gebracht. Sie waren völlig verwahrlost und stehen jetzt unter Quarantäne. Kannst Du Dir vorstellen, dass wir bis zur Vermittlung eine Patenschaft für die beiden übernehmen? Bitte sag ja.«

Hendrik nickte. »Ist schon ok.«

**

Ein halbes Jahr später:

Roos und Alida saßen in einer Boeing 757 nach Baltimore. Die Reiseleiterin kam lächelnd auf sie zu.

»In etwa zwei Stunden landen wir. Ein Reisebus bringt Sie dann zum Kreuzfahrtschiff.«

»Vielen Dank«, sagte Alida zufrieden und schloss die Augen.

»Wie ich sehe, geht's Dir gut, oder?«, fragte Roos.

»Was heißt gut. Ich bin nur gerade dabei, mit allem abzuschließen. Der Marktstand ist verkauft und wenn ich wieder zu Hause bin, bekomme ich meine erste Pensionszahlung. Damit werde ich mein Haus so umbauen lassen, dass ich immer dort wohnen bleiben kann, egal was passiert. Finn muss jetzt erst einmal seine Strafe verbüßen, es hilft ja alles nichts. Und sollte er irgendwann seine Fehler einsehen, kann er mich gerne besuchen kommen.« Sie sah zu Roos herüber. »Und Du? Hast Du Dich inzwischen damit abgefunden, wieder allein im Haus zu sein?«

»Ich hätte nicht gedacht, wie schnell man sich an gute Gesellschaft gewöhnt, aber auch für Leonie war es höchste Zeit auf eigenen Beinen zu stehen. Und ich bin mal auf das Treffen mit ihrer kleinen syrischen Halbschwester gespannt. Letzte Woche hat ihre Mutter Samira auf den Brief geantwortet. Sie ist Gott sei Dank doch noch am Leben und schrieb, dass es ihr langsam etwas besser geht. Sie wollen an Weihnachten nach Amsterdam kommen und hoffen, dass dann bei uns

Schnee liegt, denn Eleonore hat so etwas noch nie gesehen.«

»Leonie hat in der letzten Zeit viel durchgemacht«, antwortete Alida mitfühlend. »Du hast sie aufgefangen und gestützt, obwohl Du selbst von dieser Tragödie betroffen bist.«

»Für Leonie würde ich alles tun«, schluchzte Roos. »Sie ist und bleibt meine Zuversicht und Hoffnung. Und seit sie im Labor dieses gerichtsmedizinischen Institutes arbeitet, ist sie so gewissenhaft geworden. Sie erinnert mich dabei sehr an Lotte und Robert und das tröstet mich.«

Grübelnd sah sie aus dem Fenster. »Als Leonie fünf Jahre alt wurde, habe ich ihr zum Geburtstag ein Buch geschenkt. Es handelte von einem Kolibri, dessen Eltern von einem bösen Zauberer in gläserne Skulpturen verwandelt wurden. Der kleine Vogel schwirrte traurig und ängstlich um sie herum, denn ein gieriger Ritter wollte sie stehlen. Der nämlich dachte, dass die sehr wertvoll seien. Immer wieder musste ich ihr das Buch vorlesen, während sie sich an den Bildern nicht sattsehen konnte. Und die Tränen des Kolibris nahmen sie jedes Mal besonders mit.«

»Und wie ging die Geschichte aus?«, fragte Alida. Roos begann zu schmunzeln: »Na wie schon? Der kleine Kolibri hat den Ritter besiegt und der böse Zauber war gebrochen. Gemeinsam flog die Familie zurück in ihr Nest und waren glücklich und zufrieden bis an ihr Lebensende.«

»Wieso denkst Du gerade jetzt daran?«, fragte Alida.

»Weil mich Leonie bei ihrer Einzugsparty in ihrem Elternhaus daran erinnert hat. Im Esszimmer war ein Buffet aufgebaut und in der Mitte saß ein, aus einer Ananas geschnittener Kolibri. Ich wusste natürlich sofort, was es damit auf sich hatte und sie stand plötzlich neben mir, legte den Arm um mich und sagte:
Siehst Du, jetzt bin ich auch wieder in meinem Nest.«

****

Bereits erschienen:

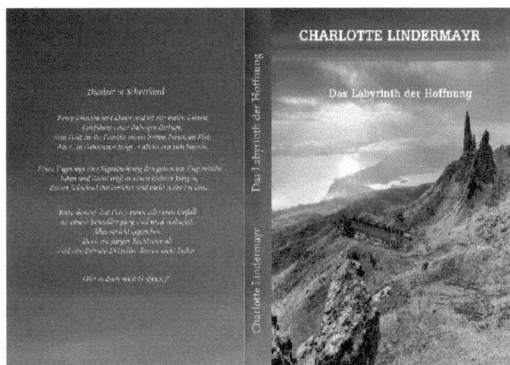